U0609064

一念
终生
03

明明
很爱你
MINGMING
HENAINI

贵州出版集团
贵州人民出版社

图书在版编目（ＣＩＰ）数据

明明很爱你 / 过雨晴著. —— 贵阳 : 贵州人民出
版社, 2016.11（2020.3重印）
ISBN 978-7-221-13658-9

Ⅰ.①明… Ⅱ.①过… Ⅲ.①长篇小说－中国－当代
Ⅳ.①I247.5

中国版本图书馆CIP数据核字(2016)第258990号

明明很爱你

过雨晴 著

出 版 人	苏 桦
出版统筹	陈继光
选题策划	胡晨艳
责任编辑	潘 浩 梁 丹
流程编辑	潘 媛
特约编辑	陈 思
装帧设计	刘 艳 昆 词
封面绘制	E.Pcat
出版发行	贵州人民出版社（贵阳市观山湖区会展东路SOHO办公区A座 邮编：550081）
印 刷	三河市华东印刷有限公司
开 本	880×1230毫米 1/32
字 数	248 千字
印 张	9
版 次	2017年2月第1版
印 次	2017年2月第1次印刷 2020年3月第2次印刷
书 号	ISBN 978-7-221-13658-9
定 价	45.00元

明 明
MINGMING HENAINI
很爱你

目 录

明 明
MINGMING HENAINI
很爱你

目 录

▶ 第一章

初人职场

MINGMING HENAINI

　　肖静文第一天走进梦幻森林这家全国知名的甜品公司大楼企划部办公室时，前辈杜淼淼就一本正经地和他们几个新人说过办公室三大守则：

　　"第一，紧急会议的时候不能迟到，否则会有人给你一周的小鞋穿；第二，不要让垃圾桶里出现自己公司包装的食品袋，否则会有人给你一个月的小鞋穿；第三，千万不要惹刘玛丽，否则后果比前两条更严重。"

　　周围几个人都捂嘴笑起来，几个新人面面相觑，好奇心大盛，连连追问刘玛丽是谁。办公室的老资历苏姐刚要答话，却听见外面高跟鞋的声音铿锵有力一路响到这边来，她往门口一挑眼睛，笑："说曹操曹操就到，这不，来了。"

　　话音刚落，那高跟鞋已经响到了门口，办公室里的光线顿时亮了一亮，一刹那间香风拂过，倩影婀娜，扭着腰肢走进来的女人套裙贴着前凸后翘的曲线，短发齐着耳朵卷得细碎妖娆，她妆容精致，脸上涂抹了一层白的白、红的红，如同货架上展示出来的芭比娃娃，只是少了那一抹笑，脸是倨傲扬着，跷着二郎腿在自己办公桌前坐下了仿佛才看到办公室里多了几个人，淡淡问一句："新人啊？"

　　几个人尚吃不准她是什么厉害人物，一时间都没有答话，还是杜淼淼说了一声："这就是我们办公室的玛丽姐，做过很多漂亮的方案，大家要多向玛丽姐学习。"

几个人忙不迭喊玛丽姐。

这样的态度让刘玛丽很是受用，这才矜持浮了一点笑在脸上，懒懒开口说道："大家都是新人过来的，有什么不懂的就问。"

新人之一的沈长生立刻迎了上去，毕恭毕敬好像对着老佛爷："谢谢玛丽姐，我是新来的沈长生，以后还请玛丽姐多多指教。"

刘玛丽很吃这一套，对他格外多看了两眼，难得赞了一句："小伙子挺机灵的。"

沈长生得了称赞掩不住笑，他大学在学生会历练过很长一段时间，很会溜须拍马那一套，见刘玛丽要起身倒水，连忙又将杯子接了过去："玛丽姐我去吧，您要茶还是咖啡？"

办公室的人虽然让着刘玛丽三分，可是还没有谁这样鞍前马后让她过一过女王控的瘾，她自觉脸上有光，那姿态越发高贵起来，只向几个新人优雅地笑："一杯白水就好了，我不喝公司的咖啡，一股子怪味儿，我自己带猫屎咖啡，上次去印尼买的，那个味道才正宗。"

苏姐在一旁笑道："那猫屎咖啡说得多么好多么好，上次我老公带一点回来我尝一尝，就觉得跟咱们茶水间的咖啡味道一个样嘛。"

几个人都笑起来，刘玛丽本来是要彰显自己品位高贵的，却叫苏姐这样一打岔，说得好像苏姐都能跟她的档次相提并论了一样，不由得挺起胸膛说道："速溶的是品不出味道，这也就是随便喝喝，阿铮带我在咖啡店喝的都是咖啡豆现磨的，一杯就要几百块，你们有机会也可以去试一试，喝起来真是不一样的。"

沈长生马上咂舌道："哇，一杯就要几百块啊，这么贵，我们这些普通人可喝不起。"

刘玛丽要的就是这个效果，她掠一掠头发，拿出云淡风轻的样子笑一笑："也不算多贵的，人嘛，要对自己好一点，生活就是拿来享受的。"

办公室的老人们都埋下头去喝茶的喝茶，做事的做事，只做没听见，刘玛丽看到大家的样子略觉不快，自己找了个话题："对了苏姐，中秋新品发布会的现场策划张耀林看了吗，他怎么说？"

苏姐抬起头："说是不吸引眼球，让我们赶工重做。"

刘玛丽蓦地冷笑起来："他只会拍上面的马屁，对策划半点都不通，你们跟他说那个主要是我的创意了没有？"

"张经理说这次的发布会上面很重视，穆总已经亲自问了两次，所以……"

"所以就要我们又加班是不是？"刘玛丽鼻子里出着气，"随便他怎么折腾，反正我是不会改的，加班我也没空，这几天阿铮每晚都教我打网球，哪有时间理他！"

苏姐淡淡道："那你自己去跟张经理说。"

刘玛丽接过沈长生递来的水，傲慢地哼一声："我才不去，我让阿铮跟他说。"

显然大家和她都是话不投机，说几句又没人再接她的话，好在还有新人能让她吆来喝去，四个新人各安排了一个老员工带，肖静文恰恰分给了她，有了沈长生的一番奉承在先，肖静文怎样看怎样木讷，于是刘玛丽的脸一直阴阴沉沉，她开始也不说话，只把两只眼睛放在肖静文身上上下打量，冷笑。肖静文被看得全身发毛，只得硬着头皮问："玛丽姐，我哪里没做对请指教。"

她这才慢条斯理地说："茶水间就在复印室隔壁，你去复印不会帮我把咖啡一起泡过来吗？"

"手脚轻一点，这杯子是阿铮送我的，一千多块钱一个，摔坏了你赔不起。"

"调研数据要用 Excel 做成对比表格才能给我看的，你连这个都不知道吗？"

她后面仿佛实在受不了了，探过身去和旁边的苏姐耳语："苏姐，我真羡慕你，最机灵的沈长生分到了你这边，你看看分给我的这个，唉！"

她虽然压低了声音，但是这几句话仍旧是人人听得见的。肖静文眼睛盯着电脑，脸已经涨得通红。

苏姐委婉说道："静文挺能干的，一上午基本就上手了，你再多费心教教，新人嘛，有些东西不说到他们肯定也不会注意那么多的。"

她也不管苏姐说了什么，只是自己哼哼："都不知道现在公司都招的些什么人！"她端起咖啡杯去喝，只当没看到肖静文的尴尬。

肖静文忙到接近中午才做好表格，打印出来又匆匆忙着去各部门送，苏姐在走廊里看到她，不由得上前关切说道："看你都忙一上午了，赶快去吃点东西吧。"

她感激一笑："谢谢苏姐。"

苏姐看看她手上的文件，皱眉："这些调研数据是下星期开会才用的，你现在送到各部门去人家还不是丢在文件堆里养灰尘，到开会的时候多数又找不着了，你还是得重做。"

她低敛眉目答一句"是"，委屈神色也不敢显露出来。

苏姐叹一口气拍拍她肩膀："没办法，谁叫那一位有人撑腰呢。"

"是阿铮？"肖静文犹豫地问出口。苏姐"噗"一声笑出来："你一定听得耳朵都起茧子了吧，她是巴不得全世界都知道。"

"阿铮是谁，也是我们公司的吗？"

"还就在我们部门呢，喏，对面就是他的办公室。"

苏姐的手指住了企划部对门的那间办公室，那上面端端正正贴着铭牌——企划部副经理。她笑："就是那一位，我们部门的副经理，穆铮。"

中午吃饭时四个分配在企划部的新人聚在一起，肖静文累得勺子都快拿不动了，大家对她很是同情，私下里都骂刘玛丽，连沈长生上午殷勤马屁精的样子也遭了大家一顿骂。沈长生臊红了脸，尴尬地辩道："那有什么办法，淼姐不是说不能得罪她吗，我怎么得罪得起？"

大家又笑，肖静文见他已经发了急，不由得帮他说话："其实长生说的是，人在屋檐下嘛，她拿我当狗一样使唤我也不敢吭声，既然大家都说不能得罪，我们新来的也还是小心点为好！"

沈长生感激地看她一眼，这边新人罗劲也忍不住牢骚："看她第一眼觉得还是长得挺漂亮的，可是那脾气却不敢恭维，不过你们知道为什么大家都不敢得罪她吗？"

沈长生插嘴："不是因为她业务好吗，淼姐说她做过很多漂亮方案……"

"你傻啊，如果业务好的人都像她这样横行霸道，那公司早垮了。"新人尹颖最好八卦，这时她把头往前凑了一凑，压低了声音，"听说连我们部门的张经理看到她都要礼让三分，我刚听淼姐他们在背后悄悄议论，说是整个企划部让她搞得乌烟瘴气不成样子了。"

"那不用说，肯定是上面有人。"沈长生笃定。

肖静文点点头："我听苏姐说，她是穆铮的女朋友。"

"穆铮？"沈长生一愣，随即笑起来，"哦，我知道，就那个我们还没见过面的副经理嘛，不就是个小小副经理，有什么了不起的！"

尹颖瞟他一眼，冷笑："沈长生，我问你，你知道我们公司的总经理叫什么吗？"

"我知道，穆连成啊，公司的介绍资料上有写嘛。"

"那董事长呢？"

"好像叫穆健民，对吧罗劲？"沈长生不确定，转头去问罗劲，却陡然想到什么，嘴巴都合不拢了。

尹颖嘿嘿冷笑："是啊，董事长叫穆健民，他两个儿子，大儿子穆连成，小儿子穆铮，你说这个小小副经理有什么了不起！"

沈长生这才一拍脑门："原来是未来的太子妃啊，难怪得罪不起。阿弥陀佛，阿弥陀佛，也不枉我觍着脸上去拍了一回马屁。"

"未来太子妃？那也不一定。"不过半天，尹颖已经搜集到八卦一箩筐，憋了半天总算可以拿出来和大家分享，因此说得格外起劲，"我听说这个穆铮是纨绔中的纨绔，败家子中的败家子，只会吃喝玩乐气老爷子，对公司管理一窍不通，挂个副经理的头衔纯粹是闹着玩儿的，他前面又摆着一个超级能干的哥哥，这公司以后八成还是穆连成说了算，况且……"

她说到这里停一停，故意卖个关子，引得几个人都着急催促，这才笑道："况且我还听说，我们这位副经理是出了名的花花公子，他和刘玛丽也才好了不过三个月，下面不少人打赌，不出五个月，刘玛丽一定又会成为他猎艳名单上的第 N 个前任，所以……"尹颖冲他们眨眨眼睛。

"所以长生你拍错马屁了。"罗劲说。

"所以罗劲你有机会了。"沈长生以牙还牙。

"所以我的苦日子只有两个月就结束了。"肖静文阿弥陀佛。

"错！"尹颖掷地有声，"所以刘玛丽失策了，要找就该找穆连成，找上穆铮她是白忙活了。"

大家齐声嘘她。尹颖不服气，辩道："本来就是嘛，要是我费这么大力气搭上个太子爷我肯定就找掌权的那个了！"

肖静文扒拉了两口饭，随口问道："那你就没有打听打听，掌权的那位太子爷是什么脾气长相？"

"当然打听了，不过刚说到点子上张经理就进来了，我哪里还敢再扒。"尹颖面露沮丧。

肖静文仍旧吃饭，淡淡道："我听说他很高，长得也好，谦逊又有涵养，曾经留学海外，现在还是单身，公司里应该有很多女员工喜欢他吧。"

尹颖只听得肃然起敬："没看出来啊静文，你比我还八卦，半天时间连这都打听出来了。"她蓦地又坏笑起来，手中叉子指住肖静文，"老实交代，是不是动心思了？"

被指着的人"哧"一声笑了起来："是，动心思了，想着靠他把我从玛丽姐手里救出来呢，不过对他动心思的人大概已经排到大门外面去了，我且排着吧。"

"好，你先排着，等哪天我瞅着真人，真像你说的那么男神我就插个队啊！"

　　肖静文笑："想得美，我谁都不让的。"

　　"你也太小气了吧。"尹颖本来就还留着浓浓的小孩子脾气，这时抱怨了一句连忙说道，"那我也排着，看你还有没有话说！"

　　沈长生啧啧摇头："你们两个，没看到大好青年就坐在面前吗，只会去瞎想那些不着边际的人，太不靠谱了！"

　　"你们俩2B青年怎么会符合我要的总裁文调调。"尹颖嗜看言情小说，最爱这种超级有钱的少爷总裁霸气爱上清纯萝莉的调调，这时谈到传说中英俊总裁穆连成，立刻一脸陶醉开始遐想——

　　她是纯洁如莲花的新人萝莉，他是英俊如日月的酷帅总裁，某天他突然递给她一张信用卡："我知道你家里急需三十万，拿去用吧。"

　　萝莉："总裁，您这是什么意思？"

　　他邪魅一笑："我已经注意你很久了。"

　　萝莉面红耳赤："你这是要我卖身，不，我不要，我虽然穷但还是有骨气的！"

　　邪气总裁胸有成竹："你还有选择吗？"

　　萝莉无可奈何："唉，没有办法，为了我爸爸的病，那我只有卖身给你了，我恨你，呜呜呜！"

　　然后——

　　"然后她就被腹黑总裁送到了东北卖参，长白山大人参。"肖静文淡定地插了一句。两个男生捧腹大笑，尹颖叉子一丢就去捶她："肖静文，你到底和谁是一国的？"

　　四个人闹作一堆，笑声清脆飞扬，惹得邻桌纷纷侧目，四人连忙绷住脸色，可是相互看一看，却又忍不住笑起来，所有的疲惫和委屈，在这样的笑声中也烟消云散了。

　　自打办公室来了这几个新人，大家工作起来就要热闹许多，刘玛丽虽然还是常常倨傲扬着脸，也常常嫌弃肖静文木讷，可是碰到她心情好的时候她也会翻着时尚杂志和颜悦色地和肖静文说说话：

"静文，你看你整天对着电脑，这么年轻皮肤就有点暗沉，要买好一点的护肤品，不要吝啬钱。对了，我用的 Dior 的水就不错，国际品牌肯定比国内这些乱七八糟的牌子要靠谱一点，你如果要买可以找我，我是会员可以打折。"

"静文，我发现你穿的衣服虽然不贵吧但都挺好看的，这个小西装套起来正好把长腿细腰显出来，不像我，看到什么好看的衣服都想买下来，也不管自己穿起来合不合适。我明明知道自己不适合穿长裙，前两条还买一条八千多的，阿铮也说不好看，现在只能留在那里养灰尘。唉，以后怎么花小钱穿出自己的风格这种事我还真得向你学习学习了。"

每当这种时候肖静文便紧张得全身毛发都要立起来，她自然听得出这位玛丽姐又要找人抬轿子了，沈长生早教过她嘴巴甜一点，卑躬屈膝样子贱一点，要舍得拿自己的矮矬穷去衬托刘玛丽的高大上，只是她生来不是那块料，怎样也学不来沈长生的油嘴滑舌，更做不出那一脸奴相，常常都是毕恭毕敬地听着，最后只能礼貌说一句"哦"或者"谢谢玛丽姐"便没了下文。

眼见得刘玛丽脸色不对，沈长生也义气，每次都挺身而出接过了话茬子："玛丽姐你开玩笑，我们试用期这点工资能管住吃喝拉撒就不错了，哪里还买得起 Dior，也只有你才会讲究这么多，什么都要用顶尖的牌子，对吧静文？"

"玛丽姐你这就说得没理了，裙子买来穿叫生活，裙子买来看叫品位，你是有品位的人，静文哪能和你比？"

他说得夸张，声音又大，次次逗得刘玛丽眉开眼笑，她这样一笑肖静文才能稍微喘一口气，暗忖总算又给对付过去一次了，然而即便是有沈长生插科打诨地解围，她仍然吃了不少排头，因为刘玛丽毕竟是刘玛丽，个性摆在那里，况且刘玛丽要彰显身份，自然是倨傲的时候多，高兴的时候少，她带新人也不像别人一般多加指导，只不断丢事情过去，错了就没好话，开头两天还背转身去假意顾忌一下，后面连这点假意也免了，当面就是冷言冷语。肖静文常常被说得面红耳赤无地自容，办公室负责人苏姐看不下去，有时会帮她说几句好话，可是收效甚微，其他人更是无法多言了。

于肖静文而言，她没有沈长生那样的本事，她能做的唯有记住刘玛丽所说的每一句话，利用所有的休息时间向其他的前辈请教，翻阅历年企划部的资料，力求把刘玛丽的每一个要求都做到极致。尹颖看到她陀螺似的样子只向沈长生和罗劲咂舌："也亏得是静文能忍得下来，换了是我肯定一早哭死了。"

他们几个一同入职感同身受，自然和肖静文站了同一战线，不断给她打气，悄悄帮她分担一些杂事，各自从师父那里学到点什么也都要跟她讲。用尹颖的话来说就是集各门各派的功夫于一身来抵御刘玛丽这个灭绝师太，肖静文感激又感动，不由得加倍努力。

这一段也正是事多的时候，眼见得各家甜品公司疯狂抢夺的中秋节市场即将来临，每家公司都挖空心思想在新品发布的时候一马当先赚足眼球，肖静文他们属于企划部下的组织策划组，主要负责营销项目的整体策划创意以及各种大型活动的方案策划，然而公司高层对他们拿出来的中秋节方案并不满意，前后已经毙掉了两个，企划部经理张耀林急得脑袋冒烟，每天都在开紧急临时会议，然而那个本应该和大家一起奋战的副经理穆铮不但一次也没有出现，连刘玛丽也常常拿乔作态借故不来。

组织策划组由苏姐负责，苏姐为人淡泊不喜争名夺利，往年都是急于做出成绩的刘玛丽和杜淼淼为了署名主策划争得最凶，然而今年刘玛丽搭上穆铮，自然倾心尽力想要抓住这个大靠山，哪里还有心思工作？尹颖被分给杜淼淼带，私下里喜滋滋地和她说道："玛丽姐前面的方案已经被毙了，她现在又心不在焉，看来这一次只能靠我们淼姐了。"

杜淼淼只笑得意味深长，最后说了一句话："咱们且悠着点吧。"

尹颖听得一头雾水，其实企划部整体出一个方案，谁都想在后面署名主策划，那是能力的体现，也是加薪提职的资历，那是往远了说。要往近了说，署一个主策划，光是奖金都要抵过几个月的工资，对大家还是很有诱惑力的，所以虽然知道自己经验尚浅，做出来的东西不会像前辈那样成熟，几个新人还是很积极极地贡献力量。

肖静文本来平时就晚下班，这样一来更是要工作到七八点，然而她倒兴致勃勃，至少比起干不完的日常琐事来，全心全意赶这个方案倒还让她觉得有一点盼头。她看过刘玛丽被毙掉的方案，这一两年亲子节目流行，因此也红了一批要红不红或者过气的明星，刘玛丽就计划请上一位当红的潮爸和萌娃现身发布会造势。其实这个方案也算不错，毕竟正是话题人物，而且又刚好契合了中秋节"家"这个主题。

然而翻看各大公司近几年的发布会方案，噱头无非就是请明星和搞点新奇花样，譬如在现场做一个所谓最大最贵月饼之类，请亲子节目的明星无非就是换汤不换药，难怪高层会认为没有新意，而且从外联部反馈的信息来看，同一档节目里的另外一位爸爸似乎也接到了别家公司相同的邀请，如果自己公司再用这个方案，到时候会有很大的几率会撞车。

也要亏得刘玛丽的百般挑剔，肖静文早已经对近几年各家公司的计策烂熟于心，再浏览网页和新闻，将最近主流媒体的关注热点罗列出来，她瞄准了空巢老人这个特殊群体，以"别让爱等待"为主题熬更守夜赶出了一份方案交上去。

第二天部门又召开了紧急会议，这是近段时间来第一次看到部门经理张耀林那张肉乎乎的脸上出现了些许微笑，尹颖趁着会前一点时间悄悄和肖静文嘀咕："据说上面终于敲定方案了，不知是谁这么厉害可以署名这一次的主策划。"

她说着停一停，面上表情更是八卦了："还有，刚刚我听说，今天的会议穆总会来。"

"穆总，穆连成？他会来？"肖静文真是吃了一惊。

尹颖推她一把，笑她："你怎么比我还激动，难不成真的动了花花肠子？"

"什么呀，我只是觉得总经理那么忙，怎么会参加我们这种级别的会议？"

"少来，脸都红了啊。"尹颖嘘她。

肖静文瞪她两眼："我是因为紧张！"

尹颖笑着拍拍她的肩："没什么啦，我也好激动的，不知道总经理是男神的传闻是真是假。如果他真是男神，又如果上面敲定的刚好又是我的方案，那等下我岂不是要在他面前讲解这个方案……哇，真是想想都令人激动啊！"

尹颖正说得投入，门口刘玛丽昂首挺胸走了进来。尹颖在静文耳旁轻哼一声："平时她在我们面前嚣张得很，说不参会就不参会，今天总经理要来，借她十个胆子大概都不敢在我们穆总面前装横！"

肖静文暗暗推她一把，示意她别再作声。

这边刘玛丽刚刚落座，那边会议室的门又被推开了，四个人迎面向他们走来。男的西装革履，女的套裙端庄，个个都是精英模样，走在一起气场愈加强大。张耀林慌忙站起来迎上去，握住最前面那个人的手，脸上的肉褶子笑得千沟万壑："穆总您来了，快请坐快请坐。"

被他握住的那个人气度卓然，干净挺拔，鸦翅黑眉，凤目微扬，嘴唇薄薄似一片优美形状的叶，微微翘起来，含着一点和煦的笑，只看得人不自觉要跟着笑——真是副好皮相，那样的气场走到哪里大概都能将女人的目光牢牢吸引到他身上。尹颖看直了眼睛倒吸一口气，手从桌子底下攥住了肖静文，那眼角眉梢似乎都在呐喊一句话："业界出了名的帅哥，全公司妇女同志集体遐想的对象——果然名不虚传！"

穆连成一行人并未注意到角落里两个小女生的面红心跳，一一随着张耀林落了座。穆连成眼睛这才看住了肖静文他们几个，微笑问道："这几位是新入职的同事吗？"

张耀林连忙说是，挨个提了提他们的名字。穆连成一直含笑点头，温和有礼，等他介绍完四个人之后说了一句："欢迎大家来梦幻！"

被他这样彬彬有礼地问上一句，连尹颖这样的厚脸皮都红脸埋头做娇羞淑女样，更不用提肖静文这种本来脸皮薄的，旁边的沈长生悄悄对罗劲做了一个花痴的口型。

张耀林说了几句感谢总经理百忙之中莅临指导的客套话后终于进入正题，说起了中秋节的发布会方案，他欣喜说道："我们企划部精英辈出，在历年的发布会上都能独占鳌头，更难得的是我们的同仁还具有推陈出新的创新意识，并不拘泥于往日的框架，就像这一次的方案，有同仁就把眼光放在了空巢老人这个特殊群体身上，将社会热点话题和我们的产品结合起来，不用明星和新奇博眼球，主打震撼人心的感情牌，得到了公司上下的一致认可，接下来我们就请这位同事讲解一下'别让爱等待'这个方案的具体思路。"

几个新人的眼神瞬间活动起来，他们几个相互交好，自然知道这是肖静文的设计，不由得又惊又喜。肖静文更是惊得怔住，不敢相信自己作为新人便可以在这么重要的一次活动中署名主策划，更不可思议让人艳羡的是，她居然可以在神话般的穆连成面前侃侃而谈——

她深深吸气极力让自己平静下来，那边的张耀林已经带头鼓起掌来："让我们掌声有请这一次中秋新品发布会的主策划——刘玛丽上台。"

肖静文本来满面红晕要站起来的，可是后面那几个字直直落到耳中，仿佛陡然一盆冷水兜头泼下，让她坐在原地动也不能动了。

刘玛丽精明能干口齿伶俐，抱着 iPad 在大屏幕前翻 PPT 讲得头头是道的样子一看就是职场精英，穆连成那几个人不时相互点头，看来甚为满意。张耀林终于能够交差，在一旁笑得眼睛都看不见了，大家都在规规矩矩坐着听，而听着自己一个一个辛苦写出来的字被刘玛丽抑扬顿挫地念出来，只有肖静文如坐针毡。

她讲完后穆连成带头鼓起了掌。

肖静文不知道自己是怎样撑到最后的，后面谁讲了些什么也完全没听清楚，终于熬到散会，刘玛丽满面春风地跟大家说 byebye，还放了话说等奖金发下来后请大家吃饭唱 K。肖静文按捺不住想要站起来，尹颖却死死拉住她的手，对面的沈长生和罗劲也都在向她摇头，终于人都走得差不多了，那把火仍旧在她心里烧着，她怎样也忍不过去，还是站了起来："我去找苏姐。"

"别去了，没用的。"杜淼淼还在收拾东西，看到这情形也心中有数了，叹道，"刘玛丽个性要强，即便是心不在焉也不想输给别人，以前大家倒是公平竞争，可是现在无论我们做出什么方案，过到副经理手里面，她去撒一撒娇，主策划人都会署她的名字，这已经是公开的秘密了，你去找苏姐她也做不了主。"

"难怪淼姐你说要悠着点，原来是这样。"尹颖愤愤不平，"不过他们怎么可以做这种事，难道都没有人去反映吗？"

"你以为这一次为什么要招这么多新人？就是因为有几个人联名要向公司高层反映这事全被副经理给开了，所以我才要跟你们说千万不要得罪刘玛丽。"

这话只听得几个人全身冒冷汗，罗劲问："他们这么胡来上面也不管管吗？"

"听说上面也头疼得很，可是又能怎么样，那一位虽然职位不高，却是穆家二少爷啊，胡作非为惯了的，只要不出什么大事，公司也就睁一只眼闭一只眼。"

大家面面相觑说不出话来，尹颖叹道："策划文案是静文写的，PPT也是静文做的，刘玛丽只把名字改一改就成了她的，真是太不公平了。"

"可是现在又能怎么样。"沈长生跟着摇头，"事到如今也只能忍气吞声了。"

他们摇头感慨，只有肖静文一言不发，挣开尹颖的手便走了出去。

▶ 第二章
二少爷穆铮
MINGMING HENAINI

肖静文直接去了企划部经理室，张耀林正送了穆连成一行人上电梯回来，陡然看到她站在门口，脸上摆出了领导的严肃，向她点一点头："你是企划部新来的那个肖静文吧，找我什么事？"

她已经憋了太久，这时一说话便开门见山："张经理，刚刚玛丽姐的那个方案是我做的。"

张耀林眉头一皱，推开办公室的门："进来说。"

她随着他走进去，张耀林坐到办公桌后端起茶杯喝了一口，这才慢慢悠悠看向她："静文啊，话可不能乱说。"

"我没乱说，我做这个方案尹颖、罗劲他们都可以为我作证，而且我交文案的时候传的是公司的邮箱，我们马上可以查记录。"

张耀林却并没有要查的样子，仍旧慢悠悠喝着茶，拿出了长者的语重心长："静文啊，老苏跟我提过好几次你很有才华，可是你才刚来，很多事情都不清楚……"

"我知道玛丽姐是公司二少爷的女朋友，可是我觉得再怎样走裙带关系也不能做出这种明抢的事。"她平时知分寸少言语，可是这一刻怒火中烧，实在忍不住打断了他的话，"如果一直任由玛丽姐这么做，那么企划部不会有人再认认真真做事，长此下去我们部门只会变成一团散沙，上面要找人负责，找不到副经理身上，到时候也只有张经理你会被当成冤大头。"

张耀林两只眼睛眯起来："你这是在恐吓我？"

"没有，只是就事论事。"他的表情阴冷不善，她本来该害怕的，可是委屈愤怒已经让她豁出去了，"张经理如果觉得不在乎，那我只好去找总经理了，虽然副经理是他弟弟，但是企划部也是公司重要的职能部门，如果始终无法发挥自身作用，我想总经理应该也不会坐视不管。"

"是谁给你这个权利让你越级去找总经理了，你以为我那哥哥每天有空等在办公室听你这样的小职员说些芝麻绿豆的事吗？"

张耀林还没有答话，门口一个似笑非笑的声音却陡然响起。

张耀林的脸色比变色龙还变得快，片刻间已经堆出了恭敬的笑，放下茶杯就迎了上去："哎哟，阿铮，你怎么这个时候来了？"

用脚趾头想她也知道此时大驾光临的这位是谁了。肖静文转头过去，只看到一个高高瘦瘦的年轻男人斜靠在门边，西装抱在手里，衬衣的袖子推到了手臂上，领带扯松了，连带松的还有几颗扣子，要敞不敞，要露不露，没有半分正经样子，虽然也是一张清俊面孔，可是那眼睛却带着痞气，正挑着眼梢上下打量她，嘴角一点轻佻的笑。

他这样子一看便是声色犬马中流连的，跟这整个大楼似乎都格格不入，更莫说要比穆连成的精英气质。肖静文听过这个纨绔子弟太多飞扬跋扈的传闻，此时打这样一个照面，不自觉便皱了皱眉。

穆铮的眼睛一直放在她身上，自然将这个动作尽收眼底。他就噙着那一点笑，一步一摇走了进来，也不理张耀林，就围着肖静文转了一圈，笑道："83、60、84，就你这样身材大概很难让一个男人见两面就有想法的，所以还是不要瞎折腾了，小心得不偿失！"

她没弄懂他这些莫名其妙的话什么意思，却也听得出他语含讥诮，不由得咬牙道："你什么意思？"

"什么意思？你嚷嚷着要闹到总经理那儿去不就是想找个借口过去搭讪吗？像你这种花花肠子的小职员我早就司空见惯了，不过你也别白费力气了，你既不是国色天香，又不是家财万贯，我那大哥凭哪一点会看上你？"

肖静文只气得耳朵根都红了："没有谁要去搭讪，只是我的方案被人抄了，我要找个说理的地方……"

"说理该找苏姐啊，她才是你们部门的直接领导人，你越过苏姐来找张经理本来就不合规定，况且你现在还想越过部门经理直接去找总经理。"他抄手踱步说得一本正经，"公司的其他规定我不记得，可是不能越级申诉这一条却是记得清清楚楚，如果你入职的时候已经好好看过员工手册，那么现在还吵着要告到总经理那里去不是为了搭讪混脸熟还是为了什么？"

他满嘴胡言说得煞有介事，肖静文已经咬牙切齿："如果副经理还记得公司有'规定'这个东西，那么我的方案也不会明目张胆地被人拿去了。"

他故意拿出了一副热心的样子："是吗，那你叫什么名字，哪个是你的方案？"说着说着却又痞样渐露，"来，你跟哥哥我说说，我每天正闲得慌，允许你来越级搭讪。"

她想骂一句无赖，可是到底还记得他的身份，咬牙忍住了，只一张脸憋得通红。张耀林堆着满满一脸笑来打圆场："算了算了，阿铮，她新来的，别和她计较那么多。"说着瞪一眼肖静文，"现在先回去，有什么事以后说。"

鼓足了勇气才找到这里，却只得了这么一句不明不白的敷衍，她倔强地站着不走。张耀林发了急，背对着穆铮轻声呵斥她："你有没有点眼力，你知道他谁吗，做事怎么没轻没重？"

她不动也不说话，只睁着一双红通通的眼睛瞪他。张耀林还从没遇见过这种不识趣的下属，正要拉下脸好好教训几句，门口却突然有人又甜又嗲地喊了起来："阿铮，我还以为你在停车场呢，怎么上来了也不说一声，害得我多跑一趟。"

来的人正是刘玛丽，她陡然见到肖静文也略吃一惊，心里自然猜着几分，她眼睛一扭也不看肖静文，直接就扑到穆铮身边去，早化成了小鸟依人的可人儿，哪里有半分平时的倨傲样子。

穆铮对她扬眉一笑，答得随意："不是说开会吗，连我们总经理都要参加，我怎么着也要来应个景。"

"会都开完了才来，你还记得开会。"刘玛丽嗔他，"也是我们张经理脾气好不和你计较，要是我就扣光你这个月工资。"

张耀林连忙打哈哈："哪里哪里，阿铮做事不拘小节，我怎么能拿这些条条框框去约束他？"

穆铮也不管张耀林拍的马屁，只搂着刘玛丽调情："随便你扣，命都给你扣手里了还怕你扣那点工资！"

刘玛丽佯装发怒，一拳头捶在他心口上："当着张经理的面你胡说什么！"

张耀林立刻拿出长者姿态笑得慈祥："看这小两口恩爱的！"

三个人你来我往演得热闹，只有肖静文觉得自己站在这里如同傻瓜，她本来下定决心非要讨个说法的，可所有的委屈愤怒在这一刻都只化为了一声冷笑。她也不打招呼，埋头就往外走，却听到刘玛丽叫了一声："静文，你等一等。"

她犹豫一下还是停住了脚步，便听到刘玛丽在她身后笑："张经理，静文是我带的新人，她聪明又勤奋，这次的策划案也帮了我不少忙，你看我的面子，以后可要多多照顾照顾啊！"

张耀林立刻点头哈腰："那是那是，我也看她挺有灵气的，好好培养说不定会是下一个玛丽嘛！"

肖静文一声不吭站着不动，穆铮闲闲笑道："玛丽，你别乱做好人，人家又不领情。"

刘玛丽看她一眼，笑："我是她师父总得关照一下，免得她自己以后又来找张经理，对吧静文？"

肖静文一步一步走回办公室。这个点已经是下班时间，办公室里还有好几个人没走，大概都听说了她去找张耀林，这时看她回来立刻涌到她身边问情况，她还没有开口，后面刘玛丽挽着穆铮也走了进来。穆铮扬起手和苏姐打招呼："苏姐，好久不见，越来越年轻了。"

苏姐拿了笑容出来："哟，居然是我们的穆经理来了，真是难得还到我们办公室来视察视察工作。"

几个新来的听说是这号人物，立在原地大气也不敢出了，穆铮笑道："什么视察工作，陪玛丽来拿点东西。"

刘玛丽在办公桌上随便翻了点什么东西，眼睛往那边一群人看一看，哼道："都已经过了时间，大家怎么还不下班，难不成静文没在张经理那里说到什么闲话，回办公室还要跟大家嘀咕几句吗？"

刘玛丽发威，没有谁敢再吱声，她又带着几分得意之色向着穆铮笑："怎样？阿铮，我带的人我还不清楚嘛，我早说过她会回办公室做祥林嫂的。"

穆铮不说话，只一味笑，她又双手抱在胸前一步一步踱到肖静文身边："静文，我刚刚不是说过会关照你的吗，你还在这里嚼什么舌根？"

沈长生看这架势不对，立刻站出来挡在肖静文前面："玛丽姐你和她生什么气呢，不值得，况且静文她……"

"算了吧沈长生，每次都帮肖静文说话，你那点小心思我还看不出来吗。"刘玛丽哼哼一笑，截断他的话，"你不就是对她有意思吗，不过我可告诉你，这女人不简单，你对她再好也是白搭，她指定会攀高枝儿的！"

刘玛丽几句话说出来，众人前后一想，的确觉出沈长生待肖静文是要殷勤得多，都有些恍然大悟。沈长生却被闹了个大红脸，忙道："玛丽姐你误会了，大家不过是同事，我没有……"说着说着却又没了影，不知道接下来到底该说些什么。

旁边的穆铮听到这一茬似乎来了兴趣，又重新将肖静文一番打量，眉眼间尽是戏谑："哟，看不出来嘛，这才几天啊，居然闹出办公室恋情了，你真还挺厉害的。"

　　肖静文看也不看他，只一字一句向刘玛丽说道："人往高处走，水往低处流，大家都想攀高枝，只是绝大多数人没有玛丽姐那么好的运气罢了。"

　　刘玛丽脸上露一点笑，拢一拢头发，端起面孔说道："别想讨好我，你这种人当面一套背面一套，我消受不起。"

　　尹颖和肖静文相处这么长一段时间，一眼看出她眼神倔强、面孔发白，哪里是想讨好人，分明是豁出去的样子，不由得暗暗拉她的衣服，苏姐也看出不对，手按在她肩膀上叫了一声："静文……"

　　而肖静文的话已经冲口而出："只是绝大多数人也不会有玛丽姐那样的心眼，攀了高枝就作威作福，连别人的方案都要抢来署你的名！"

　　她语音清脆、字字铿锵，将大家敢怒不敢言的潜规则来了个竹筒倒豆子，只听得所有被欺压过的虾兵蟹将心里痛快。

　　刘玛丽虽然蛮横骄纵，背地里没少做缺德事，但是还从没给人这样当面指责过，只觉得面子扫地，下不来台，刹那间变了面孔，指着肖静文喝道："你不要血口喷人，你一个新人才来几天，能做出那么完善的方案谁信？"

　　肖静文被激出脾气来，彻底和她杠上了："信不信不由你说了算，我们可以查公司的邮箱记录，到时候谁在胡说八道一目了然。"

　　刘玛丽恼羞成怒，哼哼冷笑："查了邮箱记录又怎么样，你是我带的新人，不过是你提前看到了我的策划案，拷贝了改成你自己的名字抢先发过去的！"

　　大家暗暗为肖静文捏了把汗，这已经是赤裸裸的诬陷了，但如果刘玛丽一口咬定，又有穆铮给她撑腰，在这个动动鼠标就能窃取别人成果的年代肖静文的确百口莫辩，弄到最后说不定自己还脱不了身。

　　气氛有一刻的凝滞，大家的目光都落在肖静文身上看她如何回答，却见她清一清嗓子，不慌不忙答道："玛丽姐，你可以说是我拷贝了你的方案，但是这个方案不是天马行空的臆想，为了确保可行性，做方案之前我走访了市内多家老人院和老龄化小区，我这里也理出了具有代表性的老人资料，这些是没写在方案上的，如果从这里开始查，我想谁在撒谎显而易见。"

大家相互递一个眼色，都为她松了一口气。刘玛丽不想她竟然将工作做得如此细致，一时之间倒失了言语，只一张脸赤橙黄绿青蓝紫颜色变幻，看得众人暗暗解气。就在大家以为肖静文稳操胜券这一刻，却听旁边的穆铮闲闲笑起来："谁和你争这些有的没的，现在是你把方案交到我这里来，我说是谁的就是谁的，你那么多意见干什么？"

肖静文咬牙："我没交给你，我是发到公司的邮箱……"

"公司就是我，我就是公司，你怎么还弄不清楚？"他态度轻浮、语气傲慢，不可一世的纨绔样子显露无遗，"我不管你搞的什么乱七八糟的资料，现在我说这个方案是玛丽做的就是玛丽做的，你不是想告到我哥那儿去吗，去告啊，看看有没有用，或者我哥的级别还不够，往董事长那里告，说不定他会秉公处理。"

肖静文脸色惨白，站在原地动也不动。

刘玛丽有了这个靠山又神气起来，依在他身边看着好戏。穆铮搂住身边的美女，继续他的少爷腔调："玛丽是我的人，得罪她就是得罪我，这是大家都知道的事，从来没人说什么，现在只有你要跳出来说闲话，看来你是没学会怎么协调好同事之间的关系，你这个样子让我们企划部怎么进行良性有序的发展，不如……"

他故意拖了一拖，似乎略作思考，然后嘻嘻笑道："不如我跟营销部那边打个招呼，你先去门店上做营业员历练一段时间吧，等学会如何和同事友好相处再调回来如何，肖静文小姐？"

通常招聘营业员都是各个门店的店长自己负责，连公司的人事部门都不会经过，从来没有将总公司的白领职位直接降到门店上去做营业员的先例。肖静文惊诧抬头，一时间不知道他是玩笑还是认真。

苏姐拿出长辈的样子佯怒道："阿铮，又出些什么怪主意，静文是名牌大学的高材生，公司精挑细选招聘进来的，调去门店不是大材小用了吗？"

"门店多好啊，每天和客人打交道，磨磨性子最合适不过，况且……"

他拿出一本正经的样子，"天将降大任于斯人，不是先要苦其心志劳其筋骨吗，我这也是重用她。"

"是啊，这真是历练她，要成大器首先要耐得住脾气嘛。"刘玛丽在一旁幸灾乐祸。

"或者，她受不了这样的历练，不想回来了也罢，"穆铮撇撇嘴，"反正不是有三个月试用期吗，四个新人怎么也得刷下去一个，正好省了人事部门的麻烦。"

"阿铮，公司没有这样的先例，你这样做可能会惊动董事长的。"苏姐委婉地说道。

穆铮嗤一声笑出来："把董事长都抬出来压我了，那好，既然没这样的先例，那就直接开了吧，这样的先例总不少了吧。"

刘玛丽蛇精一样攀附在穆铮身上，笑得阴阳怪气："苏姐，你别净做好人了，你忘了你以前带过的那个小李，对他好怎么样，还不是照样抢了你的升职机会，跟你同期的都做到部门主管了，只有你还在办公室里做个小组长混日子，所以还是吃一堑长一智吧。"

这几句话说得苏姐面红耳赤。

肖静文看到苏姐因为她而受到羞辱，心里万分愧疚，再也不屑和他们多争辩，咬牙道："去门店就去门店，不就是做营业员吗，我没问题。"

"好，有魄力，我喜欢。"穆铮抚掌而笑，继而靠近她耳侧正经地说，"不过可别怪我这个做经理的没提醒你，在门店上可得好好管管自己的脾气，顾客就是上帝，面对客人不比面对自家同事，出了问题你是过不了试用期的。"

肖静文垂着眉目不再答话。

穆铮说得差不多，扭头叫刘玛丽走。

刘玛丽得势长脸容光焕发，小鸟依人跟在他身侧走出办公室，只留办公室的一群人面面相觑。

大家心里都不痛快，没说几句便各自散了。沈长生磨磨蹭蹭陪肖静文留到最后，见同事都走了才靠过来说："静文，我知道你委屈得很，不如晚上我请你吃饭吧。"

他平时舌灿莲花能说得很，这一句话却说得结巴两次，肖静文想到刚才刘玛丽说的那一茬题外话，心里只怨自己迟钝。她不愿让他误会，委婉拒绝了他的邀请。

沈长生也不恼，爽快地笑一笑："我知道你心情不好，只是想陪你说说话，既然你没心思，那咱们就改天吧。"

她想说点什么堵住他的心思，却又觉得其实人家什么也没说，自己贸然说出来实在唐突，便犹豫着住了口。

沈长生知道她想一个人静一静，又宽慰了她几句便也离开了。

办公室陡然静默下来，只有冷气呼呼地吹着，冻得人骨头缝儿都透凉，她入职快一个月，每天在这个办公室伏案工作，只有今天觉得这室内的空气憋闷得都要透不过气来，她迫切想要喘一口气，包包也不拿，走出去便按电梯到了天台。

正是炎热时节，一走出去热气便轰地扑了一脸一身，可是从那个寒气逼人的地方走出来，这样的温度反而让她觉得更自在，她站在楼顶上向下望，整座城市像是摆在面前的小小模型，有人上了发条，便是人来人往川流不息，日夜停不下来。

她木呆呆地看了片刻，手机的铃声响了起来。是她妈妈来的电话。

接起来便听到那多年不变的急速而愤怒的抱怨："学校那边打电话来说肖静妍那死丫头又没去上学，你说她又到哪儿鬼混去了，真是气死我了，既然她不想上这个学，我看干脆就不要让她上得了，反正她也不是那块料，还不如现在找个工作挣点钱……"

她只觉得太阳穴突突地跳——这些年复一年的陈词滥调，她心中的烦闷更盛，陡然打断那边滔滔不绝的话："她逃学我又能怎么样，她又不是我生的，我还能拿根绳子拴着她吗？"

她从来是沉稳而静默的一个人，就像她的名字，可是在这个一塌糊涂的下午，她根本控制不了自己的情绪。那边被她这样一顿抢白似乎陡然愣住了，隔了半天才问道："你怎么了静文，是不是身体不舒服，是不是工作不顺利？"

她吸了一口气，竭力平静地回答："没有，就是太忙，有点累。"

那边这才放心下来，又开始絮絮叨叨："那就好，你可得保重自己的身体，我们家就你还有点出息，名牌大学毕业，现在又进了五百强企业，妈以后可就指望着你了……"

妈妈只要转到这个话题上，说上半个小时也不会觉得累。肖静文不动声色地岔开话题："妈，已经快六点了，你今天不用摆摊吗？"

肖静文这样一说，那边才如梦初醒："对呀对呀，不说了，我要赶快去抢位置了，去晚了又被挤到边上，今天的生意就打水漂了。肖静妍那死丫头……"

"我会给她打电话的，你快去吧，晚上早点回去，小心城管。"

那边答应一声，匆匆挂了电话。肖静文这才呼出一口气，想一想，还是翻出妹妹肖静妍的电话，拨过去果然关机，她编了一条"速回电话"的短信发了过去。

这样一番打岔，压在心头的东西仿佛更沉了，她慢慢蹲下来，双手支在额头上，只觉得全身乏力，明明被这热气熏了这么久，全身上下眼里心里都是冰凉一片。她维持着同一个姿势很久很久，脚已经全麻了，终于站起来拿出手机开始编辑邮件，写了几行却又删了，再写几行又删了，删删写写最后只剩了几个字："对不起，辜负了你的期望。"

她翻到那个被标记为"D-L-L"的联系人，犹豫了一下，还是发了出去。她发到这个邮箱的邮件通常都是有去无回，她本来不抱多大期望的，可是照例刷了几次屏，居然看到那边回了。她忙不迭点开，上面同样只有寥寥几个字："不要计较一时起落，加油！"

她将这几个字翻来覆去看了又看，最后将这小小的手机捂到心口上，手机被握得滚烫，冰冷的肌肤贴到上面仿佛才有了一点活气。其实这种感觉并不陌生，多年前当她的家庭被钱逼得无路可走的时候、高考前紧张得睡不着觉的时候、一路走来遇到各种困难挫折的时候，都是这个人在背后默默扶持鼓励她，只要能看到这个人传过来的只言片语，她都会觉得重新找到了力量。

她长长吐出一口气，命令自己冷静下来，开始好好思考接下来该怎么办，不禁想起了苏姐临走前对她说的话："静文，很抱歉在我的组里让你遭受这些不公正的待遇，我会跟上级部门反映，但你知道穆铮的背景，到底会有什么结果我也说不清楚，不过，他这个人非常情绪化，喜恶都在一念之间，你私下里找他好好说一说，服个软，说不定事情会有转机。"

肖静文反复咀嚼苏姐的话，觉得确实在理，而且细细回想，自己今天着实冲动，一点委屈都忍受不了，这样的心态在复杂的职场上的确容易吃亏，好在穆铮现在只是说说，一切可能还有转机。

她打定主意便各方打听那人行踪，然而他实在神出鬼没，唯一有迹可循的是他有时会来接刘玛丽，她得罪穆铮主要因为刘玛丽而起，她先和穆铮说说好话，再咬牙让刘玛丽羞辱一顿，说不定会事半功倍。

穆铮来公司也怪，从不把车开进地下停车场，从来都是将他那辆路虎直接杵后门上，远远便看到了，肖静文给后门的门卫室大爷提了一袋水果，大爷乐得眼睛都眯不见了，第二天一发现情况立刻跟她去了电话。

她看看刘玛丽还在慢条斯理地收拾东西准备下班，当下也不说话，急匆匆走了出去，到了后门果然一眼看到穆铮的车。

她深吸一口气才走过去敲了敲车窗，车窗摇下一半，车厢里关着的浓浓烟气陡然冲了出来，她还没说话就先打了个喷嚏，车子里的人探手向窗外掸了掸烟灰，顺势搭在了玻璃窗上，架着茶色墨镜的一张脸往她这边凑了一凑，那唇线陡然扬了起来："是你，怎么？果然越级来找哥哥我申诉了吗？"

她不动声色地小退一步，她生平最厌恶抽烟之人，更厌恶的是他这种流里流气抽烟的人，然而她谨记自己此刻是来道歉的，不由得强压下心头情绪，拿出诚挚的口吻说道："穆经理，昨天是我不对，是我不懂规矩，请你看在我初入职场的份上，再给我一个机会。"

他哈哈笑起来："昨天是谁说去门店就去门店，原来铁骨铮铮都是假的？"

她只低着头伏低做小："对不起，是我的错。"

他笑着点点头又问："那你现在说说，那个方案到底是谁做的？"

她将指甲掐进掌心里，咬一咬牙："玛丽姐做的，是我想出风头，对不起。"

他的手臂搭在车窗上，头又搁在手臂上，墨镜遮住了也看不见眼睛，仿佛是打量了她很久，这才长声一叹："唉，肖静文，你怎么突然变得这么懂事，这样可就不好玩了。"

在他这种只会吃喝玩乐的二世祖心里大概是将一切都拿来玩的，她暗暗发怒，却一个字也不敢说出来，连表情都控制得恭恭敬敬的，埋头等待他的裁决。

他慢悠悠说道："其实新人嘛，犯错当然是难免的。"

她心中一喜，却听他陡然一个转折："可是说出去的话泼出去的水，我既然说过调你去门店，覆水难收啊。"

"穆经理……"

她还要再说，却又被他打断："不过看在你这么诚心的份上，我可以给你一个机会。"

她喜出望外正要感谢，却看他偏一偏头："上车吧。"

她的高兴戛然而止，她警惕地看他："为什么要上车？"

他说得正经："有求于人必定要付出代价，你不会想着天上白掉馅饼吧？"

她站住不动："是，我知道，不过请你告诉我，你所谓的代价是什么？"

"也没什么大不了的，就随便开个房之类。"他往她脸上吐一口烟，果然看到她脸色瞬间变了，顿时哈哈大笑。

她本来下定决心好好和他说话的，可是现在发现要和这个人好好说话实在太难，她脸色阴沉变幻，而车里的人已经笑得上气不接下气了："看你那样子，不会以为我真想和你开房吧？"

他好不容易才直起腰来："放心，你是属于安全型的，我不早说过就你那身材，男人看几眼一般都是没想法的吗，我还不至于这样委屈自己。"

她冷冷地看他不说话，他拍拍副驾位置："你有求于人，请一顿饭总是要的吧，怎样，敢不敢上车？"

她提醒他："你不是来接玛丽姐的吗？"

他将墨镜往下拉一点，露两只桃花眼泛着笑望她："你会不会调去门店只凭我一句话，我再问最后一遍，上不上车？"

虽然觉得面前这个人并不靠谱，可是事已至此她不想功亏一篑，犹豫了片刻还是拉开车门坐了上去。驾驶座上的人仿佛心情大好，哼着小调发动车子，一脚油门轰得老远，她在后视镜里远远看到刘玛丽惊诧的脸，心中陡然咯噔一声。

果然，没有半分钟穆铮的电话便响了起来，他看都不看直接挂断关机，随后肖静文的电话也响了起来，她看着刘玛丽三个字不知道接还是不接。

穆铮在旁边坏笑："关机吧，否则这顿饭是吃不安稳的。"

她依言关机，却又嘲讽一笑："这样闹下去，吃了这顿饭就能安稳吗？"

他却不管她心中情绪，只笑嘻嘻地问："你打算请我去哪儿吃？"

她考虑如果任他胡闹的话大概几个月工资都不够他挥霍一顿的，因此小心翼翼问道："火锅怎么样？"

他"扑哧"一声笑出来，哼道："小姐，有点档次好不好，你既然请客，让我急头白脸吃一顿怎么也得上万吧，身上钱带够了没，信用卡额度够不够啊？"

给他这样一提她才猛然想起一件事来，低声说道："那个，我刚刚走得急，好像忘拿包了。"

他一脚踩个猛刹，头几乎探到她面前去，茶色墨镜也遮不住一脸的戏谑无语："小姐，你这算是在调戏我吗？"

他也没有怜香惜玉的想法，直接打开副驾门向她摆摆头："下去下去，自己打车回去拿包，我等你。"

她脑中飞速转动，经过刚才那一幕她已经将穆铮其人看透了几分，这人根本不会按常理出牌，他嘴上说给她一个机会，却又故意让刘玛丽误会，哪里是善罢甘休的样子，分明是想将矛盾激化，按他的说法，这样才好玩，而将自己耍得团团转，不过也是因为他闲来无事逗着寻开心罢了。

她迅速有了计较，转头向他冷静地说道："这样吧穆经理，你知道我现在身无分文，可是如果我想办法让你大吃一顿，昨天的事就请你一笔勾销好不好。"

她这样一说果然勾起他的兴趣，他嘴角挑一点笑玩味看她："有点意思啊，不过先说好，我可不吃太廉价的。"

她笑一笑："放心，绝对高端大气上档次。"

他还有疑虑："不会是你家亲戚朋友开的店吧？"

她摇头："不是，我压根儿不认识。"

他笑着打量她几眼，突然探头过去压低了声音问："那个……你不会是想着卖身请客吧？"

她冷冷地看他一眼。

他又坐直了身子一本正经念叨："也行不通啊，就你这卖相，挂个十天半月也不见得有人问津，哪是分分钟能见钱的主儿？"

她本不是多嘴的人，可这种时候也要牙关紧咬才能忍着不骂他一个滚字，只是沉声打断他的话："到底行不行你给个准话。"

"行，当然行！"他立马附和，末了又坏笑一句，"男人最忌讳说不行。"

她整张脸全红了，而她身旁的人已经憋不住笑，扑倒在方向盘上。

她压着怒气吐出几个字："说话算话，开车吧。"

穆铮存着好奇想看她到底使什么法子，一路上便也乖乖开车，虽然他不再聒噪，可是从始到终都姿态潇洒地吞云吐雾，只熏得她差点没背过气去。终于七弯八拐到了目的地，他往街边的店面上看一眼，不由得哑然失笑。

她所谓高端大气上档次免费吃晚餐的地方正是一家梦幻森林的门店。

她正一正胸前的员工牌，下车径直走进门店里，不多时店长慌慌跟着迎出来，一眼认出车上的穆家二少立刻忙着点头哈腰："穆经理您好您好，大驾光临有失远迎，快请进来坐坐。"

不愧是门店上历练出来的，面子功夫做得很有一套。穆铮坐着没动，只淡淡扬一扬嘴唇算是回应，对方见他不冷不热也很识趣，立刻转口说道："那请您稍等片刻，我立刻给您提货。"

他又慌忙折回去指挥几个营业员张罗去了，穆铮这才摘下墨镜向肖静文笑笑："狐假虎威，你挺聪明的。"

笑罢他又隐约想起一点不对："门店提货都有正规程序，就算是总经理临时想吃块蛋糕，走进门店都要自己掏钱买，不是刷刷面卡就可以随便拿东西走人的，你到底是怎么跟他们说的？"

她只敷衍笑一笑："大概是因为你比总经理更有面子吧。"

其实她没有说真要感谢他的名声在外，门店店长宁可违反规矩也不敢得罪这个混世魔王，只盼早早送了瘟神别惹祸上身，自然是要什么给什么。

他靠着椅背上下看她，含着一点意味不明的笑。片刻之间那店长已经把肖静文点名的东西送了上来，店里招牌的芒果班戟、经典的巧克力慕斯蛋糕，再加一杯冰的卡普奇诺，装在精致透明的印花提盒里，让人一看就食欲大开。

她向店长道了谢。店长又啰唆了几句客套话才退回店里，她向他展示手中的战利品："梦幻森林的甜点，业界最高端大气上档次的品牌，有吃有喝分文不取，穆经理，别忘记你答应我的事。"

他总算不再窝在车里，开门走到她面前接过提盒，眼睛只落在她脸上："嗯，不错，的确是高端大气，分文不取，只是……"

他顿一顿，嘴角隐隐有坏笑，她陡然觉得不妙，随即果然见他转身走到路边的垃圾桶旁，眼睛还望着她笑，手指却倏地一松，那提盒便啪地砸在垃圾桶里。

他丝毫不尊重别人的举动仿佛在她脸上扇了一耳光，而他耸耸肩还能向她笑："只是不好意思，我生平最讨厌吃的就是甜食，所以……我还是没吃到你请的晚餐。"

他保持着高高在上的姿态，旁边的路人已经把疑惑的眼光投了过来，砸落下去的咖啡泼了出来，慕斯也迸裂在提盒上，仿佛是小丑脸上涂抹的油彩，而呆呆站立的她就是那个自不量力的小丑。

他拍拍手，重新戴上墨镜，一颗脑袋探到她面前："怎样？还有其他招吗？"

这一刻她终于完全明白来找他是多么可笑的决定，她所说的任何话、所做的任何事都只是在浪费时间精力罢了，她只觉得荒唐又悲哀，于是彻底沉默下来，任他怎么逗弄也不发一言，只留一个单薄而固执的影子在他的墨镜上。

他本来不是耐性的人，她的毫无反应也让他意兴阑珊，于是摇摇头，装模作样地叹息了一声："既然你是这样的态度那就没办法了，明天乖乖去门店上班吧，哦，还有，"他大概在墨镜下戏谑眨了眨眼睛，脸上的表情很是欢乐，"好好想想怎么跟玛丽解释。"

他跳上车，车子发动，轰地绝尘远去了，她在路人各式各样的眼光中陡然觉得似乎连站立的力气都没有了。

第二天一早上班，刘玛丽果然向她发难了。刘玛丽一向自恃身份，虽然尖酸摆谱可是从来还没有撕破脸骂过人，然而昨天穆铮当着她的面撇下自己带走肖静文那一幕触动了她心里隐隐害怕的东西，她不敢责备穆铮，当然把气全发到了肖静文身上。

办公室的同事一早来便看到刘玛丽端一杯咖啡跷着二郎腿，满脸厌恶一口一个"小贱人""不要脸"，大家面面相觑听得莫名其妙，苏姐皱起眉头说了她两句："大清早的你这是骂谁呢？"

刘玛丽也不看苏姐，只把话绕到沈长生头上去："沈长生啊，姐姐早跟你说过，那种女人别对她好，她指定要攀高枝儿的，你看看，现在马上应验了吧，她不但想攀高枝儿，连做小三儿这种事也觍着脸贴上去，不是什么正经东西。"

沈长生被说得莫名其妙，看看她又看看旁边的人，迷茫地问道："玛丽姐，你这说什么呢？"

"说什么，你问问你的肖静文，她倒好，已经把主意打到我们家阿铮身上去了！"

听到这话众人都大吃一惊，肖静文再也不能沉默下去："玛丽姐，我昨天找穆经理只是想向他求情……"

"少跟我来这一套，阿铮的电话昨天晚上一晚都没开机，他也没回公寓……"她说到这里实在说不下去，只将手上咖啡杯重重一放，迸出几个咬牙切齿的字，"不要脸。"

肖静文没想到后面还有这种事，谁会知道那花花大少又去哪里鬼混了，她如实陈述："我只是和他去了一趟市中心的门店，后来他去了哪里我真不知道。"

苏姐也在旁边帮腔："静文不会是那种人，你别乱猜忌，等穆经理开机了你先问清楚再说。"

"问清楚，哼，如果真有什么他还会对我说实话吗？"刘玛丽起身走到肖静文面前，居高临下恶狠狠地瞪她，"肖静文，我告诉你，你不要觉得心有不甘就想用这种下三滥的手段对付我，我和阿铮的感情也不是一天两天，你最好给我……"

"玛丽姐！"肖静文打断她的话，也许刘玛丽怎样也不会明白，自己费尽心思想抓在手里的富二代却是别人听都不想再听到的人，她冷静地分析，"你好好想一想，如果昨天的事情真如你所猜，那么穆经理说贬我到门店做营业员的事是不是已经不了了之了？"

她这句话说到点子上，刘玛丽一愣，不由自主地停下来等她下文。

肖静文再说："所以要验证我和穆经理是不是有事很简单，你现在去问问张经理我还用不用去门店不是一清二楚了？"

刘玛丽细细一想在理，又见肖静文冷静笃定并没有心虚的样子，不禁觉得大概真是自己患得患失想多了，如此发力过猛不免起了几分尴尬，正想说几句话挽回面子，这时张耀林正好背着双手走了进来，看到这双人对峙众人观战的场面立刻皱起了眉头："大清早不认真工作，你们一个个都在看啥呢？"

肖静文心想来得正好，她看一眼刘玛丽，这才转头过去故意问张耀林："张经理，我手上还有些这边的工作没完成，调去门店的事你看可不可以晚两天？"

"调去门店？"张耀林愣了一下，随即笑着挥挥手，"阿铮之前是随口提了这么一句，可是今天一早又来电话说你昨天表现得很好，是可造之才，让你安心工作，别再提什么调走不调走的话了。"

本来肖静文听到这话该高兴的，可是此情此景这话说出来却仿佛晴天一个霹雳，让她陡然呆在原地，眼前不自禁地闪过那个瘟神的戏谑面孔——她几乎可以预见他看到这一幕时的胜利狂笑。

"穆铮！"她狠狠咬牙，真恨不得把这两个字给磨碎了，而面前的刘玛丽猛然一声号，已经抓起办公桌上一沓资料劈头盖脸砸在她身上，厉声骂了起来："肖静文你跟我来这一套，贱人！"

办公室里陡然骚乱起来，劝架的劝架，拉人的拉人，搅成了一锅粥，只有张耀林莫名其妙地站在门口，茫然不知问谁："这到底是怎么回事？你们谁能告诉我这到底是怎么回事？"

刘玛丽一通狠闹，最后筋疲力尽了，一屁股坐在椅子上，指着张耀林喝道："把她调到门店去，马上，张经理，把她调到门店去！"

自从她成了穆铮女友之后，张耀林一反往日的领导架势，对她低眉顺眼恭敬有加，虽然她这语气已经完全逾越了下级本分，他还是愁着一张圆脸好好敷衍着："玛丽，八字都还没一撇呢，你这是闹的什么事，况且调去门店是要和营销部那边衔接的，也不是我一个人说了就算……"

"我不管，留她在这里就是个祸害！"刘玛丽靠在椅子上喘气，嘴里咬牙切齿。她这边话音刚落，那边副经理秘书 Toby 又怯怯站在了门口，大概他也知道自己来得不是时候，因此说话也小心翼翼的："肖静文，穆经理让你去他办公室看份资料。"

穆铮这位副经理在公司十天半月都难得见一次影子，要说正经坐在办公室里见个下属讨论资料这种情况更是从未有过，他这分明是来火上浇油的，果不其然，这句话一说出来便将刚刚按捺下去的战火呼地又撩了起来，刘玛丽也不顾自己还喘着粗气，蓦地站起来就往外冲："我找他问清楚去！"

Toby 立刻拦住她："对不起玛丽姐，穆经理说只让肖静文一个人去，请你谅解。"

刘玛丽知道穆铮翻脸不认人的脾气，再气也没那个胆子去找他撕破脸，恼羞成怒下只能转身指着肖静文骂："肖静文，全公司上上下下的眼睛都看着呢，我看你敢不敢踏进那个门，我看你知不知道羞耻！"

肖静文也不看她，只低声和苏姐说道："苏姐，穆铮他故意的,我不能去。"

苏姐沉吟一下，迅速和她分析："穆铮是副经理，在公司叫你去办公室合情合理，比起玛丽，你更不能得罪的是他，他要胡闹起来没完没了，公司里压得住他的只有董助碧姐，可是现在碧姐正在外地考察。这样，你先去，我马上再帮你想办法。"

　　有苏姐这一句话，肖静文心里先定了定神，再细细一想，一时间确实也找不到更好的办法，当下将心一横，咬牙随 Toby 走了出去，她觉出了旁边看热闹的人复杂暧昧的眼神，觉出沈长生的担忧失落，更觉出刘玛丽毒钉子似的眼睛牢牢地钉在后背上从未移开过，不由得默默长叹一声。

MINGMING HENAINI

▶ 第三章
大动干戈

　　副经理室就在对门,她走进去便看到那二郎腿跷到办公桌上的二世祖,一手烟灰缸一手烟,见她进来头也不抬,烟灰在缸里抖一抖,说两个字:"关门。"

　　这房间里陈设和其他办公室没多大区别,办公桌椅、书柜、空调,只是有一股空气久未流通的味道,又夹杂着烟味,闻到鼻中很是憋闷,她不由得微微皱眉,只站在门口不动,问他:"穆经理让我看什么资料,我拿到办公室去和前辈们讨论讨论吧。"

　　他不耐烦地解释一声:"内部机密文件不宜外泄,关门。"

　　她只得关上门。他倒真从旁边的抽屉里拿出厚厚一个文件夹,啪地扔到办公桌上,拿烟的手指一指,示意她过来看。

　　她问:"不是说要调我去门店吗,这是什么意思?"

　　"张经理刚不告诉你了,你昨天表现得很好,是可造之才,不用调去门店了。"他眨眨眼睛,笑得很善良,"怎么样?如愿以偿高不高兴?"

　　他果然放一把火之后就在这里隔岸观火。她控制住情绪,也知道越跟他扯他越能扯,因此并不接他的话,只走过去拿起那文件夹,却是企划部历年的活动方案汇总,不由得说道:"这些活动方案我电脑里面都有——"

　　"有没有这些不重要,重要的是我要你现在马上做出各个方案的横向对比数据。"

她面色不改："在出空巢老人这个方案前我已经看过公司的方案汇总，也做过横向对比数据，我马上可以拷给你。"

他看她一眼，立刻就改口哼一声："既然是这样，那你做一个数据分析报告……"

"报告也做过，就在我发公司的活动方案附件里。"

他停止了抽烟的动作看她："那你什么东西还没做过？"

她耐着脾气问："穆经理，你找我到底什么事？"

他也不回答，左右看一看，然后将一盒面纸塞到她手上，指指身后的空调："擦擦，好久没用，一吹全是灰，怎样？这总没做过了吧？"

依刘玛丽的脾气，她如果再不出去大概整栋楼上上下下都要来看这笑话了，她不由得说道："穆经理，你知道玛丽姐的个性，如果你真喜欢她的话就该避避嫌。"

"我是喜欢玛丽，"他跷着双脚换了一个姿势，在烟雾袅袅中眯着眼睛看她，依然没个正经样子，"我就喜欢玛丽会来事儿，如果 Toby 会来事儿我还能喜欢他，如果你会来事儿我立马就能喜欢你，怎样？有没有兴趣？"

她不答话，抽出两张面纸便去擦空调。

穆铮啧啧摇头："你看你，真是不解风情。"

她只作未听见，半眼也不往他那边看。

穆铮自命风流，遭到这种冷遇不由得心中不甘，蓦地将手中的烟灰缸一丢，站起来靠在空调柜机旁，拿出一个酷帅的姿势对她放电："难道我不够帅吗，难道我不够有钱吗？如果你真跟我好，整个公司都任由你呼风唤雨，哪会可怜兮兮地在这里擦空调？"

也许他这样子的确征服过诸多如刘玛丽之类的女人，但那真是一副想让人将苍蝇拍拍到他脸上的恶心表情，肖静文淡淡对他笑一笑："是，穆经理，你说得对。"

他立刻得意起来："对吧，外面想跟我好的女人已经排到大街上去了，所以你应该觉得荣幸。"

"我是说，"她保持着淡淡微笑，"空调太久没用全是灰你说得对，所以……"

她示意他看看衣服，他看一眼立刻弹了三米远，骂道："靠，几个月没擦了，蹭我一身灰。"

显然他是洁癖惯了，立刻从她手中抢过面纸左拍右拍，她摊一摊手："你已经把空调蹭干净了，还用不用我擦？"

他一脸厌恶还没答话，外面的敲门声突然响起来，刘玛丽的声音透着小心翼翼的焦急："阿铮，是我，玛丽，给你送杯咖啡，可以进来吗？"显然她是再也熬不下去，千方百计找了由头想进来，不愿再坐以待毙了。

穆铮看一眼肖静文的沉静面孔，陡然又露一丝坏笑，她瞬间觉得不妙，果然这厮扬起声音喊了一嗓子："玛丽，等我换件衣服。"

刘玛丽蓦地惊起来："好端端你换什么衣服？"

他将房门一锁，也不答刘玛丽的话，只扬起声音去责备肖静文："我和玛丽在一起从来都没把衣服弄脏过，你第一次就要我换衣服，这也太生疏了吧！"

饶是她淡定以对这一刻脸也绿了，而那边刘玛丽已经疯狂地拍起门来："开门，开门，你们到底在里面干什么……"

外面闹的闹，拉的拉，各色声音糟成一团，场面大概已经完全失控了，而穆铮双手抱在胸前听得津津有味，竟是一脸顽童的兴奋期待，肖静文没想到这个人在公司里也这样毫无下限，再也无力和这个混世魔王纠缠下去，抢过去就要开门，他却一侧身将门锁挡了个严严实实，还能闲闲地向外面喊："玛丽，现在真的不方便，你再稍等片刻。"

肖静文咬牙问他："穆经理，你真要我在公司没有无立足之地吗？"

她的样子太过严肃，倒让他怔了一怔，随即却又哼一声："谁让你弄脏我衣服的！"

她脸色苍白："我从来没想过得罪你，我只是想好好做我的工作。"

冷气吹得凌冽，她强自镇定，眼睛里却有一种冷冽而绝望的光芒，他向来胡作非为惯了，从来是心安理得，而这一刻被她这样死死盯着却觉得极不舒服，不由自主地跟着她皱一皱眉。

正是仲怔间却突然听到门外又有人声："你们这是在干什么，办公室里大吵大闹成何体统？"

那个声音果断严厉、气势十足，立刻让又哭又闹的刘玛丽噤声，门里门外陡然一齐寂静下来，似乎又有人跟来人说了两句此刻情形，然后"咚咚"两声敲门，那声音再次开口："阿铮，开门，是我。"

他回过神，蓦地又嘲弄笑起来："苏姐挺能耐的，把我们总经理大人都搬来英雄救美了。"

他转头去看肖静文，却发现一直冷静克制的她这一刻已经红了眼睛。他不由得夸张耸耸肩："不就是叫你擦个空调，至于吗？"

门外又"咚咚"两声，穆连成的声音愈加严肃："穆铮，开门。"

肖静文再也不管那么多，推开他开了门一步跨出去，她冲得急，险些一头栽到穆连成身上，他伸手扶了她一把，一种淡淡薄荷的清爽味道嗅到她的鼻端——那是跟这房间里的混浊截然不同的味道，是面前这个男人的味道。她还没有抬头，脸已经不自觉一红，慌忙挣开他的手，低头站到一旁。

刘玛丽一见到她便是要吃人的样子，忘了穆连成就站在跟前，磨牙骂道："肖静文，光天化日在办公室，你也真够能耐的。"

穆连成微微转头一个眼色，刘玛丽怔了一怔，不情愿地咬住了牙。

肖静文埋头站在苏姐身边一言不发，门口的总经理看她一眼才将眼光放到穆铮身上去："阿铮，怎么回事？"

穆铮往门上一靠，要笑不笑吊儿郎当："不就是叫个下属到办公室看资料嘛，这也要劳烦总经理亲自过问？"

穆连成声音铿锵："公司员工守则里禁止上司单独约见异性下属，你身为部门经理，不应该明知故犯。"

"是吗，公司还有这样的八股守则？"穆铮故意扯东扯西，"只规定不能单独见异性下属，难道你们不知道现在同性恋犯罪的比例也很高吗？"

旁边的尹颖"扑哧"一笑，又立刻咬住了嘴唇。肖静文忍不住偷偷去看穆连成，岂料他也正好转过头看她，那一张俊朗面容并没有因为这样的挑衅而神色有异，她慌忙低下头，耳畔只听他的声音在问："穆经理叫你到办公室只是看资料吗？"

那边穆铮笑嘻嘻地跟着冲她喊一句："喂，总经理问你话呢，你可得好好回答，别一不小心说错了又要被调去门店。"

穆连成瞪他一眼，转而走到肖静文身边，声音柔和："你好，我是穆连成，你别怕，就把你知道的原原本本告诉我。"

他很高，站在她面前完全将她笼罩在身影里，可是却并不让人感到压迫，或许是因为他的亲切谦和，竟还有一种叫人忍不住要去相信和依靠的踏实感。然而那种感觉也只有短短一刻，她越过他看到了面目扭曲的刘玛丽，看到了还能向她挤眉弄眼的穆铮，瞬间觉得颓败下来。

曾经盛怒之下她想象的就是这一刻——站到公司总经理面前，将一切的委屈和不公向他和盘托出，可是历经了这一两天她清醒了，或许面前这个人这一次真能帮她，可是往后呢，她仍然在企划部，刘玛丽仍然在企划部，穆铮仍然在企划部！

所有的念头夹杂在这一瞬间，她封住了自己的神色波动，只摇一摇头，发出机械的声音："穆经理找我只是看资料。"

穆连成阅人无数，自然一眼看出了面前这个女孩子的委屈和隐忍，他心里微微叹一口气，而旁边的穆铮还不识好歹地哼一声："还真够听话的！"

他又瞪一眼这个不成器的弟弟，这才柔和地问肖静文："你叫什么名字？"

她的眼睛从睫毛底下抬起来望他，只看了一眼又飞速地垂下去了，她答："肖静文。"

"好，肖静文，既然你说没事，那这件事我们就不再追究了，只是你记住一句，如果以后工作上碰到任何的不公正待遇，你可以直接来二十六楼找我。"

这一句话朗朗说出来，只让周围的人大吃一惊。也许穆连成是想借由这件事开始整顿企划部的歪风邪气，然而授予某个下属直接找他的权利也是从未有过的事，这无异于给了肖静文一把保护伞，警告了某些总爱找碴儿的人不要再为所欲为。

肖静文也不敢相信自己的耳朵，抬起眼睛疑惑看他："真的？"

她一直神色呆板克制压抑，可是这一抬眼间眉目灵动，总算有了一点初初毕业的女孩子模样。穆连成不禁一笑："是，随时。"

他挺拔立在那里，面容柔和，唇角含笑，本就是如玉男子，这样展眉一笑真如明珠弄月光芒灼灼，看得一众女性面红心跳。尹颖被那个笑迷得神魂颠倒，对肖静文羡慕得要死，悄悄向沈长生和罗劲嘀咕："有男神罩啊，静文这次因祸得福了，早知道我也去惹惹咱二少爷，换和总经理亲密接触的机会，值啊！"

上司都在，罗劲不敢说话，沈长生却是一脸怅然若失。

旁边穆铮不觉得这是多大个事儿，还一心去逗肖静文，向她吹着口哨："恭喜你，心想事成哦！"

她知道他还在嘲讽自己一心想要接近穆连成，她学了乖，转开眼睛不理他。

然而事情并没有完，一边的刘玛丽见肖静文不但没被斥责，反而多了一个靠山，她气肖静文和穆铮搅在一起，又怕肖静文以后到穆连成面前说自己坏话，心急之下再也忍不下去，风一般冲到穆连成面前恶狠狠地告状："总经理，你不要被她可怜兮兮的样子骗了，她就是靠这个样子去勾引阿铮的，她进阿铮办公室根本不是看什么资料，她是想做第三者破坏别人的感情！你一定要管管她！"

四周一片哗然，穆连成眉头皱了起来："刘玛丽，这里是办公室，请注意你的言行，不要捕风捉影影响同事的名誉。"

他显然是站在肖静文这边的。旁边的肇事者穆铮饶有兴致地关注着事态发展，而刘玛丽怒急之下已经愈加提高了声音："总经理，你相信我的话，不然你问问大家，大家都听到他们两个在办公室里打情骂俏！"

她边说边去拉杜淼淼和张耀林："淼淼，你跟总经理说说，张经理，你也亲眼看到的。"

此刻没有人敢答她的话，她不依不饶扯了这个又拉那个，搞得一团乱。

穆连成揉一揉额头，示意苏姐："先带她去茶水间喝杯水冷静冷静，或者，放她几天假吧。"他说着又转头看向穆铮，"阿铮，你来我办公室。"

穆铮不去应他，却趁乱向肖静文挤挤眼睛低声笑："看，我就说玛丽会来事儿吧。"

随着几个当事人的离开，那一团乱的局面终于正常下来。

走进穆连成办公室，穆铮一屁股坐到沙发上，掏出打火机自顾自拨弄，穆连成在他身边坐下来，沉默了很久才缓缓说道："阿铮，你什么时候才能不让人操心？"

穆铮二郎腿往茶几上一跷，哼了一声，不置可否。

做大哥的人叹出一口气："你这辈子就打算这样浑浑噩噩地过下去吗？"

"有什么不好，泡不完的美女用不完的钱。"他不以为然，说着又想去点烟，却被穆连成按住打火机："阿铮，爸一直希望你能多放点心思在公司，你知道爸的身体不好，就当是逗他高兴你也该做出点样子。"

他推开大哥的手说道："我早说过我不是这块料，你们非逼着我进公司，现在又这不对那不对的，你告诉老爷子，他有你这个好儿子帮他挣钱就够了，我就是个天生用钱的命。"

"阿铮……"穆连成还要再说，却被他不耐烦地打断："不要整天都跟我念这些大道理了，没别的事我走了。"他站起来，突然又想起一事，将手中的打火机潇洒地往沙发上一抛，"Zippo 的最新款，送你了。"

穆连成眉目不动,只再问了一句:"你好久没回家了,不回去看看爸吗?"

他头也不回:"看不看都是那样,就不回去惹他发火了。"

他话音还没落,人已经跨出去"砰"地关上了门。

穆连成这才转头看着那只静静躺在沙发上的打火机,小巧精致,颜色锃亮,他微微眯眼,目光深邃。

穆铮下楼便碰到正在等电梯的肖静文,他冲她吹一声口哨,她低下头只作未见,等他一出来立刻走进去按了关门,眼见电梯门快要合拢,一只手却陡然伸进来挡在门口,门又缓缓开了。

她看着大摇大摆再次走进来的穆铮便觉得全身紧张,不自觉往角落里缩了一缩。他看一眼她按的楼层,笑:"去十八楼干什么,我还以为你迫不及待就要到二十六楼去找我们总经理了呢。"

她不理他的揶揄,只尽了本分答道:"去送份资料。"

他围在她身边转:"看你神清气爽的,是不是以为今天穆连成说了那句话往后你就可以在企划部高枕无忧了?"

她不答他的话,只抬头去看楼层显示的键。平时运行很快的电梯此刻只觉得走得那样慢,狭小的空间里只有他的笑声:"本来呢我只是跟你随便开个玩笑,这事过去就结了,可是你本事倒大,跟我们总经理还扯上关系了,这下我想停恐怕都难了。"

她只觉得背脊生凉,好在这时"叮"的一声响,电梯到了,她一步便跨了出去。穆铮并没有跟出来,可是那森森凉意仿佛钉在了后背上,让她手脚都跟着冰冷起来。

这一次风波之后刘玛丽果然被放了假,虽然空巢老人的策划案还是署了她的名字,然而张耀林人前人后也会说肖静文同样出了大力,偶尔见着她了还要轻言细语关怀一下她的工作生活,较之从前判若两人。

从那以后公司里很多毫无交集的人看到她也都要友善地打个招呼,经常还有陌生的女同事故意结伴走过她身旁，眼睛有意无意地往她这边瞄，微风中听到一两句低语："那就是肖静文……穆总亲口说随时可以去找他……"

因为穆连成的一句话，她似乎陡然成了公司的名人。尹颖曾在吃饭的时候和她叹道："怎么办静文，你现在已经成了女性公敌，连我都有点嫉妒你了。"

肖静文白她一眼："穆总就那样随口一说，你别也跟着瞎起哄。"

"就算只是随口一说吧，可你也是公司唯一的一个啊。"尹颖说着说着饭也不吃了，双手支颐遐想无限，"我也好想有穆总那样的男人深情款款地对我说受了欺负就去找他啊。"

她想得入神，一副花痴样子，肖静文本想笑她，却不禁也想起那一天站在她面前的穆连成，鸦翅黑眉，眉下一双蕴着柔软水波般的眼睛，微微笑起来时周身好像凝住了阳光。有些人的存在本来就如阳光一般耀目温暖，而显然穆连成就是那样的人，也许他当时的确只是那样随口一说，可是扪心自问，即便那句话给她带来了困扰，可从头到尾她似乎也没有排斥，甚至还有一点虚荣的愉悦。

唯一让她忧心的是上次穆铮在电梯里和她说的那一番话，可是风平浪静的几天过去，那位二少爷就像往常一样神龙见首不见尾，看来大概又找到了新的乐子，已经将她忘得一干二净了，她不禁慢慢放下心来。

然而，不过过了四天的安稳日子，穆铮却又出人意料地出现在了办公室。

他这一次回来跟前两次打酱油的样子不一样，穿得正儿八经的，连胸牌都规规矩矩地戴好了，不说话的时候还真像那么回事儿，一走进办公室便齐刷刷吸引了大家的目光。

杜淼淼和他打趣："穆经理，您这是要接见美国总统吧。"

穆铮正一正领带，难得正经答一句："怎么说我也是企划部一分子，眼看中秋新品发布会在即，大家正是忙的时候，我也应该和大家同甘共苦嘛，对吧肖静文？"

她突然被点名，抬头便看到他隐隐含笑的眼睛，只觉得冷汗密密麻麻从额头上沁了出来。

好在穆铮一来就关进了办公室，一上午相安无事，中午大家相邀正要去吃午饭，对面副经理室的门终于开了，穆铮大摇大摆走进来喊了一嗓子："肖静文，帮我买午餐。"

他说得天经地义，仿佛那就该是她的本职工作一样。她知道该来的终于还是来了，苏姐这时刚好不在，连个帮她说话的人都没有，还是沈长生挺身站了出来，对他赔着笑脸："穆经理我去帮你买吧，我跑得快，可以先帮你拿上来，你想吃什么？"

穆铮"哧"一声笑起："你跑得快对吗，那这样，你也先别去吃饭了，先跑跑各部门，把下午开会的资料提前送过去。"

沈长生拿不准他的性子，不敢在他面前多言，犹豫着要回办公桌去拿资料，却被肖静文一拉。

她强迫自己在脸上挤一个礼貌的笑出来："穆经理，现在本来就是吃饭的点儿了，送资料也不急这一会儿，你要吃什么，我马上去餐厅买。"

"开什么玩笑，我怎么可能会吃员工餐厅？"他哼一声，"我要吃意大利黑胡椒牛排，一环地下广场那一家，六分熟，你跑快一点，冷了的我不吃。"

肖静文站着没动，大家也都不敢说话。穆铮笑起来："叫你帮我买个餐是不是就算不公平待遇啊，你要不要先去二十六楼告个状？"

她终于还是保持住了那一点笑，摇一摇头："没有，我马上去买。"

她拿了钱包走出去，尹颖等人敢怒不敢言，穆铮冲他们挥挥手："吃饭去吧，一个个还愣着干什么。"

穆铮点名的那家西餐厅人气火爆，等她排队买到牛排再匆匆赶回来时员工午餐时间已经过了，他也不管她是否滴水未进，就在她面前打开餐盒夸张地嗅一嗅香气，叹道："就是这个味道，温度也刚刚好，不错，做得好，难怪总经理对你青眼有加，那以后我的午餐全部都拜托给你了。"

她没有回答，然而他只是知会，并不需要她的回答，他挥挥手："你可以走了，不要站这儿影响我吃饭。"

她坐回座位才觉得饿，拉开抽屉赫然发现里面躺着两只自己公司的月饼，她四下一望，正看到沈长生对着她笑，不禁更加头疼。

次日穆铮故技重施，正碰到穆连成来企划部开会，看到急匆匆往外走的肖静文便随意招呼了一句："吃饭吗？一起吧。"

穆连成做事很拼，也没有少爷排场，常常就在员工餐厅解决午餐，也常常在用餐时间和员工坐到一起闲聊几句，听听大伙儿的牢骚和意见，因为他的平易近人公司上上下下对他的印象都非常好，他这时随口邀请肖静文也没人觉得唐突，然而那被邀请的人却显出几分不自在，犹豫了片刻才说："我现在要出去办点事，今天不在餐厅吃，谢谢总经理。"

他笑一笑："好，你忙。"又不忘和张耀林打个哈哈，"你们企划部中午的就餐时间都要用来工作，看来这一次的新品发布会一定会做得非常出色。"

张耀林觉得这话带了责备之意，连忙澄清道："那怎么会，人是铁饭是钢，怎么也不会要员工饿着肚子工作啊，苏姐，你没给静文派什么紧急任务吧？"

苏姐摇头："没啊，静文，你什么事啊，先吃了饭再说。"

肖静文怕说明白了得罪穆铮，只打个马虎眼："没什么，一点私事。"

旁边的尹颖看不下去，噼里啪啦接嘴道："静文是去帮穆经理买午餐呢，昨天穆经理也叫她去，跑到一环的地下广场再回来，静文午饭都没来得及吃。"

穆连成眉头一皱："有这事？"

正说着，副经理室的门一开，穆铮走了出来，一眼看到这边的肖静文，皱起两条眉毛嚷嚷起来："肖静文，你怎么还没去，你要饿死我啊？"

他嚷完了似乎才看到这一团热闹，干笑两声："哟，大家都在啊。"

穆连成脸上殊无笑容，低头看住了肖静文："不是说有什么事可以过来找我吗？"

她还没有答话穆铮已经先叫了起来："有什么事？肖静文你遇到什么事了？谁敢在我企划部的地盘上欺负你？你说出来，我帮你出气。"

她看他一眼，闭口不答。

穆连成脸色严肃地看住了那吊儿郎当的人："穆铮！"

这两个字带了浓浓的警告意味，穆铮不耐烦地摊摊手："又怎样啊，你总经理都发话不能欺负的人，我这不也是在为她出头嘛！"

穆连成显然也懒得和他多说了，只郑重地对肖静文说道："肖静文，你现在正负责中秋新品发布会的事，公司非常重视，这样，从今天起，你每天中午午餐时间都要向我汇报发布会最新进展。"

其实以她的级别哪能直接向穆连成汇报，他此举无疑是在为她解围。肖静文感激地看他一眼，立刻恭敬答一声"是"。穆铮笑起来："这是几个意思啊，我的下属就算要汇报工作也是向我汇报，不带这样玩儿的，这是她升职了啊还是总经理你降职了？"

他不等穆连成回答又向肖静文笑："怎么？叫你买个饭就是委屈你了，你得是有多大牌啊，这种小事也要劳烦我们总经理来给你护驾？"

肖静文低头答一声："不是。"

"不是那你还愣着干什么，刚没听到我说饿了吗？"

这显然是连穆连成的面子也不给了，众人一个个都不敢说话，只屏息看着这两兄弟的剑拔弩张。肖静文看他一眼，咬住牙转身要走，却被穆连成一把拉住。

"阿铮，你应该知道整个公司都非常重视这一次的发布会，这件事不能出一点差错，现在是非常时期，所以我一定要全程掌控事情的进展，肖静文这个人，算是临时跟你们部门借调吧。"

这话说得客气，穆铮却并不领情，只哼了一声："照总经理这么说，如果我这个副经理来盯着就会出差错是不是，你这是在当着我的下属质疑我的能力嘛。"

每个人都暗暗好笑，他能挂个副经理头衔全因为这是他的家族企业，能力这个东西和他是半点关系也没有的，也亏他好意思说出口！

只有穆连成眉目严肃："阿铮，新品发布会关系到公司下个季度的销售额，这事开不得半点玩笑。"

"谁和你开玩笑，我当着大家的面可以跟你立个军令状，发布会的事我会好好做，如果有半点差错随你们处置。"

他说得郑重其事，穆连成却并不答话。

穆铮故意冷笑："我的好哥哥，不是你说让我多放点心思在公司吗，现在我打算干一番事业出来，你又不肯放权，这不假惺惺吗？"

张耀林和苏姐对望一眼都没有说话，公司早有人在传，等将来老爷子撒手一去，这做哥哥的人肯定要独揽大权的，传来传去有些小人就爱到穆铮面前嚼舌根，这小子虽然每天只知吃喝，但心里肯定还是不软不硬地卡着一根刺，是以这时会故意说出这一句话来。

穆连成眉头浅锁，似在认真思量，然后问他："如果是你来全权负责，那你接下来会怎么办，需要公司怎么支持？"

公子哥想也不想立刻回答："肖静文对这策划案不是熟得很嘛，我只要把她盯着不出问题就 OK 啦，我对公司也没什么过分要求，就要公司保证发布会之前不要再有人来打扰我和下属认真工作就成了。"

这意思就是他要对肖静文揉圆搓扁，其他人别吭声就对了，这话一听也不是要认真工作的样子，肖静文脸上变色，不由得向穆连成投去求助的眼神。

穆连成看着挑事儿的弟弟，神色严肃："阿铮，这事不能任你胡来。"

"我都说愿意立军令状了还说我胡来。"穆铮笑，"我看现在老爷子还没死你就已经开始排挤我了吧，你想独吞公司就明说，不要当面一套背面一套做给别人看。"

这话不留丝毫情面，连向来好脾气的总经理也微微变色，穆铮不耐烦地嚷道："行不行给个痛快话，不要扭扭捏捏的。"

其实说良心话，穆连成这个做哥哥的一直对他提携有加，他刚进公司时曾让他参与多个重要方案的实施。可穆铮这人就是烂泥扶不上墙，居然没有一件事没搞砸，让公司蒙受了巨大损失，就连一直从小看他长大的李碧姚都看不下去，不得不将他放到一个不痛不痒的闲职上去，这些事公司里稍有资历的人都知道，他如今说这话也不过是糊弄糊弄几个新人罢了。

然而或许还是忌讳着别人的闲话吧，一直不表态的人终于点头："行，新品发布会的事情可以由你全权负责……"

穆铮得意地笑起来，肖静文咬牙别开了头，张耀林平时拍着穆铮的马屁，但关键时刻还是很清醒的，这事弄不好他企划部经理的面子上也不好看，他连忙对穆连成吞吞吐吐："总经理，副经理他对发布会没经验啊，全部交给他会不会……会不会……"

穆铮哼一声，张耀林识时务地闭嘴了，穆连成却淡淡一笑："难得阿铮肯做，总要给他机会是不是。"他又转头向着穆铮，"对了，刘玛丽是这一次方案的主策划，执行起来肯定少不了她的参与，阿铮，你打电话叫她明天回来上班。她和肖静文不睦，共事起来难免有情绪，那这段时间肖静文先借调到其他部门吧。"

在场的人原本都还捏着一把汗，可是听到这番话只暗赞姜还是老的辣——明摆着穆铮只是找个借口戏要新人，如果穆连成要调走肖静文，他哪里还有耐心一直嚷嚷着要负责发布会。果然，那公子哥立刻不乐意了，哼哼道："这个方案有肖静文参与就够了，而且不是你总经理让刘玛丽放假的吗，现在又叫她回来干什么？"

穆连成很有耐心地和他解释："肖静文是新人，这方面毕竟经验不足，况且之前你又认定她抄袭了刘玛丽的方案，我想她不适合加入这一次的执行，而刘玛丽的假放了几天，也是时候回来了，她是这一次的主策划，发布会没她肯定不行。"

显然他是故意拿穆铮之前诬陷肖静文的话来堵他的嘴了。穆铮皮笑肉不笑："说来说去，你不就是想做护花使者嘛。"

穆连成眉目严肃："阿铮，公司不是随便可以胡来的地方。"

穆铮是简单粗暴型，他也不管那么多的大道理，只将双手往面前一抄，一屁股坐在最近的办公桌上，脑袋朝天嚷嚷："我不管，我就要负责这个发布会，而且就要肖静文来帮我，如果你再说三道四你就是独裁主义，就是图谋不轨想把我赶出公司！"

这话已经完全是无赖了，穆连成终于阴沉了脸色，厉声喝责："穆铮！"

以他的修养极少这样沉下脸来，这神色的确是动怒了，然而穆铮这混世魔王却仿若未闻，只唯恐天下不乱，他眼风左右一扫，又将炮火延伸到周围无辜的人身上去："喂，你们一个个傻站着干什么，快点快点，支持谁赶快站一下队，来个民主表决，免得我们总经理老喜欢没事儿找碴儿。"

大家都站着没动，穆铮从桌子上往下一跳，冷笑："怎么，关键时刻都不知道该怎么做了？张耀林，你带头，要继续站在总经理那边还是赶紧地站过来，自己好好想想。"

张耀林惯会拍马屁，可是这种时候明显拍谁都不对，他左看右看，虽然还是站着没动，却也抓耳挠腮左右为难。

穆铮又笑："张经理，咱们可是一个部门啊，这种时候都不团结，你这个领导当得也太不称职了吧。"

张耀林眼睛都急红了，而穆铮如此步步紧逼，穆连成的好脾气终于也被磨尽，他沉着脸正要说话，突然眼前一晃，一个高高廋廋的影子已经飞快地站到了穆铮身边，那人正慌忙说道："穆经理，我站这边。"

大家都微微一愣——这人正是肖静文，她看了穆连成一眼才低声对穆铮说："穆经理，我会帮你做发布会，每天也会帮你去买饭，你既然愿意立军令状那我们就好好做，现在……现在其他的事先放一放，让同事们先去吃饭好不好，吃饱了大家才能一起好好做事啊。"

她很少这样软语求他，显然是不想因为自己再把事情闹大。

穆铮喜笑颜开地拍拍她的脸："哟，学乖了啊！"

这动作近乎是一种调戏了，她屏息躲开，那人却得寸进尺，抬手就要往她肩膀上搭，眼见他要得逞，这时候她却被人往前一拉，那登徒子扑了个空，而她跟跄几步已经站在了穆连成身侧。

穆连成并不像穆铮那般轻薄，只是手拉衣袖轻轻一带，然而比肩站在他身侧，他身上淡淡薄荷的清爽气息萦绕在鼻端，她脸上一红，慌忙低头，耳中只听到他一字一句说得铿锵："我说过，只要你遇到任何不公正的待遇都可以过来找我，我不会让我的员工在我眼前还要委曲求全，肖静文，你不用有任何顾虑，先和同事去用餐，我来和你们穆经理谈。"

他说到最后已经看向穆铮，气势威严，含着让人无法说不的强硬态度。肖静文不希望因为自己这个无足轻重的外人引得他们兄弟翻脸，以致事情难以收场，于是大着胆子悄悄拉了拉他的衣袖，却不想他反手过来轻轻拍一拍她，示意安慰。他的手指微凉，蜻蜓点水似的触碰到她的肌肤上，她却觉得自己的手如同置于炭火之上，一惊之下慌忙缩了回来。

穆连成的强硬态度几乎可以吓倒公司的所有人，然而穆铮却偏偏不是个被吓大的，他往前跨一步，不依不饶地伸手再往肖静文肩膀上一搭，搂着僵硬如木头的那个身体向自家大哥笑："我说不许去，你看她还敢动吗？"

穆连成眼中暗光一闪，然而他还没来得及说话，却突然有另一个威严声音自门口响起："穆铮，手给我拿下去，你看你像什么样子！"

正要开口的人眉目一动，话到嘴边已经咽了下去，穆铮皱眉低声骂了一句"靠"。

而张耀林苏姐听到这声音都是一喜，暗道救星来了，只有一众新人不知来者何人，齐齐偏头去看，却看到一个四十来岁的女人，个子不高，穿着套装西裤，头发在脑后绾一个简单的髻，虽然也擦了粉涂抹了颜色鲜亮的口红，可她那紧绷着嘴唇的一张脸却有着男人般刚硬的线条，一双略微下垂的眼睛看过来，只如猎豹老鹰一般让人不寒而栗。她在两个秘书的簇拥下站在门口，气势凌人，让人压迫。

穆连成率先叫了一声"碧姐"，认识她的人都连连跟着他叫，只有穆铮歪一歪嘴不吭声。那人走进来，狠狠瞪了穆铮一眼，呵斥道："放规矩点。"

从来听不进别人说话的魔王虽然满脸不情愿，听了这几个字居然也把那只咸猪手放了下来。肖静文暗自松了一口气，不禁对这个"碧姐"大为好奇，她想到苏姐曾经说过穆铮唯一的克星就是董事长助理李碧姚，想来应该就是眼前这位。

这个在董事长隐退之后已是公司实际掌舵者的女人在商界有着堪比男人的铁血手腕，公司发展到如今的规模她立下了汗马功劳，是和董明珠齐名的商界女强人。肖静文想到这些，再看李碧姚时已经带了无比的崇拜和钦佩。

李碧姚向在场各位点一点头，然后看向了穆连成，微笑得很客气："总经理，阿铮又给你添麻烦了，我代他跟你说声对不起。"

穆连成亦微笑："碧姐说笑了，阿铮是我弟弟，我知道他只是小孩子任性胡闹。"

穆铮在旁边不屑一顾地哼了一声，李碧姚瞪他一眼才又浮起淡淡一点笑："你向来宠他，可是他胡闹得很了也要给他一点教训才是，不要舍不得。"

他点头："我会。"

李碧姚转而又剜一眼穆铮："你自己也好自为之，别尽去招惹你哥。"

穆铮还是别着脑袋不说话，李碧姚使劲推他一把："不是没吃饭吗，走，我跟你一起去，免得你再出什么幺蛾子。"

他吃痛，不情愿地往前一蹭："碧姨，你轻点，我自己走。"

那一直板着脸的女人虽然一副恨铁不成钢的表情，但看他痛得眉毛皱起的样子却也不免一笑，可是那笑也只是瞬间掠过眼睛，她转头看到面前的穆连成，又已是眉目无波，只有唇角微微上扬，沾了一点笑的模样："总经理，不好意思，借过。"

穆连成侧身，李碧姚带着穆铮一行人走出门去。这里的大多数人都从没见过天不怕地不怕的穆铮被人训得服服帖帖的样子，不禁交头接耳大为诧异，一片讶然细语声中，只有肖静文目不转睛地看着身旁的穆连成，他正望着他们消失的方向出神，一动不动、面色凝重。

去吃饭的时候穆连成谈笑风生，一点看不到刚才的样子，办公室的人鲜能和他这种级别的高层同桌用餐，都有些兴奋，话比平时多了很多，只有肖静文吃得心不在焉，上洗手间的时候尹颖问她："你想什么呢？饭都没吃几口。"

她摇头，尹颖却突然附耳对她说一句："其实我都看到了，刚刚在办公室你悄悄拉了咱们总经理，他也拉你了。"

她吓一跳，立刻低声叮嘱尹颖："我没别的意思，你可别往外说啊。"

尹颖笑着推她一把："看把你紧张得，好像被我逮到什么见不得人的秘密一样，拉他一下有什么大不了的，如果是刘玛丽那种人，指不定已经趁机倒到人家怀里去了，只有你才不晓得好好利用这种机会。"

她仍旧眉头深锁，尹颖笑着和她说："静文，说真的，咱们总经理对你真挺维护的，我听淼姐说他一直都很宠穆铮这个唯一的弟弟，对他的任性胡来也向来是睁只眼闭只眼，可是今天如果不是那个碧姐突然出现，说不定他为了你已经把穆铮那家伙给修理了，要不我吃点亏先让让位，你来努力努力把咱们男神给一举拿下？"

肖静文脸上终于有了一点笑，拍拍那做梦的姑娘："你想多了，他维护我只因为穆铮实在过分罢了。"

"听说穆铮以前还有更过分的，也没见总经理这么站出来维护过哪个人，所以你才是格外招人嫉妒的那一个。"

即使只是玩笑，可是一提到这个话题她也有点不自在，她不想继续，于是将话锋一转："对了，你有没有觉得碧姐对他们两兄弟是完全不同的态度，对总经理客套疏远，对穆铮虽然嘴上责骂，却好似亲人一般，很奇怪不是吗？"

"人以类聚，物以群分呗。"尹颖是标准的颜控，更是穆连成的脑残粉，自然对不苟言笑的老女人没有半分好感。"她和穆铮那种人走得近，肯定也不是什么好人，以后咱们可要注意着点。唉，说到底，这年头像总经理这么是非分明不搞特权主义的人已经不多了。"

肖静文轻轻摇头："听说碧姐做生意很厉害的，她应该不是会乱来的人。"

"那不然会是怎样啊？"尹颖眼睛骨碌碌地转，不过片刻又已经理出了思绪，"我知道了，肯定是碧姐故意和总经理搞对立的。你想想看，虽然现在她大权在握，可是这公司迟早姓穆，咱总经理又那么能干，碧姐怎么甘心交出权力，就像鳌拜对康熙，她早有不臣之心，于是就想培养穆铮这个草包做傀儡总裁，到时候她就在幕后掌权，所以她才会对穆铮好，对咱们总经理那个态度，怎样？我分析得对不对？"

她信口说来头头是道，肖静文听得目瞪口呆，对她竖起大拇指："熟读唐诗三百首，不会作诗也会吟，不愧是小说看了一箩筐的人，你牛！"

因为李碧姚的干涉，穆铮不再嚷嚷着乱来，乖乖地游手好闲去了，事情回到正轨，张耀林从这事看出一点苗头，吩咐了苏姐大力培养新人，这一次的发布会就放手让新人去做，并钦点肖静文来负责，苏姐见她终有出头之日也替她高兴，叮嘱她机会难得一定要好好做。

尹颖说她咸鱼翻身，非要拉着去庆祝，拉的自然是罗劲、沈长生这几个一同入职的难兄难弟，几个人在大排档喝得东倒西歪，敲盘子唱歌闹成一团。

沈长生虽然喝得多，却还是很有绅士风度，帮女士们倒水拿纸巾，忙得不亦乐乎，对肖静文更是殷勤，走的时候又自告奋勇要去送她。肖静文连连拒绝，忙拉着尹颖一起坐上了车。

沈长生望着出租车绝尘而去怅然若失，罗劲挥臂搭在他肩膀上，吐着酒气笑："你呀，现在还想着泡妹妹，先担心自己工作保不保得住吧。"

沈长生瞪着一双蒙眬眼睛犯迷糊，罗劲平时埋头干事少言寡语，今天喝多了酒，平日里不说的话全趁着酒劲吐了出来："入职的时候就说过我们四个人里有一个是过不了试用期的，原本肖静文和玛丽姐不和，我以为出局的一定是她，可是人家现在是总经理面前的红人，那么试用期过后，你、我，还是尹颖，哪一个会走？"

▶ 第四章
发布会风波
MINGMING HENAINI

　　没了穆铮的捣乱，发布会的筹备工作进行得有条不紊，肖静文虽然是新手，但她勤奋好学，又有苏姐处处指点，一切都进行得比较顺利。穆连成十分关注这次活动，多次亲临企划部会议，得知进展良好也很满意，张耀林屡屡看到他的赞赏神色便暗道这次的马屁拍得正是地方。

　　眼见发布会的日期越来越近，企划部几乎人人身兼数职，忙得不可开交，正在这节骨眼儿上不想却出了岔子。

　　按计划，发布会当天会请来数位空巢老人出席，期间有一系列关爱老人身心健康的活动，每进行一项活动都会请公司领导为参与的老人送上梦幻森林这一季的新款月饼，不动声色地将自己的新产品推出来，而活动的高潮是安排一对离别多年的父子在现场重聚，温馨而又煽情，极具宣传效果。

　　当天参与的嘉宾由尹颖负责联络，原本一切顺利，然而在发布会的前一天，次日邀请的几位老人纷纷打电话来表示不愿参加这个活动了。

　　尹颖得知这个消息吓得脸都绿了，第二天活动就开始了，这个点儿上让她到哪里去找替代人选？她在电话里好话都说尽了，可是那边的老人们都一口咬定不再出席，没有半分转圜的余地。

　　这事瞒不住，张耀林很快便听说了，只急得他跳脚，直斥尹颖办事不力，勒令她就是跪着去求也要把人家给求来。

他虽然没有点名说肖静文也有连带责任，但肖静文有自知之明，况且她负责这个活动，尹颖出事就是她出事，她立刻将所有的事放在一边，和尹颖一起去各位老人家里了解情况。

事有蹊跷，她已经猜到可能有人故意破坏发布会，而从几个老人那里了解到的情况果然证实了她的猜测——老人们不约而同都接到了陌生人的电话，告知他们其实这并不是一次简单的献爱心活动，为了扩大影响，主办方砸钱请了多家媒体现场报道，经过媒体大肆渲染，社会舆论无疑会赞扬关爱老人的企业，而去谴责那些久别不归让老人自生自灭的子女，从而给他们的孩子造成负担，参加这种活动实际是拿自己的家丑为主办方作秀。

老人们虽然埋怨远在他乡的子女，却大多也不想给他们惹上麻烦，因此听到这样的话纷纷拒绝再参加活动，而之前联系好的最后那对父子中的儿子更是怒火中烧，在电话里怒斥差点中了诡计让自己陷入尴尬境地，不顾尹颖的苦劝，骂了一通之后"啪"地挂了电话，再也接不通了。

事态在一转眼间似乎已经恶化到无可挽回的地步，肖静文觉得脊背生凉，她只想到两个人有这样做的可能，刘玛丽或者穆铮。刘玛丽这段时间一直被放假，她只知道发布会内容，却并不知道具体人选，应该无法直接联络到这些人，那么只剩下一个唯恐天下不乱的穆铮。

那人本就是个喜怒无常的性子，他被李碧姚训了一顿，这几天明面上规规矩矩，背地里却用这种下三滥的手段暗中捣乱，他要胡作非为，只能说谁碰到谁倒霉了。

尹颖急得抹眼泪，肖静文咬着牙安慰她不要放弃，说不定还有转机，如果实在不行，这个责任她来负，绝不会要尹颖来背黑锅。

尹颖大为感动，她原本一急就无头苍蝇似的不知道该做什么，但是肖静文的冷静理智给了她莫大的鼓励，她仿佛重新找到了主心骨，只将眼泪一抹，挺胸说道："怎么能要你一个人来扛，不管怎样我们都要一起承担，就像你说的，现在还没有绝望，接下来该怎么做，你说。"

肖静文沉吟片刻，果断说道："时间紧迫，我们不能再在这些老人身上做无用功，我之前到老人院和一些老龄化小区做过调研，手上有一些老人的资料，我马上联系一下，看能不能找到合适的替补人选。"

尹颖立刻点头："好，我去联系。"

"不，你要再去和钟伯沟通，他经历坎坷，遭遇让人同情，只有将他和他儿子的重逢放在最后才最有效，其他人都可以换，但你一定要说服他来参加活动。"

尹颖想起刚刚和钟伯的交流，这位早年丧妻身有残疾的老人曾经谢绝了各方资助，每日将小小的孩子缚在背上蹬三轮车挣得微薄收入将儿子抚养长大，送他念了大学，又送他去了远方工作，这一去就是多年不归，只剩他一个独守残居，靠着拾破烂为生。

其实他很想借着这个活动让儿子回一趟家，磨破了嘴皮子才说动儿子勉强答应，但是现在被那个电话一说，他想到儿子懂事后就很在意别人说他有个残疾爸爸，更不愿在人前叫他，如今却要全世界都知道那样光鲜体面的小伙子的爸爸是个捡垃圾的独臂老头子，儿子肯定难以接受，而他儿子也接到了同样的电话，果然气急败坏地将他斥责了一顿后决定不回来了。

尹颖看出他的态度松动，要说服他应该不难，只是他那个在电话里破口大骂然后关机的儿子肯定是没戏的。肖静文眼神坚定："你先说服钟伯，拿到他儿子现在的工作地址，然后马上订机票，直接找她儿子面谈，如果顺利的话还能赶上明天的发布会。"

尹颖觉得这样做太过冒险，迟疑道："如果赶不上呢，或者他还是不愿意……"

肖静文不去想那些如果，只闭眼吐出一口气："事到如今，我们也只有赌一把了。"

尹颖再次登门拜访钟伯，软磨硬泡总算求得他当天到场，如果他儿子来就上台，不来他就坐在台下凑凑热闹。她也问出他儿子的地址，立刻订了机票赶过去。

　　而这边肖静文也理出了另一些替补人选，她怕再有人兴风作浪，因此选的人多是离退休干部，这样的人关心时事热点，有很强的自我判断能力，会为自己争取到合法权益，也许他们会不惧流言，愿意为空巢老人这个群体争取一点利益。

　　企划部同仁知道这一次危机过不去大家都会死得难看，因此全部愿意放弃午餐时间去做这些老人的工作，大家定下目标分头行动，刚刚走出办公室便看到穆铮的秘书Toby站在外面，脸上露出几分不好意思的神色，在肖静文走过身边时轻声道："穆经理让我通知你一声，说他还没有吃饭。"

　　大家不约而同转头往这边看，脸上都隐隐担忧。苏姐怕穆铮闹起来又没完没了，忙对肖静文使了个眼色，故意说道："静文，那你先帮穆经理订餐吧，忙完了再过来，不要因小失大。"

　　最后这句话意味深长，肖静文自然知道她要自己顾全大局，这个节骨眼儿一定要顺着穆铮，便压下心中的恼怒冲同仁们微微点头："好，那大家先忙，我这边马上过去。"

　　正是炎热时节，太阳白晃晃晒得人脑门子疼，林荫道的大树上知了叫声此起彼伏，聒噪刺耳，肖静文提着打包的牛排坐出租往公司赶，不时低头看一看手机，司机和她搭讪："小姐，你很着急吗？"

　　"嗯，请开快一点。"

　　司机闻到牛排香味，笑："是要快一点，牛排冷了就不好吃了。"

　　她眼珠子转过手上这包东西，突然有一种想要一把扔出车窗外的冲动——在这个分秒必争的时候，人人都在为明天的发布会做最后的努力，而只有她还在这里给那个始作俑者买这该死的牛排！

　　她深深吐了好几口气才生生将所有的焦虑、烦躁压下去，一路僵硬地坐到公司，提着那包东西上到他的办公室，敲门进去，那办公桌后的人本是百无聊赖地拨弄着手机，见到她进来立刻喜笑颜开："哎哟，你可算回来了，差点饿死我。"

她将东西放他办公桌上，说了一句"慢用"，转身欲走，穆铮一边扒开打包盒子一边问她："听说刚才咱们部门的人倾巢出动，他们都去哪儿了？"

他是明知故问，她压着心里的火气回答："明天就是发布会了，大家自然要忙一点。"

他笑嘻嘻的："才叫你干点事你就把下面的人指挥得团团转，看来你挺享受的嘛。"

她淡淡一笑："说到享受肯定比不过穆经理你。"

穆铮嚼着牛肉啧啧摇头："看看你这什么态度，那天不是你主动说愿意帮我买午餐的嘛，现在搞得又好像我欠了你几十万一样。"

她口气仍旧冷淡："那天穆经理也说愿意立军令状好好地做这个发布会。"

他挑起眉毛夸张地叫："我不参与就已经是好好做了，不然你们还想怎样？"

他总有办法逼得她沉不住气，她终于把那句话说出口："穆经理，明人不说暗话，你既然敢做就要敢当。"

这句话听得他不高兴了，当即将那牛排盒子往外一推，刀叉啪地一扔："你这话什么意思，告诉你，我小时候在老师衣服上喷墨水我都敢承认的，你凭什么说我敢做不敢当？"

她一字一句说得咬牙："这么说你是承认打了电话给那些老人的，对吧？"

他"哧"一声笑起："我只对美女感兴趣，至于老人嘛……还没有那么重口味。"

她很讨厌看他嬉皮笑脸的样子，只怨自己还浪费口舌和他说这些，她心中默默叹了一口气，对他挤出一个淡淡的笑转移话题："其实也没什么事儿，您慢慢吃着，我先工作去了。"

他却不肯善罢甘休，喊住她："等等，你刚刚说老人——不会是明天的发布会出了什么问题吧？"

他那讶然的样子装得活灵活现，她在心里冷笑，他却真似很关心的样子，东西也不吃了，几步走到她面前来："我猜得对不对？是不是明天的发布会出了问题？"

她看着他的眼睛，耐着性子把他做的事一字一字说给他听："是，现在出了一点问题。有人打电话给我们邀请的所有老人，让他们不要出席发布会，现在我们找不到人参加明天的活动。"

"真的，这么严重？"他眉头紧蹙了起来，第一次有了点认真样子，有那么一瞬间她真要相信他是不知情的了。

可是在下一秒他立刻爆笑起来："那这么说你这一次是搞砸了？我还以为你多有能耐，结果一上来就搞砸了，穆连成这次看走眼了不是，哈哈哈哈，我太高兴了！"

她的手真的痒痒着想要一巴掌呼过去，可是她还清楚地记得他是谁，记得苏姐让她忍气吞声的眼神，此刻最重要的事不是跟这个人渣置气，而是尽可能地挽回局面。

她只装作没有听到那些嚣张言语，咬牙退出办公室，而他还在里面笑着喊："唉，虽然我很高兴，可这次真不是我啊，真的真的不是我啊！"

虽然穆铮那一闹让她心烦意乱，所幸这边的同事给力，纷纷拿下了新拟订的这一批人，总算让第二天的发布会能够进行下去。现在唯一担心的就是尹颖那边，不知她是否能够成功地说服钟伯的儿子。期间肖静文给她去了个电话，她只说已经找到钟伯的儿子，正在和他交流便挂断了电话，随后再打提示关机，应该是手机没电了，她那边杳无音信，只留下这边眼巴巴等着的一众人。

张耀林不愿坐以待毙，留下所有的人加班开会，拟订人无法到场的预备方案，可是这一天大家累得脑筋似乎都胶着了，哪里想得出来什么好点子。

　　会议持续到晚上九点多，穆连成和秘书也过来了，大家估摸着要挨一顿批，不想他走进会议室首先说的便是一句"大家辛苦了"，接着又肯定了企划部团结一致的精神，鼓励大家畅所欲言，集中所有人的智慧想出好的解决方法，还叫秘书订了外卖，让大家边吃边聊。本来会议室里张耀林暴跳如雷，弥漫着一片低气压，可是他一来却又让这些累得要趴下的员工活了过来。

　　然而大家讨论来讨论去都觉得如果钟伯的儿子不来的话只有忍痛砍掉这个环节，换成全场一起吃月饼之类搞气氛的活动，这方法中规中矩，并没有前面的设定走心，穆连成不置可否，这样说到最后无人发言也没找到一个更好的办法让这个发布会有一个画龙点睛的结尾。

　　张耀林急得头发都要抓掉了，还是穆连成淡淡笑一笑："那干脆今天就到这里吧，我看大家也很累了，明天还有一场硬仗，大家还是回去好好休息吧。"

　　张耀林还是急："那如果尹颖带不回来人怎么办？是不是改成全场一起吃月饼？"

　　他将眼光往肖静文那边看一看："肖静文是这一次的活动负责人，她留下来谈一谈吧。"

　　她微微一怔，抬头看他，他微笑点头，她不自禁地紧张起来。

　　其他人都累得很了，很快都走得精光，偌大的会议室只剩了穆连成和秘书，还有保持坐姿不动的肖静文。

　　空气中还有汉堡的香味，她向来不喜欢这种洋快餐，可是今晚做宵夜也吃得津津有味，也许是刚刚挑中了最辣的那一个，此刻她脸上还残存着一点绯色，正是因为这一点异样她才不敢抬头，鸵鸟似的坐在位置上，耳中听到脚步声响，眼角余光看到他坐到了旁边，那一点绯色便烧到脖子上去了。

　　他却若无其事，问："刚刚你欲言又止，是不是有什么好主意？"

她唇角动了一动，却没有开口，他笑着说："说出来听听吧。"

她大着胆子对他说一句："总经理不是也想到了吗？"

他仍旧笑："我想到了我就会去做，可是你会去做吗？"

她眼神微微黯淡："我觉得……有点残忍。"

他伸手在她肩上拍了拍，指尖带了安慰的力量，同时轻不可闻地在她耳旁叹了口气："你记着，如果不想一败涂地，有的时候我们别无选择。"

那天晚上肖静文翻来覆去一夜睡不踏实，次日一早爬起来就看手机，没有尹颖发过来的任何信息，给她打过去仍旧关机，不知道那边进展如何，她只觉得太阳穴跳着突突地疼。

她仔细地化了妆才掩盖住一脸倦容，赶到发布会现场时已经有同事早到了，正在布置会场，外联和招待的同事也都整装待命。

活动时间临近，媒体和嘉宾陆续进场，会场上人来人往，十分热闹，参会的老人们也都到了后台，那些衣着大方素雅的老干部聚在一起低声谈笑，只有一个人插不进去，就是那个靠着捡垃圾为生的独臂老人钟伯。今天他显然精心打扮了一番，花白的头发梳得溜光，身上平时那件破破烂烂的汗衫不见了，取而代之的是一件七八十年代流行的卡其布衣服，又宽又大，早已经洗得发白，而在这个天气里这样的衣服显然太厚。

他坐在后台一边擦汗一边局促地东张西望，看到肖静文立刻站了起来，急切问道："肖小姐，怎么样？勇强今天会来吗？"

她摇摇头："还不知道，现在还没有联系上我们去接他的那位同事。"

老人的眼中涌起几分失望，一个人喃喃嘀咕："不来也好，不来也好，那我也不用上去丢人现眼了。"

老人虽然如此说，可是整个人一刹那间仿佛没了精神一般。肖静文知道他的难过，独子多年未归，他能做的只有卑微地生存，无望地等待，好不容易这个活动给了他一点希望，即便有一些顾虑他也想趁着这个机会再见儿子一面，可是如今这最后的一点希望也要破灭了，他嘴上不说，心里肯定难过。她连忙再说一句："不过您也要做好准备，说不定他们现在已经在赶来的路上。"

"真的吗？"老人仿佛抓着了一根救命稻草，有些混浊的眼珠因为她这句话再次充满神采。她无法面对那样的眼神，找了个借口转身离开，于僻静处再打尹颖的电话，里面那冰冷的女声仍旧说着关机，她正要挂断电话，突然被人猛力一拍，一个轻佻声音响在耳边："嗨，美女。"

她叫一声倒霉，扯出一点笑转过头去："早上好，穆经理。"

她平时很少化妆，这时这一回头吓他一跳，横看竖看将她打量了好几眼才笑："没想到我真挺厉害的，金口一开叫声美女，真还把你叫成了美女。"

他笑着笑着就往她身边靠："你化化妆还挺顺眼的，不错不错，哥哥喜欢，给你个机会到我碗里来，怎么样？考虑清楚哦，我不是任何时候都这么饥不择食的。"

她往旁边退一步："听说好像今天董事长会来。"

他立刻跟紧她一步："那正好我带你认识认识，上个月我带玛丽见他，他不喜欢，翻了一桌子的菜，大概是嫌玛丽妖气，这次我就给他换个正经点的。"

听他说得换女朋友真如同换一件衣服那样简单，她忍着厌恶再退一步："我听说碧姐也会来。"

这句话果然戳中他的软肋，他翻个白眼："肖静文，咱们还能不能够愉快地谈话了？"

只要他心情不好她自然能愉快了，她点点头："能啊，你还想谈什么？"

"谈什么，当然是谈你骗我啊。"他转头看一眼，竖眉说道，"你不是说这些老家伙全都不能参加发布会了吗，现在这什么情况，组团来试吃月饼？"

她从他的郁闷表情中找到一点自豪感，抿嘴笑一笑："抱歉，穆经理，让你今天白跑一趟，看不了好戏了。"

"怎么会，我花大价钱买了门票，好戏还在后面呢。"他的郁闷表情只有短短一瞬，立刻又挑着眉毛笑得阴险。这样子只看得她心中一紧，然而她还没有细想那边杜淼淼已经在喊了："静文，快过来和主持人再梳理一遍流程，发布会马上开始了。"

她应声而去，虽觉不安，却也来不及细想穆铮话里的意思。

肖静文和主持人核对了最后一遍流程后发布会正式开始，领导讲话这些固定套路过后便是一个个精心设计的活动，后台的老人们一位一位被请上去参加，既有意义又生动有趣，加之主持人的推波助澜，现场嘉宾的倾情参与，现场气氛一次又一次被推上高潮，而梦幻森林这一季的主打产品被当作礼物现场赠予或者赢取，每一款的推出都隆重而不露痕迹，这样一直从头热闹到尾，只剩下最后也是最具卖点的一款舐犊还没有推介。

张耀林往大门那边张望两眼，对身边的穆连成摇头："还没到，彻底没戏了，让工作人员准备盘子，大家准备分月饼吧。"

穆连成摇一摇头，看向肖静文，她也越过人群正看着他，他对她微微一笑，点一点头，她知道他的意思，不由得觉得无力。

可是她负责这个发布会，所有的事还是要由她来做，她对主持人做了一个二号方案的手势，然后到后台请钟伯准备上台，钟伯本来已经等到绝望，可是突然见她来叫，两只眼睛迸然迸射出异样神采，拉着她连连问："勇强回来了吗？他真的回来了吗？"

她说出一句模棱两可的话："你上台就知道了。"

原本说好他儿子不来他是不会上台的，既然肖静文这样说他便知道肯定是自己盼望多年的儿子回来了，立刻又摸头发又理衣服，红着一双眼睛结结巴巴地问她："姑娘，你看我……你看我这样上去行吗，会不会给勇强丢脸？"

其实他这一身打扮跟这整个会场都是格格不入的，原本他们也想过为他置办一身合适的衣服，可是最后却商定还是让他穿自己的衣服出场。他们是做策划的，每个人都清楚地知道越是反差强烈越能让人印象深刻，现场效果越好，所以他们就让这位可怜又可敬的老人这样出现在众人面前，肖静文心里是说不出来的滋味，草草叮嘱了他两句就快步离开了。

而在前台，主持人已经放起了介绍钟伯的 PPT，大屏幕上显示着泛黄的老照片，独臂的中年男子费力地蹬着三轮车，一个半岁左右的孩子由花布缚着，正伏在父亲宽阔的背上呼呼沉睡。破烂的小窝，男子用仅有的一只手喂孩子吃饭，孩子的眼睛乌黑明亮，父亲的眼睛温柔慈爱。孩子上学了，父亲辛苦一天后回来为孩子做饭洗衣。孩子工作了，父亲的头发已白，身躯已经佝偻，再也拉不动三轮了，只起早贪黑地拾着废品……一幅幅照片，一段段无言的深情，台下的不少观众已经看得含泪，最后照片定格在父子多年前一张合照上面，打出了几个大字——父爱如山中秋月，舐犊情深意团圆。

PPT 放完亮灯，主持人请钟伯上台，在如雷的掌声中那个老人局促地走到舞台前来，主持人对他进行了现场采访，回顾了他一人将孩子拉扯大的艰难岁月，老人朴实的话一次次感动着现场的观众，最后主持人问老人的中秋愿望，老人说就想儿子这个中秋节回来看看他。

主持人向现场观众说明公司已经派了人专程去接老人的儿子，希望借着这个平台让分别多年的父子团聚，她指向大门口，说出一句调动大家情绪的话："现在请全场的观众我和一起倒数十声，让我们的一起呼唤老人的儿子回到他的身边！"

全场的观众没有一刻像现在这样齐心，所有的嘉宾甚至很多记者都在跟着主持人一起倒数："十、九、八、七……"

如雷的呼喊声中，老人紧张得双手紧握，两只眼睛一眨不眨地盯着门口。肖静文转过头去不忍再看，苏姐走到她旁边，轻轻搂住了她的肩。

所有人都以为主办方早已安排好一切，十声过后必然会是大团圆的结局，然而最后一声数完，敞开的大门外没有任何人走进来，现场陡然寂静下来。安静了那么几秒钟之后，老人有些急了，转头问身旁的主持人："怎、怎么回事？勇强呢？"

　　主持人自然知道会是这个结果，却假意下台去询问工作人员，舞台上只留下老人孤零零的，在聚光灯的照射下慌张得不知所措，主持人久久没有上台，这是一段精心的留白，没有人说话，只有台上的老人在这长久的静默中预感到不妙，越来越不安，越来越焦躁，他从巨大的喜悦中跌落下来，已经眼圈泛红手足无措，像在表演一出无声的默剧，只看得台下所有人的心都揪到了一起。

　　肖静文没有看台上也觉得有点窒息。没错，这就是所谓的最佳解决方案——他们知道尹颖带不回那个叫作钟勇强的孩子了，但他们不能放弃这个最核心的设计，于是还是让老人站上了舞台。老人的境遇让人心酸同情，他这一生别无所求，只愿再和骨肉团圆，他满怀希望，可是无论他怎样呼唤和等待，他都不会在这个舞台上等到他的孩子，他们以欺骗的手段将一个可怜老人的悲哀无限放大到众人眼前，引发观众的共鸣，团圆的结局固然让人欣喜，可是这个残缺的结局却更能震撼人心发人深省。

　　最后的舐犊是一盒送不出去的月饼，父母的舐犊情深是一份得不到回报的付出，因为这份缺陷，所有人必将牢牢记住梦幻森林的这一款新品月饼。

　　长久的静默之后，主持人终于上台，一同上台的还有李碧姚，她提着那一盒舐犊站到了台前，主持人面色悲戚地宣布抱歉，因为种种原因公司并未接到老人的儿子到现场来团聚，唯有请董事长助理李碧姚女士代表公司为老人送上中秋节的新款月饼略表心意。老人悲从中来抑制不住，竟在舞台上哭出声来，不住地重复一句话："我就想看看勇强……我就想看看我的孩子……"

　　台下观众唏嘘不已，李碧姚低声安慰，月饼正正提在面前，闪光灯咔嚓咔嚓地响着，真是最好的噱头，最好的宣传手段！

　　肖静文深深吸了一口气，转身欲走，却在这个时候猛然听到一个声音响起："爸！"

这个字铿锵有力如同惊雷，所有人都忙不迭回头，便看到门口不知何时已经站了风尘仆仆的一男一女，女孩正是尹颖，而那男子，不用说，肯定就是钟伯苦苦等待的孩子勇强了。

钟伯一下子呆在舞台上，把一双眼睛揉了又揉，简直不敢相信。岂止他不敢相信，舞台上的李碧姚和主持人、台下所有的观众包括知道原委的肖静文、苏姐、穆连成全都十分惊讶，然而那惊讶也只是片刻，蓦地，人群中爆发出潮水般的掌声，那叫勇强的孩子在掌声中跑上舞台，搂着父亲抱头痛哭，现场的观众全部自发站了起来，会场中的掌声经久不息。

直至此刻肖静文才长长舒了一口气，隔着人群遥遥对尹颖竖起了大拇指。尹颖绕过人群走过来，两人不自禁紧紧握住了对方的手，肖静文由衷赞道："死丫头，你太棒了！"

她又转过头去看着这父子团聚的美好结局，看着现场所有人都被感动得热泪盈眶的动人场面，感慨道："这样一个圆满的结局才是这样伟大的父亲应得的，幸好你说服了他儿子，幸好你们回来了。"

尹颖却愣了一下，然后跟着她的目光看过去，舞台上那儿子正对着众人述说自己多年来对父亲的思念，动情处泪湿衣襟，只听得在场之人无不动容。

而尹颖的眼神却慢慢冷冽下来，语气中带着显而易见的轻蔑和厌嫌："不，静文，你看到的这一幕只是作秀而已，我没能说服他，事实上无论我怎么说这个人都不愿回来，他觉得有个这样的父亲是他人生的污点，会让他在别人面前抬不起头。"

肖静文不可置信地瞪大了眼睛，指着台上那个孝顺儿子："怎么会，他现在不是站在这里吗？"

"其实，说服他的人是穆经理。"尹颖顿一顿，再说出两个字，"用钱。"

这句话简直是重磅炸弹，肖静文一时间难以消化，茫然中也想起了之前穆铮那句叫她不安的话"我花大价钱买了门票，好戏还在后面呢"。难道他所谓花大价钱买门票就是用钱说服钟勇强来参加发布会？现在这一幕就是他所谓的好戏？

她心思复杂，不自禁地四处张望，终于在人群中寻到穆铮，他正独自坐在角落里，跷一只二郎腿看着周遭人的激动，看着舞台上的父慈子孝，脸上是一贯的似笑非笑。

梦幻森林中秋新品发布会在掌声与泪水中圆满结束，送走所有的媒体和嘉宾之后，全体工作人员与到场的高层一起合影留念，董事长穆健民十分满意这次发布会，亲自和张耀林、苏姐他们握手，对活动赞不绝口。

尹颖远远看到便和大家嘀咕："张经理笑得眼睛都咧到后脑勺去了。"

肖静文笑着打这嘴碎的丫头一下，沈长生也笑她："你别净说人家，等下总经理来和你握手你嘴巴保准比他咧得还大。"

尹颖嘴一翘，故意气他："穆总才不会和我握手，他要握也是握静文，静文才是功臣。"

沈长生果然有些怏怏，肖静文连忙说："我是什么功臣，你才是功臣吧，是你在紧要关头带回了钟勇强，这才是功不可没呢。"

尹颖做一个求神拜佛的样子："我只求功过相抵，他们别追究前面那一批人全部放鸽子的事就好了。"

大家谈笑间都很兴奋，只有罗劲在人群中表情僵硬，默然不语。

这样兴高采烈地聊了一会儿，李碧姚和穆连成一起走过来和企划部每一位成员握手。李碧姚听说肖静文是这一次的负责人，向来不苟言笑的脸上也露了几分和煦笑容，点头夸道："长江后浪推前浪，很好。"

得到心中偶像的夸奖，肖静文虽然谦逊，那笑也溢满了眼睛，随后而来的穆连成站在面前含笑看她，她微觉羞赧，低一低头，耳中只听到他有些玩笑的和煦之语："幸好钟勇强回来了，否则我真怕你会因为这个决定难过一个星期。"

虽是笑语，她却觉得这话中含了一点责备意味，不由自主地说道："对不起。"

"不需要说对不去，你的想法是人之常情。"他仍旧笑得温和，如同一个和善的兄长，"不过你要知道，在商言商，有的时候考虑太多是无法做出最有利的判断的。"

她轻轻点一点头，他拍拍她的肩，和接下来的一个员工握手去了。

这个环节之后尹颖连忙很八卦地问她："刚总经理跟你说什么了？不会是约你等下一起吃饭吧？"

她无语："你怎么老是按你的总裁文调调来幻想，首先说他不会约我吃饭，其次就算他和我吃一顿饭也不会有什么的，难道你觉得人家跟我是一个数量级上的吗？"

"爱情是不需要门当户对的。"尹颖自有一套腔调，"而且肖静文你老实说，难道你心里就没想过要和咱总经理发生点啥吗？"

她不由自主越过人群追随他的身影，人来人往，鬓影衣香，可是所有人似乎都是一模一样的面孔，都能浓缩成甲乙丙丁四个字，人群中只有他身姿挺拔，面容俊朗，与周围的人截然不同，仿佛身有魔力，谦谦而笑或是淡淡蹙眉都能牢牢攫住别人目光，可是这样的他也遥远得好像夜空星辰，只能这样远远看着，过去，现在，将来，都只能远远看着。

她不由自主地轻轻说道："我只希望有一天能够和他站在对等的高度，理解他所追求的信念，看到他能看到的风景。"

她说得实在太轻，嘈杂声中尹颖只听到前面半句，她咂舌道："哇，静文你不会也想当总经理吧，女人那么拼干什么，找个好男人做老公才是最重要的啦！"

肖静文意识到失言，立刻随着她的话笑道："是是是，找个好老公才是最重要的，所以尹颖，你要加油啰！"

合影这种无聊事穆铮当然不会参加，人散后肖静文在会场转了一圈，总算在人去楼空的大厅里找到了他，有几个保洁人员正在打扫会场，他却大大咧咧靠在椅子上瞌睡，等她走过去拍拍他才睁开眼睛得意一笑："我就知道，你铁定会舍不得又回来找我的。"

肖静文也不跟他扯，直接开门见山："这到底是怎么回事？"

他仍旧半躺在椅子上仰视着她，笑得懒洋洋的："也没什么，就是我这个人做事有个原则，我可以冤枉别人，但别人不能冤枉我。"

这是什么狗屁原则，她忍住心里的吐槽问："你就为了证明自己这一次没有在背后做手脚才拿钱让尹颖找钟勇强回来的吗？"

她刚刚和尹颖聊过，那天尹颖飞去找钟勇强，刚刚挂断她的电话后马上就接到了穆铮的电话，穆铮得知进展不顺，立刻提出最简单直接的解决方法，告诉她直接用钱砸，十万不成二十万，二十万不成三十万，并很快往尹颖的卡里转了一笔大数目。

尹颖觉得方法不妥，但是在磨破了嘴皮子钟勇强也不松口的情况下还是选用了他的方法，用二十万的价格打动了那个自私自利的人，所以才能在最后关头赶回来。

"当然不仅仅是这样。"他的笑容带电，"还为了向你证明其实我很有能力啊。你看，这种连穆连成搞不定的事情都能让我轻松搞定，怎样，是不是对我有点心动？"

拿十块钱去做只会赚五块钱的事，这种能力大概是个傻子都会有的，她忍住笑，还是很认真地说了一句："是很有能力，所以我来说声谢谢你，谢谢你让这个发布会有一个最完美的结局。"

他却不领情，跳起来抖抖衣服，语气挪揄："原来这就叫完美，那早知道应该去话剧团请两个演员，这样更能调动观众情绪，还花不了这么多钱。"

她想反驳，却又一时语塞，不知该接什么。他又来回踱步笑："虽然很假，但是骗骗媒体大众应该是没问题的了，所以还是穆连成厉害，这些把戏是他最拿手的了。"

本来她是真的对他稍稍改观了，可是他这样的口气，而且总将问题扯到穆连成身上，她的脸色越加冷淡，只想敷衍客套一句就转身离开："不管怎样总要谢谢穆经理的支持，我还有点事没处理完，先走一步，抱歉。"

她转身欲走，却听他在身后笑："我支持是因为我不想被冤枉，现在问题说清楚了，我花了整整二十万，接下来才是真正的 show time。"

每当他这种口吻时便代表他又要出阴招了，她忍不住顿脚回头："什么 show time？"

他双手抱在胸前一脸期待："你们这个发布会这么感人，可是你想想看，如果明天公众知道其实钟勇强是我们公司用二十万买回来的，那他们会作何感想？"

她死死盯着他，一字一句地说道："公司是你家的公司，你不会这么做的。"

"正因为是我家的，所以我想干什么就干什么。"他得意扬扬，笑得没心没肺，"我就喜欢看你们手忙脚乱地应付危机公关。"

▶ 第五章
夜空中最亮的星
MINGMING HENAINI

　　发布会结束后穆连成陪穆健民一起回家，而穆夫人张淑琳早已经吩咐用人准备了一桌子的菜，见那一起回来的两个人连忙迎了上去，关切问道："发布会如何，阿铮呢，怎么没一起回来？"

　　本来穆健民脸色和煦，听到这个名字却冷下脸来哼了一声，将外套脱下来往张淑琳手上一递，怒道："最开始还看到他一眼，发布会结束后影子都不见了，还专门告诉过他晚上回家吃饭，这小子，真是越来越不像话。"

　　穆连成忍不住为弟弟说话："阿铮只是小孩子脾气，贪玩一点。"

　　张淑琳也立刻在旁边帮腔："是啊是啊，他就是个没长大的孩子，你和他生什么气。"

　　穆健民重重哼一声："你们别帮他说好话，他是个什么东西难道我还不清楚吗？"

　　他发了脾气，没人敢再接这一茬儿。张淑琳小心翼翼地转移话题："刚看你进门脸色不错，想必发布会还顺利吧。"

　　提到这个他脸上才露出些许笑意，嘉许地看一眼身边的穆连成："发布会很感人，非常成功，还是连成能干。"

　　穆连成谦虚低头："爸，您过奖了，这全是公司团队努力的结果。"

　　看他态度谦恭，穆健民眼中笑意更甚："你不要谦虚，你的能力我是知道的，就连你碧姨，最开始时还反对升你做总经理，现在也要夸你能干。"

穆连成微微笑着，略显寥落："爸您说笑了，碧姨如果真夸我能干的话，就不会反对我提出来的联合方案了。"

几个人边闲谈边往餐桌走，穆健民说道："她跟我说过这事，我看过你的方案，的确不错，但是碧姚的顾虑也不是没有道理，联合贴牌生产是能在控制资本的情况下更好地扩大公司规模，但是食品行业不比服装电器，这一块的监管太不好掌控，如果委托方稍有差错出现食品安全事故，我们作为授权方肯定难辞其咎。"

"其实关于监管这一块我也有详细的计划，也请专家评估过风险，应该问题不大，只是碧姨比较谨慎，始终觉得这种新的合作方式有点冒险。"他微笑落座，轻言细语如在闲话家常，抱怨得不露痕迹。

穆健民却并没多认真去听，随口说道："这些事你还是多和你碧姨商量，虽然她是老一辈的人，脑筋没有年轻人那么活跃，但她在商场上这么多年，经验丰富，洞察力强，很多地方都值得你们学习。"

穆连成点头："那是肯定的，我要向碧姨学的东西太多了，改天还要登门拜访向她请教。"

张淑琳也看出穆健民心思不在，立刻笑着说道："好了好了，到家还谈什么工作，都好好吃饭吧。"

她转过头去吩咐用人上热菜，精致菜色一样一样端上来。穆健民扫了两眼看到几样菜，不免有些黯然："你还准备了豆酱和砂锅白肉？"

张淑琳也有些低落："是啊，本以为阿铮会回来，就准备了几样他爱吃的。"

穆健民想到今天发布会上父子相拥那催人泪下的画面，不由得重重叹一口气："人家隔了几千里远也要飞回来看一看老父，穆铮那混账东西倒好，大半年都没踏进过家里的大门了。哼，不回来也好，省得看见他又气得我头疼。"

穆连成自然听出这番话的言不由衷，不由得说道："要不再给他打个电话吧，他玩心大，说不定是忘了。"

老爷子不吭声，自然是默许了。穆连成示意用人把电话拿过来拨到穆铮手机上再递给老爷子，一接通便听到那边音乐的嘈杂声宣泄出来，在这安静的饭厅中听的清清楚楚，穆健民忍着怒气说："你在哪里？还记得要回家吃饭吗？"

那边的人好像这才恍然大悟："哦，瞧我这记性，怎么把这事儿给忘了，我这马上回来，老爷子等我啊，十分钟就到。"

挂了电话穆健民脸色这才好看一点，张淑琳坐在旁边握住他的手温柔笑道："看吧，还是连成说得对，是阿铮贪玩给忘了，不是故意不回来，你还在这里和孩子生气。"

穆健民点头，用人很有眼色，立刻站过来问："先生太太，热菜要先撤下去吗？"

他本是很严肃一个人，这时却面有喜色，言语也和煦，摆手道："不用了，二少爷马上回来，难得麻烦。"

用人垂首退下了，然而饭桌上的三个人一坐就是半个多小时，桌上的最后一道菜也散尽了热气，穆健民的脸色已经黑得风雨欲来，张淑琳小心劝道："可能是路上堵车吧，咱们再等等，我叫人把菜再热一热。"

穆连成也帮腔道："是啊，这个时候是饭点儿，路通常都不太好走。"

穆健民猛一拍桌子："你们少给他打圆场！"

穆连成拿起手机："我再打给他问问。"

一接通那边还是劲爆嘈杂的音乐声，显然那人根本未曾离开过，穆健民气得浑身发抖，一把抢过手机怒喝："穆铮，你故意要我们是不是？"

那边的人回答得吊儿郎当："哎哟爸，你发什么火，我倒是想回去吃饭来着，可是路上太堵过不去啊，所以抱歉啦，下次吧。"

"穆铮，家里准备了你最爱吃的菜，而我们所有人饿着肚子在这里等了你大半个小时，但是你却只顾自己好玩，丝毫不顾及别人的想法，你怎么能这样对待关心你的家人？我以前只当你不懂事，可是现在看来你已经完完全全变成了一个禽兽不如的东西！我穆健民怎么有你这样的儿子？"

他在这边连珠放炮，而那边的人却沉默了一下，然后无所谓地笑："那就当没有好了。"

说完这句话电话就被挂断了。

穆健民气得双目圆睁，胸脯起伏，陡然一扬手将电话啪地砸在桌面上，而他的气势也只有那样一刻，那只手落下来便捂在了胸口上，他重重喘气，喘气，可是那口气却像是再也喘不上来，张淑琳被吓到了，蓦地尖叫："健民，健民……"

穆连成反应更快，伸手一把扶住了他，稍一查看便转头吩咐用人："快去拿老爷的速效救心丸，还有，立刻打电话给何医生。"

穆健民有心脏病，所以这几年已经很少再管公司的事，他这一气发了病，折腾到大半夜才算是平静下来。穆连成安顿好一切才发现手机上不知何时发来了一封邮件，他点开一看，几个字映入眼睛："穆铮搅局，发布会恐怕有变。"

他陡然眉头深皱。

那一夜肖静文辗转难眠，焦急之下也给穆铮打过电话，可是他却关机，不知道正在哪里鬼混，她摸着一点穆铮的心思，他既然想搞出大动静必然不会放过看好戏的时机，次日一早她果然在后门他经常停车的地方等到了他。

穆铮看起来心情很好，远远看到她便向她挥手打招呼，她站得电线杆子似的一动不动，面容憔悴，显然是没有休息好。

"哟，早啊，公司有你这么勤奋的员工，我相信遇到任何危机都一定会处理得好好的。"他带着灿烂笑容跳下车，她也不说话，只伸手递给他一封信。

他接在手里颇有兴趣："情书？"

"是辞呈。"

他看她一眼："这么快就打退堂鼓了，不去二十六楼找总经理吗，不去找碧姐吗？"

她没吭声，他只把这个消息告诉她，明显是想让她去向穆连成求助，借机挑起事端，至于碧姐，如果告诉她等于是坦白了整个企划部之前的疏忽，要是再给他反咬一口，拿钱买人的事说不定也会栽赃到他们身上，就算保住公司不出事也会连累很多人，她自然有所顾忌。

"肖静文，你闹现在这出是打算牺牲一个成全大家，逞能当英雄了？"

她浮起一个苦笑："不是逞能当英雄，而是穆经理总是看我不顺眼，我做事也总是不顺，我不想再连累别人，既然穆经理想看我们危机公关，那我辞职算是给你一个交代，希望你放过大家。"

"说得很感人，跟苦情戏女主角似的。"他却听得哈哈大笑，"不过肖静文，你少跟我来这一套苦肉计，你要辞职，辞呈直接递给苏姐去，给我干什么，还指望着我看到一封辞呈就怜香惜玉吗，你又不像玛丽那么懂事，我凭什么让你占便宜？"

他两根手指拈着那封辞呈随意一丢，头也不回地走了："去二十六楼找穆连成吧，我看他这次怎么救你！"

她僵硬地站在原地，脸色瓷白。

穆铮上楼刚刚落座 Toby 便进来说总经理那边请他过去一趟，他笑："去得倒快。"

他两手插在裤兜里，轻松吹着口哨上到二十六楼，走进总经理办公室果然看到肖静文已经低头站在里面，穆连成的办公桌上躺着那封辞呈。

穆铮冲她吹一声口哨："辞呈递到了总经理这里，怎么，还来真的了？"

穆连成开口："阿铮，肖静文都告诉我了，这件事确实是我们事先欠缺考虑，但是事情到了现在这个地步，你已经不是小孩子，希望你能站在公司的角度考虑。"

"我不像你们这么自私，只从自己的利益角度考虑，我考虑的是公众的知情权，不计较个人得失，人品要高尚许多的。"他一屁股在沙发上坐下来，说得正义凛然。

穆连成坐在办公桌后静静看着他，缓缓说道："你知不知道，爸昨天晚上心脏病复发，现在还躺在病床上。"

肖静文不知道有这事，惊诧抬头。穆铮也愣了一下，随即还是笑了："那又怎么样，又不是第一次，反正每次都能抢救过来。"

"阿铮，我知道你一直有心结，可他是你的爸爸，你不能这么对他。"穆连成语气严肃而沉重。

穆铮只看着他笑，那笑和平时有些异样，也不知这一刻掺杂了什么样的情愫："他早该料到有这一天的，老天爷是很公平的，他得到一个儿子，必然会失去另外一个。"

肖静文听得懵懂，不知道他们家庭之中复杂的纠葛，而穆连成听到那句话久久不语，很久后才叹道："阿铮，你有什么都冲我来，不要再气爸了，他的身体经不住。"

穆铮又恢复了吊儿郎当的笑："气不气他不是我说了算，这就要看总经理你是不是能够成功地处理这次危机了。"

他拿起手机看一看："我设置在十点半，系统自动转发爆料邮件，总经理，你还有一个小时去想办法，否则，不光老爷子生气，肖静文负责这次发布会，我估计她也会有点麻烦。"

穆连成看了肖静文一眼，坐着没动。穆铮故意到她跟前转悠，笑："总经理不是当着所有人的面信誓旦旦说不会让员工在你面前受委屈吗，现在你的员工受委屈了，总经理不做点什么表示一下吗？"

肖静文咬牙站在那里，忍受着他苍蝇一般在自己身侧转来转去，他故意对她坏笑："怎么办？护花使者也救不了你，要不要哭一哭营造一点气氛？"

她不愿将脆弱的一面展现出来如了他的意，只面无表情静静等待，他向来在这方面得不了趣儿，只有向穆连成叹气："看她，一个小姑娘家自己强撑着多可怜，总经理，你是最喜欢主持正义的那一个，多想想办法帮帮人家啦。"

穆连成仍旧不动，静静坐了很久才用手撑住了额头，终于说了一句话，而那句话是："肖静文，对不起。"

这一刻她全身都冷得似冰，重重咬起来的牙齿好像也在咯咯打战，鼓膜上只震动着他的低沉话语，他说："我批准你的辞职。"

这话一出让穆铮也不由得愣住："批准她辞职？怎么？你不为她出头了？"

穆连成仿佛没听到他的疑问，已经打开那封辞呈快速浏览了一遍，然后拿起笔刷刷在上面签下了名字，干净利落。他走过去亲手递到她面前："对不起，我不能兑现给你的承诺，现在公司遭遇危机，我必须站在全局的观点考虑。"

她接过辞呈点头："我知道，本来就是因为我没处理好才让公司陷入危机，我自己的错该我负责。"

她虽然如是说，但眼泪终于隐忍不住，啪地砸在那辞呈上，清清楚楚地落在旁人眼中，带起的不是恶作剧后的快意，却是莫大的惊讶，穆铮看着穆连成："直接炒人，这就是总经理解决危机的方式？"

"拿钱请人做戏欺骗公众感情这事公司不能认，只能找人背下这个罪名，肖静文负责这次发布会，只有她引咎辞职公司才好对外界交代。"

肖静文手背在眼睛上一抹，声音中带着一点鼻音："我知道，本来就是我的错，我会向媒体承认所有的事都是我一个人做的，不会牵连到公司。"

穆连成点头，再次致歉："对不起，请你理解我的苦衷。"

她点点头没再说话，穆连成沉声说道："那你去收拾一下东西，和同事办一下交接，在记者上门前把一切都做好吧。"

　　她低头退出，只留孑然单薄的背影。穆铮怎么也想不到原本对肖静文关爱有加的穆连成会在关键时刻放弃她，他在震惊之后冷笑："总经理，把所有责任推到肖静文身上，你这样做好像很不厚道。"

　　"是你先逼我的，我没有选择。"重新坐到办公桌后的穆连成已经恢复了一贯的冷静，"爸身体不好，我不能让这件事刺激到他，我也不能让公司因为这事蒙受损失，相比之下，由肖静文来担责是眼下最好的解决方式。"

　　"我还以为你真是路见不平的侠客呢，原来利益当前，虚伪嘴脸暴露无余。"

　　"我不能因为保全一个员工而损害全局利益。"穆连成并不气，仍旧冷静而从容，"而且我也想借由这次事件告诉你，你通过这些无足轻重的人来挑衅我的行为很幼稚。"

　　穆铮的脸色第一次有些难看，他却并没有再多说，转过身拉开大门便走了出去。

　　穆连成看着他匆匆离去的背影，嘴角这才微微浮笑。

　　穆铮下去的时候肖静文已经开始收拾东西，好几个人围在她身边问她发生了何事，她一声不吭只手上不停，他咳嗽一声，走过去敲敲她的桌子："去我办公室。"

　　她似没听到，只顾低头做事，他耐着性子一字一句说："肖静文，去我办公室。"

　　她终于抬头看他一眼，微红的两只眼睛忍着一点水光，满是冷漠厌嫌神色："不去。"

　　两个字拒绝得干净利落，他两手抱在胸前笑起来："哟，能耐了啊，看来真不想好好做了……"

　　"是，不想了，再也不想在这里受气了。"她将手上的纸箱重重一放，猛地截断他的话。她已经隐忍太久，以前总是事事顾忌，可是小心翼翼还是到了这一步，她只觉再也忍受不下去，这一刻由得自己的怒火喷薄而出。

"穆经理现在高兴了，我终于要离开公司了，终于不用再碍你的眼了，也不用你天天找碴儿，有事没事总是拿我来寻开心了。"

周围人都被她的气势给吓到了，穆铮大概也没有这样大庭广众下被人声嘶力竭地吼过，这一刻连笑也有些讪讪的："只是开玩笑嘛，谁像你这么小气？"

"你可以拿身边所有人都不当一回事儿，可是我跟你不一样，我不能拿这份工作开玩笑……"

她才说了一句话却又陡然住口，想起穆铮为人，只觉得自己浪费唇舌，不免自嘲一笑："我怎么还说这些，你这种人怎么会懂，你想的只是怎么在别人身上找乐子，怎么践踏别人。"

她说出了众人的心声，只有穆铮撇嘴："我有那么差吗，喂，肖静文，现在是在我的公司，当着我的手下你给我注意点言辞！"

她却再不害怕："总经理已经批了我的辞呈，所以穆铮，你无权再对我发号施令，别再来我面前逞你的少爷威风，我不会再对你客气！"

他向来是个不要脸的，这种情形下也能假正经地摊一摊手："客气什么，直接来推倒啊，我不需要你客气的。"

她气得脖子都红了，咬牙道："不知道总经理这么会有你这种弟弟，有你这样的人，公司早晚被你败光。"

"我喜欢，你怎样？"

"不怎样，我只是很庆幸终于不用再和你这种人共事。"

"我这种人怎么了，长得帅又有钱，你知不知道想巴结我的人已经排了一条街？"

她再不掩饰对他自恋无知的轻蔑，冷笑："把自己爸爸气病却看都不看一眼的人，长得再帅再有钱都是浑蛋，巴结你的人已经排了一条街，可是你却没有亲人，也永远不会有真正的朋友。"

她这句话说得很重，周围的人都面色紧张噤声不语。穆铮这种厚脸皮也愣了一下，但也只是一刹那，他随即仍旧笑得百毒不侵："没有就算了，我不在乎的，倒是你，朋友一堆，可是命不太好，刚入职几天就被公司给开除了，啧啧啧，我都替你难过。"

他们的对话信息量太大，这时才有忍耐不住的人轻声去问肖静文到底怎么回事，她轻轻摇头不愿多说，那边穆铮已经不耐烦地再敲她桌子："最后问你一遍，跟不跟我去办公室？"

她话也不屑再说，只以冰冷的沉默回答了他，他敏锐察觉到那种已经憎恶到极点的气息，不由得蓦地笑起来："那好，你收拾吧。"他将桌上的一个小盆栽拿起来帮她放到纸箱里，然后拍拍手笑，"刚总经理说要你在记者上门前走人，记得动作快一点。"

肖静文狠狠咬牙，而他却吹着口哨扬长而去。

穆铮的耐性通常持续不了太久，也许只是唇枪舌剑的一会儿工夫，也足够他平复最初那一点愧疚引发的冲动，当然他也没有继续留在这里的兴趣，即便今天肖静文的离职会在公司引发骚动，除了在公司里找找乐子，他还有他的花花世界，有那一整条街等着巴结他的狐朋狗友，随便拨一个电话呼朋引伴便能混迹一整天的时间，被一群人围在中心，张张面孔皆是嘘寒问暖深情厚谊，把酒言欢当真是逍遥乐事。

这种时候自然也少不了美女，刘玛丽接到他的电话更是欣喜若狂盛装前来，陪他在灯红酒绿中厮磨挥霍，极尽娇媚温柔。也许是她表现良好，也许是他今天心情不错，她不过随口提了一句哪家新上柜的衣服很好看，他又人来疯一般带着她杀出会所赶在专柜打烊前去扫货，刘玛丽只觉心花怒放，抱着他一连亲了好几口，在专柜柜员的吹捧下兴高采烈去试衣服了。

他坐下来等她，这是国际一流的品牌，专柜自然装修得富丽堂皇，水晶灯下的每一处地方似乎都闪耀着璀璨光芒，看得人眼睛有点发花，这一天他喝了很多酒，但不承认自己喝醉了，年复一年，他早练就了千杯不醉，虽然因此丧失了最开始喝酒那一点乐趣，但也再没离开过了。

　　今天确实喝得多，头昏昏沉沉有些痛，可是思绪却好像越来越清楚，他不由自主想去点烟，却瞥到禁止吸烟的标志，便按捺着走了出去。

　　一直走到商场二楼外面的露台，这里白天被商家当作咖啡厅供客人小憩，这时临近关门，工作人员已经将桌椅都搬了进去，他靠在栏杆上点一支烟，长长吸一口，吐出，在迷离的烟气中闭上眼睛，静静呼吸着那会腐蚀五脏六腑的气息。

　　每当这样静下来的时候脑中就会出现很多光怪陆离的景象，他不愿去触碰那些遥远时光，便看到近日光阴，那个叫作肖静文的女人站在他的车外，一脸诚恳地说不想得罪他，只想好好工作，忽而又像是穆连成在说那个人心脏病复发还躺在病床上，蓦地肖静文又跳出来，眼睛红红忍着泪，正骂他只会践踏别人，他这种把自己爸爸气病却看都不回去看一眼的人不会有亲人，也永远不会有真正的朋友！

　　他突然自嘲笑起来，睁开眼睛，才发现一支烟竟然已经燃到尽头。他摁灭烟头，再点一支，靠在二楼的栏杆上往下望，白天门庭若市的商场这个点只有寥落几个人影，音乐喷泉也只剩一池平静水光，不见飞流变幻争奇斗艳。浮华散去，只有灯光苟延残喘，照不亮这苍茫浩大的黑暗。

　　很多人不喜欢这种凋零景象，然而这一切于他却无异，就是人声鼎沸欢歌如潮，他这样静静地吐一口烟，散去烟气也能看到这样幕天席地的暗色，他带着一点无所谓的笑静静吸烟，有音乐从商场里传来，是一首很耐听的歌：

　　夜空中最亮的星，

　　能否听清，

　　那仰望的人心底的孤独和叹息，

　　夜空中最亮的星，

　　能否记起，

　　曾与我同行消失在风里的身影。

我祈祷拥有一颗透明的心灵，

和会流泪的眼睛，

给我再去相信的勇气，越过谎言去拥抱你。

每当我找不到存在的意义，

每当我迷失在黑夜里，

夜空中最亮的星，

请照亮我前行。

每当我找不到存在的意义，

每当我迷失在黑夜里，

夜空中最亮的星，

请照亮我前行。

他不由自主抬头仰望，可是城市的夜空，灰蒙蒙一片雾霭，连月亮都看不见，哪有什么星星！

▶ 第六章
离 职
MINGMING HENAINI

　　肖静文的离职引发无数揣测，然而她对谁都不说这到底是怎么回事，急坏了沈长生和尹颖他们几个，知情的穆铮自那天后就没来上过班，穆连成也不可能有空来跟大家解释这些，这事便成了一个无人知晓的秘密，当然众人也猜测过，看当时那情形十有八九又是穆铮故意为难静文，而这一次似乎连穆连成也没办法再保住她，大家气愤下不由得替她感慨。

　　刘玛丽回来上班了，听说这事喜上眉梢，自然将一切都描述成穆铮对她的关心和宠爱，众人心里忌惮，在她面前更加谨言慎行。

　　穆铮继续浑浑噩噩过他的日子，却在第三天接到尹颖的一个电话，说是有人找他，请他回公司一趟。

　　他心里好奇，反正也没事，开车回去一看，找他的人竟然是那个叫钟勇强的人。

　　肖静文离职后，他觉得索然无味，并没有公布拿钱找钟勇强回来的事实，却没想到这个人会找上门来，更没想到他来的目的竟然是退钱。

　　钟勇强见到穆铮之后很羞愧，他说："尹小姐告诉我这是你的钱，谢谢你让我回来了，但是我想清楚了，这钱我不能收。"

　　坐在这办公室里，这个一直过得压抑的年轻人终于坦露心事——于他而言，生长在这样一个贫穷的家庭，有这么一个残疾的父亲，自他懂事起

084 / 明明 很爱你

就觉得备受歧视，梦想着有一天一定要摆脱这一切。

　　他一直为这个梦想努力，他只关注自己能否追逐到向往的生活，却从来不曾回头看看老父是怎样竭尽所能在支持他——逢年过节清冷孤寂从来不说，生活拮据靠捡垃圾为生从来不说，重病无钱就医无人照顾从来不说，虽然每星期雷打不动给他打个电话，却都是殷殷叮嘱他天寒加衣肚饿吃饭，叮嘱他有空回家看看。

　　他从来都觉得烦，自离开后也再没回过这个破败的家，唯一一次归家竟然是被重金打动，但也是这一次，让他终于有机会停下追逐的脚步，回头看一看已经风烛残年却仍旧颤颤巍巍等着他的父亲，回头想一想老父含辛茹苦拉扯他成人的过往岁月。

　　他已是牛高马大的男子，可是说到动情处几次红眼。他曾经因为自卑不愿触碰自己过去的一切，可是这一次归家给他的感触极大，他终于明白自己的冷漠和自私给最爱他的人伤害有多大，也终于决定拿出男子汉的担当来承担这一切。

　　虽然现在准备结婚急需用钱，但他思量过后还是决定退钱。

　　他说："对父亲尽孝本来就是儿子的责任，我怎么能拿你们的钱来尽责，我已经浑蛋了那么多年，我不想再继续浑蛋下去。"

　　他临走前归还了那张存了二十万的银行卡，并告知他们他会带着父亲去工作的城市安享晚年。或许穆铮因为这事儿被叫来有点不高兴，从头到尾木着脸并未说话，到最后也只点一点头，示意尹颖去送他，两人走出门去，这个不常用的办公室陡然又冷清下来，只余他一个人。

　　他静静坐了一刻，也不知是怎么想的，鬼使神差地又拿起了办公室电话，拨出一个号码，响了一会儿，那边的人终于接起："喂，哪一位？"

　　有些苍老的男人声音，虽然恹恹地没精神，听起来却并没有大碍，他静静地拿着话筒没说话。那边的声音有了一点不耐烦："你好，我是穆健民，你是哪一位？"

　　他眉心一动，"啪"地挂了电话。

尹颖再回来时看到他神色有些异样，不由得问一句："穆经理，你怎么了？"

他摇摇头，而她看到桌上那张卡忍不住感慨："如果静文知道最后的结局是这样，她一定很高兴。"

穆铮看她一眼，她意识到自己失言连忙闭嘴，而他已经臭着一张脸训了起来："我以为是什么天大的事儿非要叫我回来，结果就是听这个人唧唧歪歪说了半天的家长里短。尹颖，你知不知道我每天很忙，外面很多美女在等我的，哪有空管这些，这点眼力劲儿都没有，公司高薪请你回来是干什么吃的？"

尹颖胆战心惊，这才切实体会到肖静文当初的心情，她不敢再开口，却见穆铮将那张卡往她面前一推："傻站着干什么，拿去。"

她不解："给我……干什么？"

"那钟勇强谁啊，他说还钱我就一定要收？"他不可一世地哼哼，"你见过吐出去的唾沫还有舔回去的吗，我穆铮有的是钱，不拿这点小钱自己打脸，重新转过去，他不要的话，转到那老头户上吧。"

她问得小心翼翼："还以你的名义吗？"

他眼睛瞪过去，她立刻点头如捣蒜："知道了，匿名，我知道了，我立刻去办。"

她慌忙离开他的办公室才拍拍胸吐出一口气，停下脚步想一想却又不禁回望撇嘴，再把钱打回去这事儿本来是有一点小感动的，然而这点感动却被他的表达方式给全毁了。她默叹一口气，穆铮这人果然难伺候，以后还是躲远一点为妙。

穆铮在这里憋屈坐了一上午早就不耐烦了，虽然没到午休时间，但也拍拍屁股要走人，刘玛丽连忙也要跟着走，他等她收拾东西，不经意就看到原本属于肖静文的那个位置空空荡荡，他有些发怔，片刻后却又不露痕迹地转开了眼睛。

刚好这时人事部的小杨走了进来，他跟穆铮打了个招呼，然后举着一个很精致的笔记本问大家："你们谁和肖静文熟一点，她那天来人事部办手续把东西落下了，谁能捎给她一下。"

沈长生立马站了起来："我跟她熟，我去捎。"

他跑得屁颠颠地要来拿，穆铮却近水楼台将那本子一抽，笑道："咱们人事部什么时候这么人性化了，一个破本子扔了就是了，还要大费周章地还给她，又不是写的什么国家机密。"

他边说边去翻，却发现那上面一个字也没写，每一页都只是信手的涂鸦，有描摹静物，有速写人像，更多的是各种各样甜品的花样设计，有模有样颇有功底，倒让他愣了一愣。

沈长生见势不对停住脚步，悄悄和尹颖嘀咕："他是不是不打算给我了？"

尹颖撇撇嘴："好像是。"

果然那混世魔王一本正经地说道："那边那个谁，公司请你回来不是忙着谈恋爱的，去去去，把精力放在工作上，这个东西嘛，交给我来处理。"

肖静文平时忙，很少回家，这一次突然回来只把她妈李梅高兴坏了。李梅向来以这个大女儿为傲，在人前把她夸成了一枝花儿，如果让她知道她就这样辞了职指不定会失望成什么样。李梅身体不好，肖静文不敢拿这事儿刺激她，只琢磨着等事情出现转机再好好和她说，因此便以年假为由敷衍过去。

李梅因为身体原因没有一份正式工作，常年在夜市摆摊卖手工绢花为生，肖静文这几天没事就在家帮她做花。

这天刚好是周末，她妹妹肖静妍也在家，李梅一大早起来就跑菜市场要给两个女儿张罗一桌好吃的，而肖静妍睡到日上三竿，接了一个电话立刻爬起来描抹一番，挑了一件小吊带穿了就往外走，到客厅看到姐姐正在做绢花不免有些心虚，招呼一声，低了头匆匆往外赶。

肖静文说："你穿成这样去哪里？"

她不情愿地顿住了脚，答一句："好不容易放个周末，出去玩玩呗。"

"你还是学生，穿什么奇装异服！现在都高三了还整天想着玩，是不是个学生该有的样子！还有，上次翘课的事我还没跟你算账，你今天最好乖乖在家看书。"

"这也叫奇装异服？姐，你别把你那一套老八股思想放我身上好不好，你也别老是逼我看书学习，你明知我不是那块料，再看也不能像你一样考个名牌大学光宗耀祖啊！"

"没有谁要你一定考名牌大学，我只是希望你为自己的未来拼一把，就算只是考上个专科也好……"

"为自己未来拼一把？我拼过了啊，只是家里没钱让我拼下去。"肖静妍每次说到这个话题便不由得激动，"你们明知道我喜欢唱歌表演播音主持这些，我那些同学家里都拿大把大把的钱专门请老师培训去考艺校，将来做大明星，只有我，什么都靠自己，当然只有输的命！"

肖静文最头疼她提到这个话题，叹气道："静妍，你现实点好不好，大明星哪是那么容易做的，而且你知道家里的情况，我们没有钱去和你的那些同学比……"

"是，梦想做大明星不现实，只有做个书呆子考大学才现实。"肖静妍再次打断她的话，"你看你，大学考那么好，毕业后还不是做个听人使唤的小喽啰，这根本就不是我想要的生活，所以姐，我不抱怨家里没钱让我追梦，你也不要一直啰啰唆唆抱怨我不学习不上进！"

她说完转身就走，肖静文喊了几声没喊住，倒把自己喊得力竭。

肖静文陷在沙发里久久不动，恍惚间觉得什么东西破了，低头一看才发现手上攥着的一块绢已经被她撕成了两半。她深深吸一口气，振作起来重新将绢纱仔细绷到细铁丝圈成的花瓣上去，却听到"咚咚"两声敲门，竟然是肖静妍在外面喊："姐，开门。"

她不由得高兴，暗忖大概是妹妹终于想通了，开门一看却见去而复返的肖静妍身后还站了个人，高高瘦瘦，英俊倜傥，一脸笑容灿烂如阳光，他冲她摆摆手："嗨，静文，好久不见。"

她脸上的笑容陡然冷了下来："穆铮，你来干什么？"

穆铮大概第一次来到这种八十年代逼仄的小房子，这里一转那里一看对什么都很好奇，肖静妍为了看这帅哥约也不赴了，此刻眼睛更是一刻也不离开他身上，犯花痴的同时却还记得低声问姐姐："姐，他好帅啊，比我们学校校草还长得好看，还有他开那车起码得上百万吧，他到底谁啊，怎么找你找到家里来了？"

"你连他是谁都不知道还敢把他往家里带？"

"他在楼下面打听你嘛，而且看他那样子怎么也不像坏人啊。"

"如果他不是坏人，这天底下就没坏人了。"肖静文拉住妹妹殷殷叮嘱，"这人是无赖中的无赖，你千万别和他扯上关系，我去打发他——"

她那个"走"字还没说出来，肖静妍一扭身挣开她，撒脱兔子似的蹦到了穆铮跟前，笑得甜美可人："哥哥，你是我姐的什么人啊，你找她干什么啊？"

那两个嗲嗲的字听得她起了一身鸡皮疙瘩，穆铮那贱人倒很受用，上下将她打量一眼，笑得愈加纯良："我是你姐的同事，路过顺道来看看她……"

"少来，我才不信。"少女坐在他身旁的桌子上噘起嘴巴打断他，一副娇俏可人的样子，"你别糊弄我。"

穆铮双手往胸前一抄，笑问："那你说我找她干什么？"

她坐得矮，那吊带又没多大遮挡作用，从穆铮的位置看过去一览无余，她也毫不在意，只拿双眸睨着他，那眼睛仿佛含着水银一般婉转灵动："我说你是喜欢我姐吧。"

他是个中老手，她那眼风儿一递也看出高低，那话接得是行云流水："原本呢是有那么一点，可是看到你才发现你比你姐漂亮多了，又这么乖巧可爱，现在我倒是有点喜欢你了。"

她捏起粉拳捶到他身上："哥哥你别乱说！"

肖静文看得目瞪口呆面红耳赤，简直不敢相信自己的妹妹会和陌生人这样说话，这哪里还有半点学生的样子！她又气又怒，喝道："肖静妍，你给我过来！"

说罢她又向穆铮下逐客令："穆铮，你别把歪脑筋转到我妹身上，这里不欢迎你，请你出去。"

肖静妍并不理会她，只皱着眉头埋怨："姐，你怎么这么没礼貌，来者是客，人家又是你同事，你别把每天吼我的样子拿出来好不好！"

她说着又撒娇去摇穆铮的手臂："哥哥，我姐就是老八股，最爱一惊一乍的，你别理她！"

"我知道她老八股，况且就算只是看你的面子也不会和她计较的。"他戏谑地看肖静文一眼，而这句话也逗得小姑娘眉开眼笑，两个人一唱一和倒把肖静文晾到了一边插不进话去。

穆铮眼尖，看到两姐妹住的小卧室里满满贴了一墙的奖状，黄灿灿地好不耀目，他指着那奇景惊叹："哇，你们家是用奖状来贴墙纸的吗？"

"那些都是我姐的，她从小拿奖拿到手软。"她轻描淡写一笔带过，拉着他走进卧室，翻出一本漂亮的证书给他看，"不过我也有，歌唱比赛二等奖，厉害吗？"

他伸出大拇指，眼睛却落到一个放在书桌上的相框里，肖家两姐妹同住一个卧室，书桌上放的是肖静文的照片，穿着学生装扎着马尾，十五六岁的样子，好像是站在主席台上参加一个颁奖典礼，正略带羞涩地接过颁奖人递来的奖杯。

不过这照片照得有点模糊，照出来的人也又呆又丑毫无亮点，穆铮拿起来看了一眼便忍不住吐槽："你姐什么审美啊，这样的照片也要摆在桌面上天天看，都不怕做噩梦的吗？"

肖静妍见他拿起那相框却大惊失色，一把夺下来放回原处："别动别动，这是我姐的宝贝，她当年找了好久才找到的，这上面可有她的 Daddy Long

Legs。"

"Daddy Long Legs？"他皱眉，"什么玩意儿？"

"我姐的长腿叔叔，从高中到大学一直资助她上学的人。"她的手指住照片中那个颁奖的背影，"喏，就是这个。"

"只拍了个背，这看得到什么鬼。"他话是这样说，却觉得这背影有点眼熟，正要拿起来细看，门口的肖静文却一阵风似的卷了进来，啪地将那相框扣倒在桌面上，怒喝："肖静妍，你跟谁都很熟是不是？"

她又要顶嘴，却见姐姐双眉倒竖真的动了怒，心里有些害怕，嚅嗫几下倒不敢再答话了。

肖静文把穆铮一把推了出去，回头狠狠盯着妹妹："既然回来了就好好看书，不许再出来，等下我再来收拾你！"

她砰地拉上了门，余怒未消地看着穆铮："你到我家来到底干什么？"

他也不会笨到在这个时候去招惹她，乖乖拿出那个笔记本在她眼前晃："公司人性化，专门安排帅哥上门服务，快递某人落在公司的东西。"

她微微一怔，拿过那个本子翻了翻，语气总算温和几分："我到处都找不到，原来掉公司了，谢谢。"

他饶有兴致地看她："你喜欢画画？"

"谈不上喜欢，只是随手乱画。"

"不会啊，这些线条都处理得很好，明显是练过的。"

她合上本子看着他："曾经是很喜欢，也很想学，就像静妍喜欢唱歌一样，但不是人人都能像你一样想干什么就能干什么，我早不想这些了，只想把自己的工作做好。"

他笑嘻嘻环顾四周："是，好好工作赚钱才是正事，买个好点的房子搬出去，这种地方住着多憋屈啊。"

他又瞥到茶几上的绢花，拿起一朵来左看右看："不过你现在就做这工作？很有想法嘛，原来不是老有北大学子毕业卖肉什么的新闻吗，我看你现在这模样也有得一拼，要不要我也帮你曝光宣传一下？"

她永远没法和这个人好好说话超过五分钟，她压低了声音："穆铮，我的事我自己有打算，我已经遂你意离开公司了，你到底想怎样？"

他立刻觉察觉到她声音的放低，不禁看一眼肖静妍的房门，也贼兮兮地对她压低了声音："你这么小声干什么？难道你家里人还不知道你已经离职了？"

她咬牙："不用你管。"

他自然不会如此听话，这时坏坏一笑，陡然扬起声音："肖静文，前几天你辞……"

她又气又急，这事让静妍听到铁定会告诉妈妈，情急之下也顾不了那么多，一把捂住他嘴巴低声怒喝："穆铮，你是专门来找碴儿的吗？"

正在这时大门突然被打开，提着满满一袋子菜的李梅出现在门口，她刚好看到这一幕，愕然之下张大嘴呆在原地，肖静文也吓傻了，木呆呆喊了一句"妈"。

穆铮一看这情形也明白了，他趁机拿下她的手，已经嘟嘴抱怨起来："阿姨，肖静文她非礼我！"

肖家小客厅里，李梅紧张地坐在沙发上，她旁边的穆铮仿佛受了委屈的小媳妇一般转过身去，只留一个悲戚的背影："阿姨，真的，我从小到大连女生的手都没摸过，是标准的良家妇男，我知道静文喜欢我，在公司里就经常帮我买饭，做项目的时候也主动要求和我一组，可我不是那种开放的人，我觉得感情的事要一步一步来，不能一上来就搂搂抱抱的……"

李梅一时间也被他唬住了，不由得抱歉："小伙子，那个……我们家静文原来不是这样的。"

他叹一口气："唉，爱情总是让人冲动。"

肖静文肺都要气炸了，在她这么多年的生命中，真是没有一个人能让她如此大动肝火，她咬牙切齿："穆铮，你少在我妈面前胡说！"

他无辜地眨巴眨巴眼睛："我哪有胡说，你在公司没帮我买饭吗？做项目的时候没主动要求和我一组吗？刚才你没对我搂搂抱抱吗？"

穆贱人扮弱装可怜，更衬得她犹如母老虎，她想向妈妈解释，可是竟也被这几句话问得哑口无言，最后只说道："妈，这人有病，你别听他乱说。"

她平时沉默寡言温文有礼，从未这样粗鲁言语，李梅皱眉："静文，你怎么能这么说同事？"

穆铮跟着点头，蜷在李梅身侧求安慰，他本来就长得好看，这时没脸没皮装乖扮萌更能让人母爱爆棚。李梅连忙对他说："我们静文平时很懂事的，今天也不知是怎么了，你别和她一般见识。"

他一双眼睛藏着笑往她这边瞟，她在母亲面前有所顾忌，再气也忍住了不说话。穆铮很懂事地开口："阿姨，我这个人心胸宽广，从来不和她计较的，你看，我这不还大老远地特地跑来通知她休假取消，公司决定明天就让她回去上班这消息嘛。"

这话一出肖静文不由得惊讶看他，他笑嘻嘻地说："干吗那么吃惊，这是公司决定的，你不会想一直留在家里休假做花吧？"

李梅连忙说道："既然公司有安排静文肯定是无条件服从的啊，假随时都可以休，对吧静文？"

她又向穆铮唠叨："你不知道现在的大学生扎堆儿，要找个好工作有多难，你们这公司不错，世界五百强企业，工资高福利好，还有发展前景，一定要好好珍惜才是。"

"还是您老有见解。"穆铮点头附和。

肖静文只皱着眉："总经理那边……"

"没他什么事儿，都说是公司决定的。"

他早说过公司就是他，他就是公司，她自然猜到定是他由着性子胡闹，又想将她叫回去揉圆搓扁，便淡淡说道："知道了，谢谢你，我会跟公司联系的。"

他看出她的敷衍，步步紧逼："公司不要你联系，只要你现在答复说回还是不回。"

她心中前后思量，看着他久久不说话。

穆铮对她做一个帮不了你的动作，然后大声开口："阿姨其实我跟你说实话吧……"

"穆铮！"她知道他要说什么，慌忙打断他，为免他再耍花招立刻对李梅说道，"妈，时间不早了，你快去做饭吧，让我和他单独聊聊公司的事。"

她神色紧张，李梅狐疑看她一眼，再问穆铮："你要跟我说什么实话？"

他瞥了瞥肖静文，呵呵一笑："其实我就想说——我饿了。"

肖静文松了口气，李梅笑起来："那我这就去做饭，你是静文的同事，难得来一趟，如果不嫌弃的话就留下来尝尝阿姨的手艺吧。"

他自然满口答应，肖静文白他一眼，等李梅走进厨房才低声说："我那天说过不想再和你共事，我不会再回去了。"

"你不是说其他什么都不想，只想把工作做好吗，为了一个我就轻言放弃，我有那么大魅力吗？"

"在哪个公司都是一样工作，我不需要再回去受你的折磨。"

"这点委屈都受不了，今后怎么往上面爬？"他带着几分嘲讽笑。

"你还没有公布拿钱给钟勇强的事，你是觉得无趣，想让我先回去再把事情捅出来，这样才更好玩。"

"你想多了好不好！"他似模似样地叹一口气，"那钟勇强良心发现，已经把钱退回来了，就算我想玩也没筹码了。"

她听到这话果然惊喜："真的，他真的把钱退回来了？"

他点头："不信你问尹颖。"

她终于露出今天的第一抹笑："幸好是这样，否则钟伯就太可怜了。"

"所以肖静文，在这件事上你不算失职，怎样，现在还要不要回去？"

她看着他："你不是一直看我不顺眼吗，不正好趁这次机会让我走人，还来找我做什么？"

他振振有词："我有你说的那么讨厌吗，我不过是在压抑的工作之余和你来点轻松的互动调剂一下罢了，是你自己闷，每天只知道埋头工作，不懂生活乐趣。"

"我只想好好工作，不需要这样的调剂。"她看着他问，"如果我这次回去，你还会像以前那样……'互动'吗？"

他哧一声笑起："我没那么长情，等着我互动的美女排着长龙呢，况且你这么小气也不好玩，以后在你面前，我还是做个安静的美男子吧。"

他想一想再加一句："吃完这顿饭再开始算。"

她怕了他的口无遮拦，怎么也不愿他留在自己家里吃饭，好说歹说才把他哄了出去。李梅听见他饭也不吃就要走很是歉意，挽留几次都被肖静文借口岔开了。

那边肖静妍听见他要走也憋不住了，拉开房门跟着姐姐要去送，她在李梅面前还有点规矩，一走到楼下便拉着穆铮撒娇问他可不可以去公司找他，看到他那车眼睛更亮了，又连声问能不能开车带她出去玩。

穆铮笑得风流倜傥："我从来不会对像你这么漂亮的女孩子说不。"

肖静妍心花怒放，却听穆铮又笑嘻嘻说道："你还有什么漂亮的同学学妹之类也可以带上一起来，人多更热闹。"

她向来自恃漂亮，以为凭着这副样貌便能抓住一个高富帅，却不想穆铮说出这样一句话来，不免讪讪："带那些人干什么！"

"我也不能老跟你一个人玩吧，学生妹多好，又清纯又好骗，没有什么社会经验又好打发，我那些朋友都喜欢。"

她仿佛突然被浇了一盆冷水，有些警惕地看着他："你……和你的那些朋友，都是这样的吗？"

"都是啊，豪车撒钱再加甜言蜜语，像你这样的女孩子就会前赴后继自己送上门来，我们何乐不为？"

肖静妍瞪着眼睛似是不敢相信，他仍旧笑得倜傥："有什么大惊小怪的，这早就不是什么秘密了啊，只是总有女孩子吃这一套，我看上过那么多美女，还从来没失手过。"

她脸色发白，穆铮却得寸进尺将手搭到她肩膀上，靠近了再暧昧问一句："怎样？还敢不敢来找哥哥玩？"

她拂开他的手躲到姐姐身后，一张脸由白转红，再由红变白，又羞恼又尴尬，实在熬不住说了一声"姐我先回去"，转身跑上了楼。

穆铮对着肖静文笑："你这妹妹，我看你大概要多花点心思，否则迟早出事。"

肖静文也意识到问题严重，检讨自己的同时不免发自内心对他说出两个字："谢谢。"

"谢谢？我伤了一颗爱慕我的美女的心啊，就换来这两个字？"他又是那嬉皮笑脸的样子，"算了，我下次还是去哄哄你妹妹吧，起码还能多点回报。"

"我努力工作替你的公司赚钱就是回报。"

"我才不稀罕。"他撇撇嘴，"回公司还是帮我买饭吧，怎么样？"

她陡然又觉头疼："你不是要做一个安静的美男子吗？"

"美男子也是要吃饭的啊。"他武断地说道，"好，不说了，这件事我们就这样愉快地决定了。"

▶ 第七章
伪艺术家
MINGMING HENAINI

　　虽然肖静文离开公司只有短短三天，但当她再出现在企划部办公室时也足够引起轩然大波了，刘玛丽阴阳怪气地揶揄了好久，最后还是张耀林过来说肖静文只是放了几天假，现在回来一切如常才让她不情不愿地住了口。

　　而得知肖静文的回归最高兴的还是他们一起入职的几个人，中午吃饭时四个人又坐到了一起。尹颖高兴坏了，一个人说个没完："静文我太高兴了，你上次走得不明不白大家都担心死了，我真怕你再不回来了，幸好只是休息了几天，不过你怎么都不跟我们说一声啊，害我一直胡思乱想！"

　　她并没有解释，只是握住了她的手："谢谢你尹尹。"

　　沈长生连忙说："我也担心我也担心啊，给你打了好多电话都没打通，如果不是这周末加班我铁定都去找你了。"

　　尹颖睨他一眼："是是是，最担心的那个是你，我不和你争的。"

　　大家笑作一团，仿佛又如往日那般无话不谈，只有罗劲容色有些勉强。

　　尹颖看他一眼，问："罗劲你怎么了，静文回来你不高兴吗？"

　　他连忙说道："怎么会？我们大家都是同一条战线上的，静文复职我当然高兴啊。"他说着举起手中的那碗汤，"静文，我以汤代酒，欢迎你重新加入我们！"

　　沈长生叫道："等等，我们大家一起来。"

　　四个人都笑着把汤举起来，尹颖的声音又脆又亮："我们几个也算难兄难弟了，今天干这一碗汤，不仅是欢迎静文回归，还希望我们以后都能像现在一样要好，如果谁发达了可不要把其他人忘了啊。"

　　肖静文笑："不会把你忘了的。"

　　四只碗铮然相碰，不知是谁用了力，那清汤激荡摇晃溅出来洒了大家一手，旁边有人低声嘲笑："一群傻×！"他们没一个恼的，自己也觉得傻，哈哈笑倒在餐桌上。

　　肖静文回来之后穆连成那边从没联系过她，穆铮密切注意着这事儿，为此还专门来嘲笑过她："你看看，那人原来不老是一副正义凛然的样子吗，关键时刻怎么样，为了自保还不是丢了你这小卒子，估计他现在也没脸再在大家面前作秀了，所以你以后还是巴结我比较靠谱。"

　　她保持着微笑礼貌点头，他豪爽地拍拍她的肩膀："放心好了，我不会太为难你的，穆连成捧的人我通通讨厌，穆连成踩的人我通通喜欢，所以按照这个理论，我现在是很喜欢你的。

　　她不知道自己现在是不是已经成了穆铮口中穆连成踩的人，只知道经过这次离职后，曾经将她推到风口浪尖的"总经理保护伞"事件已经完全没了影响力，好像大家已经清楚地认识到其实她就是普通员工一枚，总经理并不是因为她是肖静文而对她特殊，只是因为她比较倒霉，所以这份特殊待遇才偶然落到她身上，这样的认知让公司里的大部分女性同事放了心，原本对她的羡慕嫉妒恨也转化成了几分同情。

　　虽然穆连成确实没再公开地和她有过接触，她却在公司的天台上碰到过他一次。

　　她在空调房里待久了偶尔会去那里透透气，那天上去正好看到他也在，他听到脚步声回头看到她，似乎并不诧异，只是微微一笑。

她走过去站在他身旁，他的眼睛落在她脸庞上，眉目温柔，笑意柔和："回去休了几天假，气色倒好很多。"

她不由自主跟着微微一笑，由衷地说道："谢谢。"

他的笑意不变："不用跟我说这两个字。"

她在那样的笑容中低下头去，脸上不由自主地有些发烫。

他却转头俯视这大楼之下的人来车往，仿佛随意聊天一般问她："这次你学到什么？"

她微一沉吟，然后说："置之于死地而后生。"

"你向来聪明。"他满意点头，"阿铮就是个没长大的孩子，别人稀罕的玩具他要抢，别人不在乎的他也就没了兴趣，等你了解他了就不会那么被动。"

她微微皱眉："我不想了解他，我只想好好工作。"

这话有些小孩子的怨气，他拍拍她的肩："没办法，你和他在同一个部门。"

"可是他这个人喜怒无常，想到什么做什么，我真不知道他什么时候又会乱来。"

"那你就要好好想想，如果实在避不开他的话，怎样才能让他乖一点。"

他仍旧带笑的眼睛在光线中显出好看的琥珀颜色，明亮得仿佛不含一丝杂质。

于肖静文而言，她最大的期望便是他能言而有信不再招惹她，或者如穆连成所说，他现在对她已经没了兴趣，可是现实情况却如她所担心——穆铮岂是个按常理出牌的主儿？

虽然他来公司还是三天打鱼两天晒网，但是只要过来必叫肖静文给他买午餐，她委婉表示那家餐厅实在太远，可否换一家近一点的，他很体恤地说："远吗？那我开车载你去好了。"

她很无语："穆经理，那你何不自己直接去吃了呢？"

"可是你答应过要帮我买午餐，没有物尽其用岂不是浪费？"

她知道再说下去也是徒劳，索性闭了嘴，只开始盘算怎样在刘玛丽那尖刀似的眼神下自保。穆铮得了便宜心情很好，一路上开得疯快，好几次超车时都差点追尾，吓得肖静文出了一身冷汗，他却浑然不觉，停车时还得意扬扬："怎样？我技术不错吧？有没有很崇拜？"

她反问："你不觉得太危险了吗？"

他白她一眼："这叫刺激，你懂什么。"

"我只知道开车就要遵守交通规则，于人于己才是负责任。"

他嗤之以鼻："得了吧老八股，少跟我讲大道理。"

这家法国餐厅的牛排非常有名，虽然价格昂贵生意却一直火爆，复古别致的装修也很有情调，但是肖静文每次来都急匆匆地帮他打包带回去，从来没有闲暇慢慢欣赏。

今天穆铮似乎有意补偿，不仅全程绅士十足地为女士服务，还特地点了一瓶价格不菲的红酒助兴，朦胧暧昧的灯光、缓慢轻柔的音乐、香气四溢的牛排、妖艳甜香的红酒——他清楚地知道这所有的东西调剂在一起对女人的杀伤力有多大，他展现出自己最迷人的微笑："静文，还喜欢这里的环境吗，如果喜欢的话我以后经常带你过来。"

她却低头看一看手机上的时间："穆经理，我们只有一个半小时的午休时间，现在已经过去了一个小时，再不走的话我们可能赶不上下午的部门会议。"

他拍拍自己的一张帅脸："喂，肖静文，你看不到帅哥正在对你放电吗，请你专心一点好不好？"

"可是下午的会……"

"你再跟我提下午的会，我让你下一周的会全都参加不了！"

他放出狠话，她识时务地闭嘴，他调整状态再次拿出俊帅的样子，嘴角绽放出能迷倒万千少女的笑容："静文，你不知道，其实我对画画的女人特别有好感。"

她并没有多少恋爱经验,可是大概也猜到这是他泡妞的万能金句了,遇见会弹两句钢琴的,他就对弹钢琴的女人特别有好感;遇见会跳舞的,他就对跳舞的女人特别有好感;遇见刘玛丽那种会撒娇发嗲的,他铁定就对发嗲的女人特别有好感。她淡淡回应:"哦,其实我也只是瞎画,如果你真对画画的女人有好感的话,美工组那边都是学画的。"

他并不理会她的冷淡,只继续问她:"你没事的时候画的全是甜品的设计图,是对这一块特别感兴趣吗?"

他问得似是漫不经心,她一双眼睛直视着他,有那么一刻的冲动想要全盘否定,但是思量良久,还是低声说出一句:"也不是说多感兴趣,只是觉得把蛋糕设计得很漂亮是一件很幸福的事,所以偶尔会画一画。"

"把蛋糕设计漂亮是一件幸福的事。"他眸光闪动,不由自主地重复她那句话,"居然,你也会这么想。"

她反问一句:"这么想有错吗?"

"没有,很傻罢了。"他的嘲讽不留余地。

她不由得微微皱眉:"穆铮——"

这喊声让他一怔,仿佛陡然回过神来,他笑容如初:"刚乱说的,你别介意,我就想问既然你这么喜欢甜品设计,为什么当初不进设计研发部,而要进企划部?"

她回答得很现实:"不是喜欢就可以进设计研发部的,我不是专门学美术设计的,连应聘的资格都没有。"

"哦,对,你妹上次说过,你读书都是别人资助的,没钱学画画。"他口快说了这一句才想起这话有点伤人,又想说一句什么补救,却见她脸色平淡,泰然自若。

"是,所以我不想这些不切实际的东西,只想好好把现在的工作做好,为了我的家庭,还有帮助我的那个人。"

她神色认真得有些肃穆,他却嗤笑:"不是我说,你那个什么长腿大叔也忒小气了吧,亏你这么多年还念念不忘!要是你早遇到我,我还会吝啬多花点钱送你去学你喜欢的专业吗?"

她没有答话不置可否,他却突然站起来:"走,我带你去个地方。"

穆铮心血来潮,肖静文没有任何置喙的余地,只能沉默地任他随心所欲。他带她去的地方是一家画廊,位置很偏,从外面看上去平淡无奇,可是走进去才发现地方宽敞环境清幽,不同风格的画作罗列排放,射灯的光晕打在上面,凝固出一幕幕悲欢离合,让人仿佛置身时光隧道,浑然忘记世俗嘈杂。

他们慢慢踱过一幅幅佳作,穆铮见她看得专注,不禁得意:"怎样?这里还不错吧?"

她的语气略带惊讶:"我很好奇你怎么知道这种地方。"

"高雅场所,约会必备。"他一本正经地往一幅油画旁边一站,摆一个自认为很帅的姿势,"站在这么有艺术气息的地方,是不是觉得我也帅了很多?"

她摇头:"我还是觉得你旁边这幅画好看一点。"

"你有没有眼光啊!"他皱眉去看旁边的画着雏菊的油画,"这画虽然构图不错,可是笔触稍软缺少力道,只是单纯临摹追求形似,缺乏内在神韵,怎么可能比我好看?"

她更加吃惊:"你还看得出内在神韵?"

他展眉一笑,指着对面梵高的那幅《向日葵》仿品继续高谈阔论:"你看梵高的画,就算只是临摹静物,可是下笔狂放,用色大胆,花朵如烈焰燃烧,张力十足,他并没有追求照片似的复制,而是用不那么完美的形态表现出了作者对生活的渴望和追求,这样有生命的画才能真正震撼人心。"

他姿态潇洒侃侃而谈,说得头头是道,仿佛真的精通此道,她第一次对他刮目相看:"你居然这么有研究!"

他笑得很是得意:"现在是不是觉得我很帅了?"

她却并不吃他这一套，一句话戳中要点："这些说辞也都是约会必备吧，你就是靠这一套来骗那些涉世未深的女孩？"

他不由得笑出声："肖静文，你要不要这么精明，装着崇拜我一下会死啊！"

她耸耸肩："是挺崇拜的，刚才那些话你说得似模似样，可见在谈恋爱这项伟大事业上你下了不少苦功夫。"

"蠢人才会下苦功夫，我是举一反三活学活用的。"他指着那油画不显眼处一张标签说道，"你看这画家骆平，只是小有名气，标价五千一个平尺，这画也就八九平尺的样子，算下来一幅画就几万块钱，梵高一幅画能拍几千万美金，比起来当然是几千万美金更能震撼人心。"

"原来你就是看钱说话。"她差点被他唬住，现在不免好笑，"那什么内在神韵你又是怎么编出来的？"

他兴致勃勃为她演示装 B 绝技："这个更简单，你看这些画，凡是暖色调的都是对生活热烈的追求和渴望，凡是冷色调的都是对现实主义的强烈批判，拿这个标准去瞎侃，百试百灵。"

她冷汗滚滚，又好气又好笑："穆经理，你还真是……高见。"

他兴趣盎然地拉着她试验："来，你试试，看能不能得我真传秒变大神。"

她觉得这样瞎胡闹实在是傻，可是四处无人他又满脸期待，她便硬着头皮照他的套路去说："这幅画……勾画细腻，色调明亮，整幅作品……带着强烈的张力，表现出作者……对生活热烈的追求和渴望……"

她还没说完自己先笑出来，他正一正脸色："严肃一点，高冷的表情也很重要。"

她理智上觉得应该立刻停止这种弱智行为的，可又莫名其妙地觉得有点好玩，遂不由自主地端起了面孔去分析他指住的下一幅："这幅画大开大阖，下笔粗犷，用冰冷的颜色描绘世间百态，表现了作者内心——对这个世界的强烈不满和批判。"

　　这次她颇有模样进步很多，倒是他没忍住"扑哧"一声笑起，他一笑她也立刻崩溃，扶住墙壁笑得直不起腰来，他拉着她往前走，一幅一幅地指过去："你看，对生活的渴望，对现实的批判、渴望、批判、渴望、批判……全部中招，怎么样？艺术的世界其实就这么简单！"

　　肖静文第一次觉得欣赏画作是一件这么搞笑的事情，两个人一路笑过去，她却眼尖，突然指住了转角处的一幅特别的画："那这一幅呢，好像你的标准有点不适用了。"

　　他随着她的手指看过去，那也是一幅油画，作者用色极其奔放，整幅画上花团锦簇，姹紫嫣红，一条鱼游浮在繁华之中，身披彩鳞华美异常，所有的颜色浓烈得仿佛要从画布上泼洒出来，他扫了一眼笑道："怎么不适用了，这幅画标准的暖色调，对生活渴望到不能再渴望。"

　　"可是鱼不在水里会死的。"她反驳他，"而且你看这条鱼的眼睛，看起来好奇怪。"都说画龙点睛，眼睛向来是提神之处，可是这条鱼通体华美，唯有眼睛黯淡无光，她不是专业人士，说不上来那种感觉，只觉得这画看起来虽然生机盎然，却仿佛隐隐透着绝望，她想起他的价格评判法，不由得去瞥下面的标签，一看却吓了一跳，"二十八万一平尺，这么贵。"

　　这幅画和刚才的《雏菊》差不多大小，这样算下来一幅画居然能卖到两百多万，而且标签上明确写着已经售出，她不由再去细看标签上的信息，这幅画名为《锦绣》，名字如同这颜色一般绚烂，作者一栏写着"言声雨"几个字，她问："言声雨这个人很有名吗？"

　　"言声雨你都不知道，还来看画干吗！"有人从后面截过她的话，她回头看到一个五十来岁的男人已经在他们身后站定。这人身材矮胖，头上是典型地地中海，鼻梁上架着一副厚厚的眼镜，浑身上下毫无艺术气息，也不知道是什么人。

　　穆铮却和他打起招呼来："老汤，这画廊里除了我们一个人都没有，你这生意做得倒是清闲啊。"

那叫老汤的男人从鼻子里哼出一声："两个神经病跑到我画廊里边看边笑，不知道的人吓也吓跑了，哪里还敢来。"

穆铮显然和他很熟，只和他油腔滑调："我们是在帮你赚人气好不好，我们在用实际行动告诉别人，欣赏艺术是一件很令人赏心悦目的事情。"

"算了吧，你就别糟蹋我的东西了。"老汤白他一眼，转头对肖静文说，"美女，你别听他瞎掰，我这间画廊在同行中都是排得上名号的，能够挂到我这里的画可都是非常优秀的作品。"

她立刻点头："我知道，刚才是我们不对，不该拿你的画开玩笑，不好意思。"

她语气诚恳彬彬有礼，老汤立刻喜欢上了她，向她伸出手笑："没事没事，你来我的画廊就是和我有缘……"

"谁和你有缘，她是我带来的，好了好了，你哪儿凉快哪儿待着去，别妨碍我约会。"穆铮冲他不耐烦地挥手。

老汤却不管不顾将她的手抓住："大家都叫我老汤，你就叫我汤哥好了，欢迎你经常来画廊逛逛。"

她有些尴尬，却还是保持了礼貌的微笑："我叫肖静文，谢谢你汤哥。"

"喂，老汤你够了啊，她手我都还没摸过。"穆铮连忙将老汤推开，对他嗤之以鼻，"还汤哥，你害不害臊，叫你汤大爷还差不多。"

老汤的一双小眼睛开始在厚厚的镜片后面嗖嗖冒寒气："穆铮，你小子还想不想在我的地盘上好好约会了？"

这一招果然奏效，他立刻堆出一脸假笑："得得得，算我不对，既然是在你的地盘上，你也给我说几句好话呗。"

老汤咳嗽一声，做出高傲的样子："你知道我做这一行，死的都能说成活的，要想我帮你说好话，总要拿出点诚意来啊！"

穆铮忍痛咬牙："好，条件随你开。"

老汤的镜片上划过一丝精明亮光，拍手道："爽快。"

　　肖静文觉得这两人已经完全将自己当作透明了，不由得提醒一声："汤哥，其实你误会了，我和穆经理没在约会，我们只是普通的上下级关系。"

　　而此时的老汤已经一秒钟变媒婆，眼睛笑得都要扯到了眼镜外："静文啊，你听汤哥跟你说，其实阿铮这个孩子啊从小就特别善良，他十分爱护小动物，为了救一只受伤的小兔三天三夜没有吃饭，他也常常不畏强权保护弱小……"

　　肖静文咬牙才能忍住不笑，穆铮陡然撑额爆汗，一时间真的很好奇这老汤是怎么忽悠人家买画的，他不由得提醒："老汤，她不是那些没带脑子的暴发户，你别太扯了。"

　　老汤一愣，随即又换上一脸真诚的笑容："静文，刚刚只是跟你开个玩笑，你别介意，我知道穆铮这小子一直都任性胡来，所谓的女朋友也换了一茬又一茬，可是这么多年，他从来没有带过什么人到我的画廊来，你还是第一个和他一起来的女孩儿……"

　　他严肃认真的表情拿捏得惟妙惟肖，然而肖静文听到最后两句还是没忍住笑出了声，穆铮却在旁边急了："喂，你笑什么，这一次他说的可是真话啊！"

　　老汤也立刻帮腔："是啊，真是真话啊。"

　　她却只是笑，笑得肚子都隐隐作痛，哪里还能说出话来。老汤不由得叹气摇头，一巴掌拍在穆铮肩膀上："唉，人品呀……"

　　穆铮冷眼看着面前这死老头，脸上的肌肉隐隐抽搐："我的人品，全都毁在你救什么死兔子的鬼话上了。"

　　肖静文笑了半天才好不容易直起了腰，她指着面前这幅《锦绣》认真问道："汤哥，我真的很想听一听，你是怎么让人家出到两百多万买这幅画的？"

　　"因为这是言声雨的画啊。言声雨你都没听说过吗，当代画坛惊才绝艳的天才，他的画张扬独特、寓意深刻，他又不多产，画作半尺难求。"

　　她笑言："我觉得人家一定是听到你'惊才绝艳'那四个字才买的。"

一提到他的老本行他立刻精神抖擞："其实这个价都只算是友情价，要拿到拍卖行去还要涨很多，去年嘉德拍他的一幅画价格都接近千万，应该算是存世画家中最顶尖的了。"

他说到激动处又话锋一转："不过这人虽然画好，人品却不行，欠我的一幅画拖了好几年都还没画出来，我只希望他言而有信，快点把我的画给我就行了。"

肖静文很是好奇："那这个言声雨是不是哪里有缺陷啊？"

老汤一愣："怎么说？"

"书上不都说天才往往是有缺陷的吗，比如牛顿有精神分裂症，拿破仑患癫痫，普希金也有抑郁症，那他是不是诸如此类？"

"哦，说到这个，他也的确是……"

"老汤，"穆铮却不耐烦地打断他，"不要开始讲你的长篇大论，很无聊好不好！"

她却有些期待："不会啊，应该很有趣。"

他拿手机按出时间在她面前晃："肖静文，上班时间你还有兴致听这老头侃些有的没的，你到底还要不要在公司里混？"

他变脸比翻书还快，她识趣地闭嘴。

老汤咂舌摇头："唉，你看看你，就说你人品不行了。"

"是我带她来约会的，总不能一直让她听你瞎吹吧。"他推一推她，"走了，回公司去，路上我给你讲更有趣的。"

"得了，你还是好好开车吧，我还指望你别出什么事儿，下次再把静文带过来玩。"

"啰唆！"

穆铮只回他两个字，拉起肖静文就往外走，她和老汤挥手道别后不由对身旁的人说："汤哥真有意思，不知道你到这里约会了多少次才和老板混得这么熟。"

他转头一本正经地看着她："是第一次。"

她不由得发笑："你还来！"

他也忍不住笑了，摇头道："算了，知道你不会信的，不过老汤的画廊确实不错，如果你真的喜欢画画的话可以经常来他这里逛逛。"

她突然顿住脚步，认真地对他说道："谢谢你。"

他微微一怔，随即将脸伸到她面前点一点，笑得无赖："来，亲个表示一下。"

她一把推开那猪头："滚！"

▶ 第八章
我们结婚吧
MINGMING HENAINI

等穆铮把车开回公司，会什么的自然早就开完了，他大大咧咧地坐回办公室感觉万事大吉，而她走进办公室只觉得空气都要凝固成冰了，尹颖悄悄对她使了一个小心的眼色，她吸了一口气才走过刘玛丽的身旁坐回位置，然而她刚一落座那阴阳怪气的声音便响了起来："肖静文，你和我家阿铮这一顿饭吃得也真够久的！"

所有人装着认真工作，却都密切注意着这边动向，肖静文没有答话，就在众人以为刘玛丽又要发飙时她却笑了起来："算了，男人嘛，难免会被外面的莺莺燕燕迷了眼睛，只要他还承认我这个正牌女友，我就犯不着处处计较掉了身份。"

她似乎为了显示自己大度，故意拿出一个文件夹放到肖静文办公桌上："拿过去给穆经理。"

肖静文看她一眼，她画得浓烈的眉眼中只有高深莫测的笑意，她微一思量，拿起文件夹敲开了对面办公室的门。

穆铮正准备走，见到肖静文推门进来不无惊奇，即使是为公事她也从来没有主动找过他，他嘻嘻一笑："怎么，你现在也学会主动了？"

她将文件夹递给他："玛丽姐让我交给你的。"

他更惊奇了，刘玛丽向来讨厌他找肖静文，怎么会让她来给自己送东西？他疑惑打开那文件夹，里面只有薄薄一张纸，拿出来一看竟是一张 B 超检验单，他皱起眉头："这是什么东西？"

正在这时刘玛丽的声音从门口传来，那声音带着无限的欣喜，欣喜到已经不由自主扬高了声线让对面办公室每个人都听了个清清楚楚——

"阿铮，我怀孕了！"

这句话不啻于惊雷，让每个假装认真工作的人惊掉了下巴，大家彼此望一眼，纷纷明白这刘玛丽是再难忍受穆铮拈花惹草的性子，怕这到嘴的肥鸭子飞了，打算拿出强硬手段逼着给名分了。她这一招够狠，然而穆铮那人也不见得会任她揉捏，显然这一场狗血闹剧还有更加劲爆的好戏上场，所有人虽然坐着没动，但一双双耳朵全都高高竖起，敏锐地捕捉着对面办公室的风吹草动。

穆铮显然也被这句话惊到了，他上下将刘玛丽看了几眼："不大可能吧，你搞错了没有？"

"这种事我怎么会弄错，这不还有医院的检验单吗？"她娇嗔一句，扭着腰肢走进来靠在他身边，温柔问一句，"阿铮，我们有孩子了，你高不高兴？"她说话间眼风却往肖静文这边扫，带着一抹胜利的微笑。

肖静文识时务地离开，又贴心地为他们带上了门，一走出那门口她如释重负地吐出一口气——不管穆铮高不高兴，反正她是高兴得很，玛丽姐主动出击算是救她于水火，至少这混世魔王现在是没那个闲心去招惹旁人了。

办公室里只剩一对心思各异的男女，刘玛丽见穆铮久不说话，语气有些幽怨："阿铮，你生气了吗？"

他终于开口："玛丽，你知道我不想这么早要小孩。"

"我知道，可是怀都怀上了又有什么办法！"她掐着他的手臂，语气中含着几分气恼，"我不管，反正我是不会打掉自己的孩子的。"

"你想要多少钱？"

他这句太过直接话陡然惹恼了她："穆铮你个浑蛋，你居然跟我说这种话！你以为我和你在一起是为了钱吗？"

他揉揉太阳穴："昨天刚跟你说分手，今天你就给我来这一出，大家好聚好散，别拿孩子说事。"

"是，我知道你又有新目标了，所以跟我说分手，我也不想缠着你，可是就这么巧，你昨天跟我说分手，今天我就查出来有了你的孩子，你说我能怎么办？"

她一双大眼睛灼灼盯着他，又是气恼又是可怜。

他却只是淡淡一哼："玛丽，别和我来这一套，你明说，两百万够不够？"

她眼光含恨咬牙不语，他却始终无动于衷："三百万？"

她终于忍无可忍："我不要钱，我只想给肚子里的孩子一个爸爸。"

他只说出三个字："不可能。"

她眼中的火焰似乎都要将他烧成了灰，一字一句说出的话也决绝："穆铮，你就不怕我把事情闹大？"

"你都不怕我怕什么？"他却一点也不恼，竟还在笑，"闹大也好，我一向喜欢你会来事儿。"

"是，你倒想我闹大，就像上次带我回家一样，你就想拿我来气你爸爸。"她眼中的火焰熄灭下去，脸上慢慢浮起自嘲的一点笑，"我真是傻，明明知道你不是会负责的人，却还是想把这件事告诉你……"

她也许是真的难过，一时竟说不下去，手指按在胸口，深深吸了好几口气才复又笑起，却笑出了眼中的泪光："穆铮，我知道你以为我看上的是你的钱，其他所有人也都这么认为，所以你们都看不起我，不过今天我刘玛丽告诉你，我不会打掉这个孩子，我也不会去闹，更不会要你一分钱，从现在开始，这个孩子和你没有半点关系，他是我一个人的孩子，我来对他负责！"

她说完这话便拉开门走了出去，只留穆铮一个人站在办公室里，也许是从未见过这样的刘玛丽，他倒久久地愣在了那里。

虽然后续劲爆内容一个字也没听到，可是众人从刘玛丽发白的面孔中也猜到了事情的大概走向。刘玛丽平时嚣张跋扈得罪人不少，她这副落魄样子让不少人暗暗称快，背着她一众人八卦，杜淼淼说道："玛丽这一次可失算了，穆经理那种人就是典型的花花公子，哪是她用一个孩子就拴得住的？"

办公室另外一个刘哥接话："一个还没结婚的女人就搞出这种事，真不知道她以后要怎么办。"

尹颖向来心直口快："这就叫偷鸡不成反蚀把米，看她以后还在不在我们面前摆谱！"

苏姐向来告诫大家不要在办公室里聚众闲言，可是这一次也只作未闻，只靠在椅背上，端着一杯茶慢悠悠地品。

大家七嘴八舌，却不想刚刚出门的刘玛丽去而复返站到了门口，她大概听到了什么，眼睛在众人身上转了一圈，那脸色跟墙灰一样惨白，平时碰到这种情况她怎么也要回呛几句摆出姿态，可是今天她却一句话也没说，在办公桌上翻出一份文件重新走了出去。

被碰了个正着，大家都有点尴尬，也没人再起头去说。尹颖觉得意犹未尽，吃饭回来的时候还要拉着肖静文追问她什么想法，她只是淡淡一笑："很轻松吧，觉得解脱了。"

"你太天真了好不好。"尹颖夸张地叫，"那一位早就身经百战，万花丛中过，片叶不沾身的，你觉得他会被刘玛丽这种招数给唬住？"

"总要烦他几天吧，让他也知道在公司里有点节制。"肖静文说着又有些感慨，"不过话说回来，玛丽姐这一次也真的糊涂，穆铮那人一看也是不靠谱的，她怎么能不管不顾把这种事公开，不给自己留一点后路？"

尹颖冷笑："她大概想破釜沉舟吧，可是那一位没脸没皮，最后吃亏的还是她自己。"

肖静文摇头："算了，别人的事情少管，我们还是好好做方案吧。"

新品发布会之后企划部有一段清闲日子，平时就只是做些公司内部的小活动，虽然上面传达了下一年品牌包装宣传的整体策划任务，但是因为时间还早，大家也没赶着去做，尹颖撇嘴道："急什么，这不还有好几个月呢。"

"不能事到临头才抱佛脚啊。"她笑，"你看罗劲，昨天刚下达的任务人家今天就忙开了，比咱俩可勤快多了。"

说到罗劲，尹颖不禁皱了皱眉头，肖静文见她神色有异不由得问道："怎么了？"

她有些犹豫："我不知道这事该不该说，也不知道这里面有没有什么误会……"

肖静文还是第一次见这心直口快的女孩子说话吞吞吐吐，不由得正色道："尹颖，到底怎么了？"

她终于将心一横："静文，你还记得钟勇强吗？"

她点头，她继续说道："他要带钟伯离开这里了，两天前特意来和我道别，无意间碰到罗劲，后来他跟我说，罗劲的声音很像最开始给他打电话让他不要参加活动的那个人。"

肖静文倒吸一口冷气："你是说上次破坏我们发布会的人是罗劲？"

尹颖连忙摆手："我可没这样说，钟勇强只是说声音很像，他也没见到过人，也许搞错了也不一定。"

她想一想又补充一句："罗劲跟我们同坐一条船，他怎么会干这种事？"

肖静文却沉默不语，半晌才开口："尹颖，你还记不记得，我们刚入职的时候人事主管说过一句话——我们四个人中只能留下三个。"

尹颖突然说不出话了。

刘玛丽怀孕的消息不胫而走，没两天便在这大楼里传了个遍，就如众人揣测那般，传闻中的男主角自那以后再也没出现过，据说有人在夜店里碰到过他，美女在侧放浪形骸，典型的只见新人笑哪闻旧人哭。不过，男主角如此反应倒在众人意料之中，而让大家大跌眼镜的却是女主角的态度。

刘玛丽在穆铮面前虽然扮得小白兔一个模样，实际上却哪里是省油的灯，她故意闹出这等事情逼婚，对方不给回应，按理说她必要闹得个天翻地覆尽人皆知，然而一切平静得有些诡异，除了众人在背后窃窃私语之外，她自己不提只言片语，只每天带了叶酸和营养品来吃，等着看她笑话的人一大堆，这时免不了有人含沙射影，而且总喜欢拿肖静文来刺激她。

那天，刘玛丽去影印资料，正好遇到其他部门的两个小妹妹在印东西，往常遇到这种情况总有人让刘玛丽先印的，这次她们动也不动，只故意笑了两句："玛丽姐，我们印得有点多，可要麻烦你等等了。"

另一个接道："复印机有辐射啊，玛丽姐怎么亲自过来了，你有什么要印的叫肖静文帮你印就是了嘛。"

前一个马上打断她："肖静文现在怎么会做这种事，人家先前有总经理的青睐，现在又跟穆经理关系那么'好'，前两天我出去办事还看到他们一起吃饭。"

刘玛丽脸色苍白没有说话，恰好这时肖静文也来印东西，大概是为了故意气刘玛丽，那两人立刻热情招呼："静文，你要印什么，我们印得多，要不你先印吧。"

那热情让她有点受宠若惊，但是看一看站在旁边的刘玛丽她也立刻明白了，她说了一句谢谢，然后问刘玛丽："玛丽姐，你印什么，我帮你印吧。"

刘玛丽却没将手中的资料递过去，只铁青着脸色看着她，低声咬牙："不要假惺惺，也不要以为你赢了！"

刘玛丽转身走出去，那两个复印的妹子不约而同地轻蔑哼出声，又不约而同地对肖静文扬起灿烂笑脸："现在谁还受她的气，静文，别管她，来来来，你先印。"

肖静文客套地说了一句"谢谢"，却在心里默叹一口气，感慨世事变幻，人情冷暖。

因为穆铮一连串的胡闹，公司里很多人已经把肖静文看作了刘玛丽第二，像刚才这样将她们两人拿来比较已是常事，刘玛丽肯定觉得堵心，当天下午就请了病假。

清者自清，肖静文不想去分辩，也不想多管别人家的闲事，只想把全副精力放在工作上。她做事有一股拼劲，想要好好做的事都不会像别人那样拖拖拉拉应付了事，虽然品牌包装宣传的策划时间还充裕，她仍然铆足了全力去构思，写了很多方案，却连自己这一关都过不了，通通又毙掉了。

她为这个事情连加了几天班，这天准备走的时候已经八点过，整栋大楼只有他们这间办公室还亮着灯，她收拾妥当关门走人，却不经意瞄到对面副经理办公室大门虚掩。穆铮今天没来上班，而这房间不常用，从来都是关得死死的，难道是保洁打扫的时候忘了关？

她轻轻推开一点往里面望一望，黑洞洞的什么都看不到，倒有一股浓烈的烟味窜出，她伸手摁亮了灯，却陡然看到落地窗前站了一个人，不由得吓了一跳。

这突如其来的亮光也让黑暗中的人回过头来，竟然是穆铮。她完全不知道这个人今天什么时候来的公司，看他脚下散落那一堆烟头想来也在这里站了很长时间，怎么这时还留在这人去楼空的大厦里，为什么不开灯，他一个人站在窗前又在看什么？

她本来想问，却又忍住了没多嘴，倒是他掸掸烟灰，对她笑笑："是你？正好，过来和我说说话。"

她委婉说道："穆经理，现在已经是下班时间了。"

"反正你都加班到这么晚了，多和我说几句话也没什么吧。"他一反常态，望着她的一双眼睛清亮澄净，那语气也近似请求，"算我欠你一次，我就有事想问问你。"

那是一副实在让人不好拒绝的样子，她终于走进办公室："什么事？你说。"

他又掸了掸烟灰，在烟雾朦胧里望着她："你经常加班到这么晚？"

"没有，只是这几天在做品牌包装的策划，有时会加班。"

"人家都没加班，为什么你这么拼？"

她不回答他的话，却反问一句："穆经理，你想问的就是这些？"

他摇头轻笑："没有，其实我知道你一直很想做出成绩，为了你的家人。"

她没有答话，他也没有再说，一时冷场，只有烟气游荡，模糊着各自的心事。

她静静站了一刻，在那句"没事我先走了"的话几乎都要冲口而出的时候，他突然再问了一句："一直没问你，你爸呢？"

她只有一句平静得不带丝毫感情色彩的话："做生意亏了，欠了一大笔钱，我很小的时候他就离开了。"

任何人听到这话都会面露抱歉善意安慰的，可是他却笑起来，朦胧烟气中一脸的戏谑，半天才直起身子来哼一声："怎么都是些浑蛋！"

她不知道他这句话是什么意思。据她所知，董事长家里夫妻恩爱，父慈子孝，当然，除了他这个异类，不知道他为何会用这个"都"字。

他今晚似乎心不在焉，并没发现她的眉间疑惑，只自顾自地吸着烟在笑："既然要离开，为什么当初又要在一起，既然不能负责到底，为什么又要把孩子生下来？"

这句话看似玩笑随意，她却总觉得带了别样的情绪在里面，她不知道他今晚的感慨由何而来，她也不是一个很好的交心者，一时没有答话，他也不介意，只坐到办公桌后面去，一只手撑着下巴望她："如果是你，会在什么样的情况下承诺婚姻？"

他眉梢撇低，神色间有一种小心翼翼的认真。她实在没想到游遍花丛的他会问出这样一句话来，从未有人问过她这样的话，她也从未想过这样长远的问题，在她单调的青春年月里，对爱情所有朦胧的幻想都来自那个遥远得仿佛天边的影子，可是那些又怎会关乎所谓"婚姻"？

她对婚姻最深刻的印象便是父亲的不辞而别，家里一拨又一拨的追债人，还有母亲日夜操劳渐渐伛偻的身躯，她微微一哂："抱歉，我从没想过这个问题，不能给你什么建议。"她想一想又补充一句，"这种事女人应该都很慎重吧，毕竟婚姻里受伤害最大的一般都是女人。"

她给了回答，他却又没了下文，只有长长的睫毛垂下来覆住眼睛，小小的两片阴翳，将所有的神色都遮掩去了，剩下接连不断吸烟的动作。

自他对她有了那么一点莫名其妙的兴趣之后，他总是闹腾，也总有法子逗得她情绪外露，似乎中间还从来没这样冷过场，她暗忖他应该还是介意刘玛丽放出的重磅消息，却又觉得依照惯例他不该是这么个性子，一时教人捉摸不透，索性不想。

他似乎也真被绊了神儿，就算只有两人独处也再没拿出那孟浪样子，只在这根烟燃到尽头时才对她微微笑笑，点头："好，我知道了，谢谢你。"

这几乎已经是送客的口吻了，她虽然讶然却也终于松了戒备，说了一句那我先走，转身便要跨出门去，却听见他突然喊了一声："肖静文。"

她心里一沉，回头，他却仍坐在办公桌后没动，只是看着她，笑容淡淡，眉目认真，他说："加油！"

他端正坐在办公桌后，地上是散乱的烟头，背后是苍茫的夜，他仍旧是那浮华锦绣的皮囊，却又不知是哪里不对，看到眼中总觉得陌生起来。

那天夜深时穆铮开车去了刘玛丽的住处，刘玛丽没料着他会来，吃惊之后对他板起面孔不假辞色："你还来干什么，我不是都说了从今往后跟你没关系吗？"

他只打量着她，语气柔和："听说下午你请了病假，没什么事吧？"

她听到的都是他放浪形骸的花边消息，却不想他还会留意着她，不由得咬牙恨道："穆铮，你少跟我假惺惺，你不就盼着我出事吗，出事了你才清净！"

他并不分辩，只按着惯常去搂她的腰，被她狠狠一推挣开："别碰我，也别想打我孩子的主意，我就是拼了命也要把他生下来，好好养大，给我挣一口气！"

她再不在他面前做得柔软可怜，而仿佛一只磨着牙的老虎，有一种护犊子拼命的狠劲。他却并没有恼，坚持拉住她的手，眼光比以往任何时候都要柔和："是不是公司里的人说得很难听？"

他不提还好，提到这茬顿时让她红了眼眶，她狠狠吸了一口气："任你们怎么作践，我总不会放弃我自己的孩子！"

这一句话说得决绝，他不由得也动容。

他注意到她的寓所跟以往布置不同，客厅里挂上了几幅漂亮的婴儿图片，墙面上也贴了颜色鲜艳的儿童图画，沙发上堆着大的玩偶，茶几上还散着几套刚刚拆开的婴儿衣物——这是一个准妈妈的房间，他不由得牵着她的手跨进去，四处打量，入眼处看到更多的温馨细节，那只握她的手不由得更紧了些："你很用心。"

"只有我一个人疼他，不能不用心。"她再次挣开穆铮的手，隔着一点距离看他，没了从前那些故作，只有历经沧桑后的平静，"阿铮，其实这几天我也想明白了，我知道你一开始就只是打算和我玩玩，并没有放什么真心。强扭的瓜不甜，我不会拿孩子强迫你，我也不会想凭借孩子拿到什么好处，我只是无法舍弃自己这块血肉，只想对这个还没出世的小生命尽到做母亲的责任。"

她顿一顿，又自嘲地笑："我知道你认为我有目的，总不会信我，原本我也想立刻离开公司，也不用受那些人的气，可是我现在这个样子哪能找到其他像样的工作，我总要赚钱来养孩子，不过你放心，等孩子生下来我就会走，离开这座城市，再不和你有任何瓜葛，你看着吧，我一定说到做……"

他却没让她把话说完，一把将她揽进怀里，用一句话惊呆了她："玛丽，我们结婚吧。"

她疑心自己的耳朵出了错，半晌才回过神来问："你刚刚……说什么？"

"我说我们结婚。"他的语气平静但严肃，显然非一时戏言，"然后像你说的，把这孩子生下来，好好养大。"

这突如其来的惊喜已经让她完全呆住，眼珠子瞪着他似乎都忘记了怎么转："怎么会？阿铮，你、你怎么会愿意跟我结婚？"

"我也不知道，大概觉得你会是一个好妈妈吧。我没有的，总希望我的孩子能有。"他的笑有一刹那的落寞。

她不懂他话中深意，可是却也无暇去探究了，只激动得语无伦次："是，阿铮，你相信我，我一定会做一个好妈妈，也会做一个好妻子，你放心，我知道分寸的，我知道你爱玩，你放心，我不会死死约束着你。"

"不会的，玛丽。"他拍拍她的背，将她拥在身侧轻喃，"我也想要试一试，做一个靠谱的老爸到底会有多难。"

次日一早穆铮送刘玛丽上班，她挽着他的手趾高气扬地从楼下一路走进办公室，坐下了还要老佛爷似的使唤他给自己倒水，就算往常两人蜜里调油的时候她也没敢拿出这个姿态，只把旁边的人惊落了一地的眼珠子。她端端坐着隐一点笑，他回来了又在他面前蹙眉："阿铮，我好像还是有点不舒服。"

他果然俯下腰去看她："不要紧吧，要不要去医院看看？"

她摇头："就一点点，喝点热水休息一下应该没事。"

他仍旧不放心："算了，你还是别上班了，张经理那里我回头跟他说。"

"那怎么行？"她眼风私下一扫，暗忖不上班怎能看到这些人的嘴脸，她微微一哂，"我也要站在公司的立场上考虑，不能让下面的人说闲话嘛。"

她这句话分明已经将自己摆上了另一个层面。

旁边的人纷纷打起了眉眼官司，她瞥到那些眼睛里的震惊，就像伏天里喝了冰水一般畅快起来了。

穆铮和她向来不避讳，又温言说了几句才离开，回头正好看到肖静文从外面走进来，他只看了她一眼便撇开眼睛，直直走了出去。

刘玛丽原本还有一点担心，看到这一幕眼角的笑纹全都褶皱起来，她只觉通体舒泰，顺手便抽了一个文件夹，也不看里面什么内容，直直往肖静文那边一伸手："不好意思，静文，又要麻烦你帮我印点资料了。"

印完后刘玛丽本来还要差遣肖静文送到张耀林那儿去的，后来听说怀孕的人不能久坐，她便自己站起来活动活动筋骨，她敲门走进经理室，那张耀林一看是她，忙不迭地从座位上站起来迎到面前，笑容堆得一层一层的："哎哟喂，我的少奶奶，怎么敢劳您大驾！"

他消息灵通，想必早听闻了上班时那一幕你侬我侬，因此这称呼也改得快。刘玛丽听到"少奶奶"那三个字眉眼都要笑化了，她跷腿往皮沙发上一坐："张经理，先别乱叫，八字还没一撇呢。"

他笑着搓手："您别跟我谦虚，看您这样子我也知道八九不离十了。"

她抬起眼睛打量他："张经理，这次多亏你提点。"

他圆脸上的每一道肉褶子都透着谦虚："哪里哪里，是玛丽你自己有福气。"

"若不是你及时提醒，我真要闹他个天翻地覆的，哪知道这一切来得这么容易。"

"阿铮那人小孩脾气，向来唯恐天下不乱，你和他闹，不是正顺了他的意吗？"张耀林笑，一双小眼睛里精光闪耀，"打蛇打七寸，只要抓着他的软肋你就不怕他翻天了。"

想起这事，刘玛丽此刻还有点不相信："我是真没想到，我执意要保孩子他就同意和我结婚，穆铮那人，怎么看也不像为这种事妥协的样子啊。"

"那是因为你还不了解他。"他看着刘玛丽，又卖弄似的缓缓说出一句话来，"那你看不看得出来，这位以前还得过自闭症。"

"自闭症？穆铮？"她夸张地叫一声，简直不可置信，"怎么可能？"

张耀林笑得高深莫测："穆家的故事多着呢，你嫁过去了自然就会知道，今天我不和你讲太多，怕吓着你肚子里的孩子，你只消知道一点，穆铮有心结，过不了这个坎儿，谁抓住机会谁就是赢家。"

对于穆家的事刘玛丽也不是那么感兴趣，只要钱和名分到手了还管那些干什么，她只笑得眼波盈盈："张经理，你放心，我不会忘了你的好的。"

"我也不想别的，你到时候在碧姐面前拉我一把就成。"他有些自嘲，"我都这岁数了，再不上去就没机会了，那些年轻人个个不是省油的灯，碧姐那里我又说不上话，现在只能指望你。"

她笑着答应下来，又打量他一眼："前阵看你和总经理走得近，以为你会和他站一边。"

张耀林也不瞒她："穆连成没进公司前我一直在碧姐手下，混来混去都只到这一步，想投靠他，人家又嫌我底子不干净，哪敢轻易用。说到底，他们两个人斗法，遭殃的是我们下面人。"

刘玛丽有点担忧公司如今的格局："现在董事长身体不好，依你看，碧姐和总经理谁的胜算大些？"

"不说谁的胜算大，就说穆连成这个人，看起来斯斯文文白面书生，实则八面玲珑铁壁铜墙，哪有破绽让你撕个口子接近他，所以咱们还是稳稳抓住穆铮，和碧姐同坐一条船吧。"

"还是张经理看得通透。"刘玛丽扬起微笑，点头赞同。

▶ 第九章
一场空欢喜
MINGMING HENAINI

　　刘玛丽怀孕被甩的消息才刚刚传开，这边立马又来了二少爷懊悔求婚这一出，事态跌宕起伏精彩纷呈，自然又生出许多谈资，刘玛丽原先还只是个女友头衔就张扬跋扈，如今肚子里怀着资本，又顶上了未婚妻头衔，兼之前面受过一点委屈，那派头拿起来简直犹如女王。

　　苏姐知道她少不了要找借口排遣肖静文，正好公司有个出差机会，索性将她派了出去，一是指望避得一时是一时。另有一层，这次出差是去地方上一个合作的食品加工厂考察，好几个部门都抽调了人选，由穆连成带队。虽然自上次辞职事件之后肖静文和穆连成再没了交集，但是至少他曾经也信誓旦旦说过会帮她，苏姐便是希望借着他的影响，刘玛丽不会太过分。

　　肖静文得到这消息的第一反应就是拒绝，然而那几个字怎样也说不出口，毕竟觉得这样的机会千载难逢，直到出发那天她才知道自己想多了，同行的人浩浩荡荡十余个，她级别最低，他又带着贴身的秘书，位置坐得也远，根本说不上半句话。

　　一行人下了飞机又坐汽车，颠簸了几个小时才到工厂所在地，住下的当晚那公司安排了接风宴，肖静文晕车，一路上只差没把心子给吐出来，哪里还有胃口去吃。她回了宾馆蒙头就睡，和她同住的女同事象征性地问了两句就走了，到底不是一个部门的人，都没有多么热络。这样也好，她一个人清清静静睡一觉大约就没事了。

这一天舟车劳顿，她一倒下便睡得沉沉，迷迷糊糊听到有人敲门，她依稀记得同事走的时候是拿了房卡的，然而混沌之中也没想那么多，爬起来开了门，眯着眼睛朝门外人嘟囔了一句："青姐，你回来了啊。"

耳中却传来一个略微低沉却极为好听的男人声音："是我。"

那两个字落进耳中顿时将她的瞌睡吓得无影无踪，她甚至还怀疑自己迷迷糊糊是不是听错了，立刻揉揉眼睛凝神细看，只见灯光半明，门口的人逆光而站，身姿修长挺拔，她笼罩在他的身影里，一双眼睛只看得到他的眉目飞扬，面容朗朗。

她的呼吸有一刻地停滞，仿佛刹那间时空错乱，那一年五月的栀子香浮动在鼻端，青青校园，青涩学子，她以全校第一名的成绩站上主席台接受颁奖，第一次见他，也是这样的逆光，也是这样的英俊眉眼浅浅微笑，只那一眼，她往后长长的青春岁月里便铭刻了这个唯一的名字。

她脸上不由自主一红，讷讷问道："总经理，你们饭吃完了吗？"

"他们还要去唱歌，闹得慌，我先回来了。"不同于她的拘泥，他一直很自然，这时提一提手上一个纸杯微笑，"回来的时候看到有卖白粥的，顺便就买了，你吐了一路，总要吃点东西。"

他们一路并无交集，不想他竟将她的状况一一收入眼底。

她慌忙接过，眼睛已经垂到了地上去，根本不敢直视他，只有声音细若蚊蚋："谢谢。"

"别总跟我这么客气。"

他温和地笑，语气也和在公司时公事公办的指令不同，总有亲切在里面，她轻不可闻地"嗯"了一声，满心满肺都是暖暖的。

这是女员工的房间，他不便多留，再嘱咐了她几句便转身离开，却又好似突然想起什么，回头问她："静文，公司那边，你要不要另外调个部门？"

她微微一愣，随即明白他是怕自己吃刘玛丽的亏，不由得摇头："应该不用吧，玛丽姐现在要养胎，大概没空理我，而且……"她顿一顿，还是说出口，"你不是一直很希望我能留在企划部吗？"

"我以为凭你的聪明足以驯服阿铮，如果那样的话在企划部应该会有好的发展，只是没想到会发生刘玛丽这件事。"

她倒很轻松："这样也好啊，他愿意收心娶玛丽姐，以后不会总想着去骚扰别人，我这才能好好做事。"

她飞快地看他一眼，又在心里补充一句：这样也不用为了迎合穆铮，而在公司里故意和你拉开距离。

他却仿佛知道她肚子里在嘀咕什么，只说道："先看看吧，阿铮想一出是一出，这事不知道还会闹成什么样，而且刘玛丽这个人……我始终觉得蹊跷，这个婚结不结得成还很难说，为了保险起见，你还是不能和我走得太近。"

虽然有小小的失望，但向来他说什么她都不会有异议的，她点点头，他又叮嘱了她好好休息便转身离开。

她关上门，捧着那一杯白粥靠在房门上，直到那脚步声再也听不见才慢慢坐回床上去。

她只开了床头灯，淡淡的一点光只照出面前这一点明亮的影儿，房间的装潢摆设都沉在浑浑落落的暗色中，她缩在床头，捧着这杯白粥出神，只恨不得在心口上藏一辈子，哪里舍得张口去喝。

暗沉沉没有一丝风的房间里，这几年的光阴走马灯似的在她眼前晃——颁奖礼结束的那个黄昏，她被债主堵在学校门口，叫嚣不还钱就让她断手断脚，他的车从旁驶过，车窗摇落，他坐在车里看过来，眼中是抖成叶子似的她，他静静看了片刻，然后淡淡开口："她欠你们多少钱？"

那时他初入公司，并不是太忙，偶尔会去学校看她，她每次都紧张得要死，他却泰然自若，问她生活、学习，说有什么困难就跟他说。

其实她没有觉得生活多么困难，在她破落不堪的生命当中能够遇到一个像他这样的人，她觉得老天已经足够优待她，她唯一想问的是为什么他要对自己这么好，可是这句话从来也没问出口过。

她不好意思在他面前说话，却常常写邮件给他，他忙起来了经常不回，她也不介意，这已经成了一个戒不掉的习惯，只要看到那个被她标注为D-L-L的联系人她就莫名地觉得高兴和踏实，仿佛发生天大的事情也不怕了。

快毕业的时候他打来电话：静文，愿不愿意来我们公司？

她的成绩全系第一，她却拒绝了保研，拒绝了更好的工作机会，义无反顾地来到有他在的地方。

其实她知道不会有什么结果，他是耀眼的星辰，她是仰望的尘埃，可是她总是怀着不切实际的幻想，只想努力飞高一点，再飞高一点，飞到他的那片星空中去。

她捧着那杯白粥轻轻转动，香甜的味道萦绕鼻尖，让人甜蜜得想要微笑，却又苦涩得想要落泪。

这一趟出差并没有发生什么新鲜事，唯一有点说头的便是企划部的新人肖静文在一个小问题上反驳了总经理穆连成几句，虽然只有轻言细语的两句话，但是稍微圆滑点的都不会当着下面厂子的人点出总经理说得不对，穆连成虽然当时什么也没说，但随后他的秘书闲谈时却露了这样一句话："这人大概忘了当初二少爷挤对她的时候谁帮过她，就记住那一次她辞职总经理没保她，也是个没心没肺的。"

秘书是穆连成的心腹，他这话里的意思大家也听明白了，明的暗的就对肖静文有些疏离，回去时苏姐听说了这一茬气得直跺脚，训她道："静文你平时挺聪明的呀，怎么关键时刻犯傻呢，我让你出这趟差就是想你和穆连成打好关系，往后他还能帮你说几句话，你平白无故干什么让他当众下不来台？"

"他确实说错了，我只是实话实说。"她安慰苏姐，"况且我觉得总经理应该不会那么小气吧。”

“你管他错没错，别人都不说话你插什么嘴，平白让人家以为你是因为上次辞职的事对他怀恨在心，本身就处境艰难了，还不知道谨言慎行，你说这往后要怎么办？”

她倒不在意：“大不了我更努力地工作就是。”

苏姐只一个劲儿地摇头：“唉，你呀，让我说你什么好！”

肖静文说要更努力地工作，她确实也说到做到，这趟出差让她开了眼界，有了很多灵感，她一直没做出一个满意的品牌包装策划方案，后来突然想到，既然梦幻森林的甜品一直走的是高端路线，那么包装设计完全可以跳过一般的广告公司，转而请一位极具知名度的艺术家专门为公司设计 logo，并按照不同的产品设计一系列的包装图案，这样不仅有话题性，还能提高档次，让包装除了本来的用途之外还能变成赏心悦目的艺术品。

有了灵感之后下笔也快，方案雏形很快就做出来了，为此她还专门跑过老汤的画廊。老汤听了她的意思后说道：“要说知名度，国内画坛最出名的莫过于言声雨，如果能请到他来做这个设计你们公司绝对只赚不赔，只是……”

他停一停，声音低下去：“他应该不会答应。”

也许是知道这个言声雨的画作近乎天价，也许知道这个人比较难搞，她也并没有奢望能请到他，反而觉得那幅《雏菊》的作者骆平不错，也算是比较有名气的。她请老汤再推荐了几个人选，作为备选都写进了方案里，沈长生他们几个先看了她的方案都感觉不错，笑言这次又该她独占鳌头了。

她嘴上谦虚，可到底是女孩子，有些话在人前不好说，在闺蜜面前却是百无禁忌，罗劲去茶水间接水，她们两人从旁走过，茶水间的位置有点偏，她们并没看到他，自顾自谈性正酣。

“反正不会轮到我，张经理看了我这个设计也说好，他把我刷下去以后谁给他拼命？”

尹颖面有忧色："你和沈长生都不会，你能力强大家有目共睹，沈长生上上下下的关系都很好，你们两个是板上钉钉的，就我和罗劲各方面都不出挑，肯定要遭一个。"

罗劲不由得竖起了耳朵，只听肖静文压低了声音说道："你也是的，明知道张经理上次看中了你家那块翠青籽，你就送给他，也就几万块钱，留着工作还怕赚不回来吗？"

说到这里尹颖终于笑出来："没办法，我也只好这么做了，实话告诉你，东西我今天带来了，我已经跟张经理说了下午给他送过去。"

肖静文一掐她："你这死丫头。"

两个人嘻嘻哈哈地走远了。

罗劲端着茶杯出神，半天才重重啐了一口。

中午大家聚在一起吃饭，罗劲吃到一半借口上厕所返回办公室，他知道尹颖这马大哈从来不锁柜子，打开果然在里面找到一个金丝绒的小袋子，掂一掂很沉，里面是石头一样的东西，应该就是那所谓的翠青籽了，办公室外有监控，他明白自己这样回来很危险，但为了保持环境整洁干净，办公室里不时会有保洁人员出入，他可以咬死这一点推脱，而且尹颖绝不敢当众说这是预备给张耀林送的礼，只要不说破这一点，那么他就没有做这件事的动机，更不会知道她的柜子里有这么个东西，说到底还是某个保洁见财起意。

他做事细致，就是时间紧迫也还是要拿出来看看真假，他将那东西往掌心一倒，只看了一眼便愣住了——他对玉石毫无研究，可是就算是他这毫无研究的人也能一眼看出这只是最普通的一块鹅卵石罢了，哪是什么玉石翠青籽？

他心里暗叫不好，果然下一秒已经有人在门口问："罗劲，你找到翠青籽了吗"

他抬眼便看到肖静文和尹颖已经站到了门口，他一刹那间面如死灰："原来你们故意诬我。"

尹颖难掩情绪激动："罗劲，你还怪我们诬你？我们几个一起进公司，大家感情那么好，可是你竟然为了自己过试用期就反过来害我们？"

他不说话，只有牙槽咬得咯咯响，半天才反问："大家感情好有什么用，最后始终要走一个的。尹颖，你别站着说话不腰疼，如果最后被刷下去的那个人是你，你会不会千方百计想办法阻止？"

"我会想办法怎么增强自己的竞争力，而不是去害别人。"尹颖朝他吼。

罗劲却冷笑："肖静文有才华，沈长生会拍马屁，而你会扮可爱，我拿什么和你们争？你们注定是要把我挤下去的。"

肖静文不禁皱眉："罗劲，你的细心和勤奋也是我们没法比的，你从头到尾只看到我们的长处，一心想着怎么防我们，却没有把自己的优点好好发挥出来。"

"肖静文，你少和我说大道理，有本事直接去上面告我，就怕你们拿着这烂石头也成不了证据。"平时沉默寡言的一个人情绪陡然爆发出来，阴郁中带着一股狠厉，"你少管闲事，还是多想想自己吧，你现在的日子也不好过。总经理原来袒护你，你却把他给得罪了，穆经理现在对你有点意思，可是他又要娶玛丽姐——不要认为自己多能干，你在企划部留不留得下去还不是别人一句话的事，说不定弄到最后，走的那个人还是你。"

肖静文竟也不气，脸上有淡淡的一点笑："好，我们往后看吧。"

罗劲拿出脾气将眼睛一瞪："谁怕谁，走着瞧！"

他这显然是恼羞成怒。事后尹颖有些担心："静文，我们是不是做得有点过火，不该这样当面揭穿他？"

肖静文对着电脑敲字，头也没抬："他心机那么重，不当面揭穿怎么会认？起码现在他坏在明处，不会像上次发布会那样背后戳冷刀子，不然我们是怎么死的都不知道。"

罗劲陡然和肖静文、尹颖成了陌路，沈长生还不知情，着急问他们到底怎么回事。肖静文不好言明，只说罗劲这人心思太重，急得沈长生抓耳挠腮。

罗劲最后放出狠话自然要寻找门路，他是豁了出去，原先不怎么会活络关系的一个人不知怎么就跟刘玛丽熟了起来，每天鞍前马后地伺候着，俨然慈禧太后身边的小太监。沈长生是油嘴滑舌，而他那纯粹是奴颜媚骨了，尹颖啐道："我还以为他有什么高招呢，原来是想靠着刘玛丽这棵大树，真没骨气。"

虽然她瞧不起，可是人家到底找着靠山了，而且这靠山也一早看她和肖静文不顺眼。想刘玛丽落魄那几天，尹颖这碎嘴子没少挖苦人家，现在别人东山再起，又有人在一旁撺掇，刘玛丽自然要报这个仇。

刘玛丽也没闹出多大动静，不过就是称自己的移动硬盘丢了，拜托尹颖照着一摞高的纸质资料全部打成电子文档，而对于肖静文她也有妙招，她专门从张耀林那里拿来几份报表，叮嘱她核对完之后拿给部门所有领导签字，这个"所有领导"自然包含穆铮。

原本穆铮见了肖静文就如同猫儿见了腥一般，可是他这一次似乎花了大力气来收心，连她主动打电话请他回来看报表他也三两句话推了，那报表上副经理一栏的签字始终空白，刘玛丽逮着空子，拾掇张耀林大会小会上批评她工作不尽心力。

这样几次弄下来，企划部人人自危人心惶惶，乌烟瘴气更胜于前，只有刘玛丽一个人皇太后般活得滋润，上班看手机翻杂志，下班吃大餐买名牌，反正信用卡是穆铮给的，不限额任她刷，只图她高兴。

这天她同样买得兴高采烈，然而刷卡付账时却提示交易失败，她试了好几次都不成功，旁边已经有人将别样的目光看了过来，她只觉丢人丢到家了，站到一旁忍着怒气给穆铮打电话，他倒很快过来了，口中安慰她，手上已经取出另一张卡递过去，可是所有的卡试完，竟然没有一张能再用。

　　刘玛丽疑惑地问道："是不是银行那边搞错了，怎么所有的卡都刷不出来？"

　　他却已经猜到了，淡淡笑道："银行怎么会弄错，不用说，肯定是我爸把所有的卡都冻结了。"

　　她听到这个状况有点发蒙："全冻结了？他好端端地为什么要冻结你的卡？"

　　他自然知道为什么，无非是逼他打电话罢了。他拿出电话拨过去，语气是一贯的吊儿郎当："你搞什么，干吗把我卡停了，我女朋友正买东西，你这不看我出丑吗？"

　　那边喘着粗气没说话，他没听见声儿有些不耐烦了："喂，你听见我说话没有，赶快叫人给我解冻。"

　　"穆铮，"电话那头的声音开始说话，声音沉得好像要坠下去，"家里给你打了那么多次电话你都不理不睬，你是非要逼我用强硬手段。"

　　他翻个白眼："电话我这不也给你打了吗，你就别捏着我不放了，信用卡解冻，赶紧的。"

　　那边苍老的音色依稀带着一点颤动的尾音："我在病床上躺了这么久，在鬼门关上转了几个圈，你没回来看我一眼，没给我打过一次电话，现在一说话就只跟我提钱吗？"

　　他沉默了片刻才笑："让你这样一说我倒记起真还有件事儿忘提了。"他看一眼身旁的刘玛丽，"我下周一扯证，提前跟你说一声。"

　　那边的声音果然着急，立刻追问："扯证？扯什么证？"

　　"还能有什么证，当然是结婚证了。"

　　"穆铮，你是真想气死我吗？"那一句话陡然点燃电话那头的情绪，那声音吼了起来，"突然之间你结什么婚，你把婚姻当儿戏吗？"

　　"我是依葫芦画瓢学你啊！"电话那头仿佛已经着了火，而他却还能气定神闲地笑，"爸，我是有样学样，你不夸我，怎么反而来骂我？"

　　那个声音极力克制下去，放缓了语气说道："穆铮，回家，我们好好谈……"

"抱歉，我这里实在走不开啊，我总不能把我未来老婆一个人扔商场里吧，想带她回去又怕您老不待见。"

"少给我废话，你到底回不回来？"

他的态度实在叫人难以克制，那边又忍不住在吼，似乎怒极肺腑，陡然又咳嗽起来，一连串的声音雷点般响在耳旁，又仿佛惊悸的战鼓，一直打到他心脏里去，他不自禁地皱起眉头，也许这个时候有一句什么柔软的话想要说出来，可是他听到了另一个声音，一个女人温柔而焦急的声音："健民，健民你没事吧，别生气，你别和孩子生气啊，阿铮还不懂事……"

他陡然冷笑出声，即刻也就忘了那句没说出口的话到底是什么。

穆健民咳了一阵后缓过气来，吐着气息对电话咬牙："穆铮，我越容忍你你越得寸进尺，反正你考虑清楚，如果你今天不回家，你就永远别再踏进我穆家大门，我穆健民就当从来没生过你这么个儿子！"

饶是商场吵闹，刘玛丽竖着耳朵也听着点风声。她脸色陡然变了，连忙摇他的手臂："别，阿铮，我没事儿，你别为了我跟你爸生气，你快回去跟他认个错，两父子的怄什么气！"

电话那边的女人也在劝："健民，你这都说的是些什么话，阿铮毕竟是你亲生儿子，有什么事好好说，别乱说这些话！"

"他什么时候把我当他爸？他这是要等我死了才愿跟我好好说！"穆健民震山虎似的咆哮，震得人耳膜都隐隐作痛，而那个女人贤良淑德，顶着这样的怒气还要为他说话："阿铮不是这样的孩子，健民，你再多给他一点时间……"

穆铮再也听不下去，淡淡插话："你们慢聊，不打扰了。"

"穆铮，"那边的人猛然一声喝，声嘶力竭，"你给我考虑清楚！"

穆铮的手臂上全是刘玛丽掐出来的指印，她只差没钻进电话中去代他答一声要回去，他却并没看她，只是沉默了片刻，然后摁下挂机。

在刘玛丽看来，这商场中琳琅满目的商品也在他挂断电话那一刻失去了颜色，她再也控制不住，也不管这是什么场合，尖声冲他吼道："你到底听清楚他说什么没有，他说你不回去就不认你这个儿子，也就是说穆家的钱全是穆连成的，你一分都分不到！"

自从他对她承诺结婚那一刻起一直对她千依百顺和颜悦色，这时却冷眼看过来，问一句："你不是说不在乎我的钱吗？"

她从未见过他如此冷峻的神色，不禁打一个寒噤，头脑清醒几分，喃喃挽回道："我是不想你们父子闹僵，我是为你着急。"

他似乎也觉得自己吓到了她，很快缓和了脸色，伸手过来扶她："别担心，我知道怎么处理的。"

她心绪混乱，愣愣地坐上车跟他回家，可是回去后思前想后都觉得不放心，于是偷偷给张耀林打了个电话。

张耀林在电话那头安慰她："你放心，董事长也就是嘴巴上那么一说，最多把他的信用卡停两天以示惩戒，毕竟是父子俩，再怎么闹腾也不能真忍下心把他扫地出门吧，再说就算他肯，碧姐那边能同意吗，碧姐可是看着穆铮从小长大，把他当亲儿子疼的啊！"

听了这番话刘玛丽才稳住了神，暗忖穆铮不肯低这个头那自己就代他低头。穆铮第一次带她见穆健民的时候她并不知道，穿着打扮都不得体，也说了些无知妄为的话，那时穆铮是存心拿她当枪使，但现在不一样，她马上要和他结婚，而且肚子里还怀着穆家的骨肉，怎么说董事长也应该对她另眼相看吧。

她知道这是关系到未来前程的身家大事，一晚上都在盘算次日要穿什么衣服买什么东西说什么话，务必要让董事长觉得自己能够胜任穆家女主人的身份。她怕节外生枝，也没跟穆铮说。

次日隆重装扮后直奔穆家，本来是满怀期待的，结果连那一片别墅区都没进到，好不容易辗转递了她的身份证进去，用人出来回她一句：

"每年都有二少爷的女朋友要来气先生好几回，太太说了，今天先生气得很，你就不要再来火上浇油了。"

这些用人身经百战，任刘玛丽怎么解释都没用，她只得提着满手的礼物往回走，边走边骂等她成为这里的女主人，一定要把这些没眼力的用人全部给换了。

刘玛丽骂骂咧咧走了很久才打到一辆车，回到公司已经快到十一点，她便是再狼狈，走进办公室前一刻也要拿出趾高气扬的样子，然而今天走进去却觉得这气氛有点不一样，她疑惑地在位置上坐下来，吩咐罗劲帮她热牛奶的同时悄悄地问她："发生什么事了，大家的眼神怎么都怪怪的？"

罗劲的脸上也像刷了一层灰，他上下排的牙齿重重咬在一起："你还不知道？今天早上董事长召开了临时董事会，宣布和二少爷脱离父子关系，消息都已经登报了。"

这个消息就如晴天霹雳，把刘玛丽给吓傻了，她哪里还喝得下去什么牛奶，立刻稳了心神站起来，一步一摇地往张耀林办公室里走，走进去才觉得双脚发软，一屁股在沙发上坐下来才去问他："张经理，他们说的是真的吗，董事长真的当众宣布和穆铮脱离父子关系？"

张耀林平时在办公室很少吸烟，可是今天那烟灰缸里满满都是烟头，他重重摁灭一根，看她一眼："出这事就给你打电话，可你怎么都不接。"

她拿出电话一看，上面果然有十多个未接来电，全是张耀林打的，她这才想起早上去穆铮家前把手机声音关了。她看着密密麻麻的未接来电觉得眉毛都在抽着疼："这到底怎么回事，好端端地怎么突然闹成这样，碧姐那边呢，她没拦着吗？"

"说起来也是穆铮这小子混账，每天无所事事惹是生非就不说了，前不久才把董事长气病了，这大半个月他一次也没回去看看，昨天董事长亲自打电话让他回家，听说是在家里等了一宿也没等到，今天一早就来公司宣布和他脱离父子关系。"

刘玛丽只觉得头乱如麻，连忙又问："碧姐呢，她怎么说？"事到如今，她只关心碧姐还能不能力挽狂澜。

"她拦了，但没拦住，董事长这回是气得很了。"

"早知道这样昨晚拖也要拖着他回家去！"刘玛丽恨恨跺脚，她急得都有些蒙了，只讶然张耀林为何还如此淡定，"你还安安稳稳坐着干什么，快想想办法，现在该怎么办，穆铮好不容易才答应娶我，如果董事长真的和他脱离关系，那我们岂不是竹篮打水一场空？"

"你别急。"张耀林手上下了狠劲，好像要将那半截烟摁成烟沫子，"我刚在这儿琢磨了半天，董事长向来拿这小子没办法，这次这么做很可能只是下狠手逼他认错。"

刘玛丽蹙起眉头："你是说……"

"我的意思是如果穆铮那小子识趣，知道现在是什么情况，自己去董事长那里讨个饶认个错，事情应该会有转机。"

她觉得分析得在理，可是却又想到昨天穆铮那从未见过的冷峻神色，不禁又有忧虑："如果他还是不去怎么办？"

"董事长如果真和他脱离关系他就是个一无所有的穷光蛋，他自己没本事挣钱，又过惯了好日子，吃不了没钱的苦，到时候再不喜欢他老子也要夹着尾巴回去认错，而且，他现在对你另眼相看，这不还有你和他吹吹枕边风吗？"

他虽然说得笃定，但那双小眼睛斜着看过来，还是有些放手一搏的意味，刘玛丽看得心惊，觉得仿佛站到了悬崖边上，明明只有一步就可以攀上顶峰，可是每一步又如履薄冰，稍有不慎就可能跌得粉身碎骨，早知道今日如此胆战心惊，当初她削尖了脑袋也该往穆连成那边靠！

刘玛丽和张耀林商议了一阵，还是硬着头皮走回办公室。那边坐立不安的罗劲立刻贴上来打听情况，他和肖静文他们撕破了脸，把所有的筹码都押在了刘玛丽身上，原本以为稳操胜券，哪料到关键时刻却出了这种事，自然急得他如坐针毡，然而刘玛丽也正心烦意乱，哪有闲情顾到他，黑着脸斥了他两句，他不敢答话，灰溜溜缩到位置上去了。

下班的时候穆铮准点来接刘玛丽，那样子仿佛什么事也没发生一样，她真恨不得拿把刀架在他脖子上逼他去认错，可是她也知道他是什么性子，搞不好弄巧成拙，按张耀林的说法，应该是让他自己体会到无钱的艰辛，她再吹吹枕边风，这样才能事半功倍。她没有办法，也只有按捺住满心急躁装出体贴的样子去敷衍他。

然而好几天过去，穆铮仍旧气定神闲，只是开始早早回家，美其名曰是多陪陪她和孩子，他也不再带她去外面的高档餐厅吃饭，而是自己买回一些食材研制煲汤，说什么自己做的东西比外面的营养健康，她知道他快要山穷水尽了，只冷冷地看着他忙前忙后不发一言。

罗劲沉不住气，觉得大势已去，三天后自己递交了辞呈。他本来是个无足轻重的人，可是这个节骨眼儿上一抽身，刘玛丽也不由得方寸大乱，若不是张耀林一直叮嘱她稳住稳住，她大概当天也要和穆铮摊牌，可是她的耐性也只多撑了几天，在知道穆铮将他原来住的高档公寓退租的那一刻，她终于忍不下去。

他的理由依然冠冕堂皇，他说："我们马上领证，没必要再住两套房子，你在这边住惯了，我听人说怀着孩子搬家也不好，所以我就把那边公寓退了，等孩子生下来我们再去看套大点的房子。"

他说这话时刚刚为她盛了一碗热汤到餐桌上，然后拉着她一只手坐下，面上笑意澹澹。他有一张很吸引人的面孔，脸形瘦削，棱角分明，眼睛尤其好看，柳叶似的形状，尾梢挑上去，带着格外的魅力，可是她早已不是情窦初开的少女，面若潘安宋玉又如何，没钱，一切都是空谈！

况且眼前这张面孔也是陌生的，记忆中的他，嚣张桀骜到人厌鬼憎，何曾这样温柔地对她笑过？说到底，还是逃不开那个钱字，有钱才能任性，没钱就只能拿出这副讨好的样子来，她宁愿觍着脸去巴结那个嚣张桀骜的他，也不愿看到他这副样子在自己身边打转。

她终于开口问他："阿铮，董事长那边，你准备怎么办？"

他不在意地撇撇嘴，完全没当一回事："不怎么办，他想怎么办随他。"

她这几天已经旁敲侧击地劝了他好几次，每次都无功而返，这一会终于把话挑明："他到底是你爸爸，大家有什么事不能好好说，非要闹到这一步？我看他也不是真的为难你，只要你回去和他认个错……"

"不可能！"他打断她，"我不会跟他认错，既然他已经跟我脱离了父子关系，那以后你就不要再跟我提这个人。"

她狠狠咬牙，将自己的手抽出来，深深吸了口气才跟他说："那你想过我们的未来没有？你和董事长脱离关系，现在还不说养我们娘俩，就是你自己，以后你要怎么养活？"

"你不用担心这些，我们一家的生活我会赚钱……"

"你赚钱？你能赚几个钱？"她尖声笑起来，"就凭你在公司一个月赚那点钱还不够我买衣服，你要怎么养我和孩子？"

他愣了一愣，然而还不及说话，她压抑多日的情绪却在这一刻完全爆发："穆铮，我不知道你到底怎么想的，回去哄哄老爷子就有花不完的钱，你为什么要和他怄这口气？难道你还想一辈子窝在这小房子里买菜煮饭带孩子？"

他看着她，目光深邃，沉声道："我刚刚说了，等孩子生下来我们可以再去买套大点的房子。"

"你少跟我打马虎眼，买大房子？不从你爸那里拿钱你拿什么买？你不会是想卖车给首付吧。"她冷笑，"穆铮，你当我是什么女人，我嫁给你是等着做少奶奶享福的，不是累死累活来给你付按揭的！"

他看着眼前这个既熟悉又陌生的女人，久久没有说话。

刘玛丽豁出一切，撂下了狠话："我不管，你现在马上回去找老爷子认错，无论如何也要让他收回之前说过的话，如果你不去，穆铮，你信不信我明天就打掉你的孩子！"

他似是不相信她会说出这样的话来，眉头深深皱起，而她的手指已经戳到他身上去："少跟我装哑巴，说，你到底去不去？"

她从来没在他面前这么张狂过，他知道曾经的小鸟依人是她刻意为之，可是那个时候的护子之情却表现得情真意切，他微微咬牙，明明真相已在眼前，却还是忍不住问了一句："你不是说无论如何也不会打掉自己的孩子吗？"

她怔了一怔，随即恨道："饭都要吃不起了，我哪还顾得了那么多！总之，这个孩子是死是活就看你这个做爸爸的怎么做了。"

她说得决绝，料想总能吓唬到他，可是他却只是看着她，瞳孔中映照着她扭曲如妖邪的眉目，翻涌的神色竟然一点一点平复下来，半天后突然笑了一声，说了句："我是傻子，竟在阴沟里翻了船。"

刚刚所有的情绪激荡似乎在一刹那间消失得无影无踪，就是最初的那点温情脉脉也踪影全无了，他二郎腿一跷，手指敲过餐桌，挑眉带起了一点淡淡的笑，倒是她往常见惯的玩世不恭的那种神色了，他仿佛玩笑一般问她："玛丽，如果我还是说不呢？"

被他如女王般捧在手心宠了这几天，她一时倒有些不习惯再见他这样子，可是一想到如今处境，一想到他已经是个一文不值的穷光蛋，她陡然又冒出了三丈高的火气。

她猛一拂手，将他给她盛的那碗汤"哐啷"一声打翻在地，怒吼："那就给我滚出去，我这里不养吃软饭的小白脸！"

这是很伤人的一句话，可是他既已经还原成混世魔王的样子，又怎么会被这么一句话给伤到。他避开那泼出来的淋漓汁水后又将一张脸凑到她眼前去挤眉弄眼："有事你好好说，别发这么大的火，小心动了胎气，吃亏的还是你自己。"

　　"动了胎气？"刘玛丽双手抱在胸前，脸上终于有了快意的笑，"事到如今我不妨实话跟你说了吧，穆铮，我根本就没怀什么孩子，是你自己笨，拿着一张伪造的 B 超化验单也信以为真。"

　　"原来如此。"他恍然大悟，眼光在这布置得宛如童话世界的小客厅中转过一圈才落到她身上，笑容淡漠，"玛丽，我还真是低估你了。"

　　她哼了一声，高高昂起了头："我知道你看上肖静文了，不出这一招你也不会回到我身边，怪只怪你自己不争气被赶出了穆家，我不要一文不值的穷光蛋，所以，穆铮你记着，这一次是我刘玛丽不要你！"

▶ 第十章
魔王的柔软心事
MINGMING HENAINI

    穆健民宣布和穆铮脱离父子关系这事儿一传开来，整个公司上上下下都震动不小，自穆健民隐退之后，公司实际上已是李碧姚和穆连成在掌权，李碧姚虽不是穆家人，但她手上有穆铮这张王牌，而且凭着自己多年的经营显然更胜一筹。

    但现在这事儿闹出来，穆铮成了废棋，无论李碧姚如何强悍，这份家业迟早也要传到穆家人手中，不少人心里自然另外有了盘算，估计不久这局面便会重新洗牌。

    当然，这些事对于基层员工来说除了多一点茶余饭后的谈资也并没有太大的影响，不管上头人如何站队，日常工作总是要做的。肖静文这几天忙着那个品牌包装策划案，张耀林让她放手去做，她正积极地和几位知名画家联络，这些事自然少不了老汤帮忙。

    这天她又去画廊，老汤刚好有事出去，约的人也还没来，她便信步在这些艺术品的世界中闲逛，不知不觉逛到后门，那里有一间单独的陈列室，听说里面是老汤私人的一些收藏，平时都是锁着的，并不对外开放，今天却亮着灯，门虚掩着。

    她以为是老汤回来了，这几天他们已经混得很熟了，她走过去敲了两声门便推开，后门这边没放展品，光线比较昏暗，这门一开，一片暖黄色的光先流泻出来，室内光景呈现在面前——水晶复古吊灯的光芒璀璨，素色墙纸铺陈的墙面上挂着很多画，有古风浓郁的水墨、色彩斑斓的油画，也有练笔般的炭色素描，还有很多精巧的设计图纸，细致地勾勒了很多别出心裁的蛋糕花样，所有的画精心地装裱了，满满地陈列在三面墙上，给人一种强烈的视觉冲击。

这是在画廊，见到这么多画她倒不奇怪，只是那个坐在画下蓦然抬头的人倒让她怔了一怔。他手上的烟腾起一片雾气，面孔在袅袅烟气中有些朦胧，仿佛正蹙着眉头，像极了那一夜她无意推开他办公室的门看到的那个样子，只是此刻的他坐在一把楠木圈椅上，旁边一张小几，几上一只瓷瓶，瓶里一丛紫罗兰，颜色浓郁仿佛墨彩泼洒。这一切的背景复古华丽，再加一个西装笔挺眉目朗朗的他，定格如一幅精美的民国画。

他似乎也没想到推门而来的会是她，看了好几眼才吹一声口哨："怎么是你，我还以为是老汤。"

他一说话便将整个美感给破坏殆尽，她回过神笑一笑："老汤出去了，我在这里随便转转，也没想到你在里面，你今天不用陪玛丽姐吗？"

他和刘玛丽闹掰的事还没传开，肖静文并不知情，他也不解释，只向她笑："你看我们多有缘，每次我想找人说说话的时候你都会推门而入，咱俩这算不算是心有灵犀？"

"我今天来是有正事，可不是和你说话来的。"她知道他现在要跟自己避嫌，倒也不怕他像从前那样乱来，笑他道，"况且我想找穆经理签字的时候请你都请不来，这叫什么心有灵犀！"

他摁灭了手中烟，笑得促狭："肖静文，你这是在埋怨我对你太冷淡啊，需要我热情一点补偿回来吗？"

他油嘴滑舌死性不改，她却不以为然地笑笑："你敢吗？"

他不回答，只反问她："那你敢吗？"

她不想和他要嘴皮子，不再搭理他，只抬起眼认真打量这满满挂了三面墙的画。

她想要找当下知名画家合作，自然对老汤单独的珍藏格外感兴趣，而看了片刻她却发现这里几乎所有画作的落款都是叫作谢馨雯的篆刻，她不由得问道："谢馨雯是谁啊，怎么老汤收藏的全是她一个人的画，她很有名吗？比言声雨还有名吗？"

穆铮随着她的目光看着这满墙的画，回答："不算太有名。"

"那为什么老汤收藏了她这么多的画？"她看到有些落款的日期，"而且都是二十多年前的作品了。"

他的目光一刻也没有离开过那些画作，似乎是看得太过陶醉，嘴角带起了一抹笑意："因为她是老汤美术系的大学同学，也是他喜欢了很久的人。"

"原来如此。"她恍然大悟地笑，而这时也看到了一幅落款与众不同的画，不由得指着问，"你看，这个人会不会就是谢馨雯？"

那是一幅人物水彩，背景仿佛是在凌乱的画室，一个长发披肩的少女抱着一束紫罗兰倚在写生的石膏像旁边淡淡地微笑。

这画画得细腻生动，那少女的端庄优雅灵动可人尽展于这小小画布之中，再看那落款，署名是汤士程，想来该是老汤的大名，而这画中少女，必是他爱慕的谢馨雯无疑了。

肖静文笑道："没想到老汤这么痴情，是不是人家早就结婚了，老汤没追到人，这才把这些画好好保存着留个念想？"

穆铮本来一直微微笑着的，可是这句话听到耳中那笑却消失得无影无踪了，他抬头看着画中那恬淡的少女，看得入神，不知不觉就说出了那句话："是，老汤没追到她，她嫁了一个很有钱的人。"

她还来不及唏嘘，他却突然再说了一句："不过她过得也并不幸福，不过几年，丈夫出轨，小三找上门，心高气傲的她接受不了，后来……跳楼自杀了。"

那样悲惨的事情他说来也音调平静，可是正因为太过平静，反而给人一种奇怪的感觉。她直觉他又在信口开河，然而见他那眉目结霜的样子又不像是胡编乱造，她正要问他是怎么知道这些的，手机却响起来，原来是今天约好的那位画家骆平已经到了画廊。

她没时间再和他闲聊，三两句说了情况便匆匆往画廊里走。

骆平已经坐在休息区的沙发上等她，她连忙走过去微笑致歉："对不起骆先生，我刚刚到画廊里转了一圈，让您久等了。"

骆平四十来岁，中等身材，穿一身灰色唐装，留着一头很有艺术气息的长发，在脑后扎个马尾，从背后看雌雄难辨，他其实长得斯文白净，但因为是全国美术协会会员，作品不愁买家，向来是给人捧着的，因此神色间始终有股倨傲，他只冲肖静文点了点头，说的第一句就是："肖小姐，我实话和你说，其实我对你们的提议并不是很感兴趣，如果不是给老汤面子，我今天根本就不会来。"

她自然要赔笑脸："是，知道骆先生平时都很忙，但我们公司也拿出了很大的诚意，而且我们是五百强企业，和我们合作对您的知名度……"

"喊！"骆平毫不掩饰地笑一声打断她，"肖小姐，你去打听打听，在国内这个圈子我骆某人也是叫得出名号的，不需要弄这些动作，而且我们搞艺术的人向来不喜欢和你们这些做生意的打交道，怕沾了自己一身铜臭。"

今天的会面本来老汤要当面做个引荐，所以他们才约在这画廊见面，但老汤临时有事外出，她也只能一个人撑下去，对面前这位清高的艺术家展现出惯有的微笑："骆先生，现在是商业社会，提钱不辱斯文，大家合作其实也是为了互赢……"

"别说得这么好听。"她的话再次被打断，骆平摇着头笑，"这不是合作，只是你们拿钱要我给你们拉大旗作虎皮罢了，你们只会让我弄些不入流的玩意儿吹捧你们的产品。你们知道什么是艺术吗，知道什么是提香和乔尔乔纳的'色彩交响曲'吗？你看看我的作品，每一幅都是心血的结晶，是灵感与智慧的结合，我的才华是要贡献给艺术的，怎么能拿去做庸俗的交易品？"

　　他口若悬河头头是道，说的话还夹杂了专业术语，只听得她头昏脑涨，只有撑出笑脸去夸他："是，您的作品非常棒，我们公司就是欣赏您的才华才希望和您合作的。"

　　他对她的称赞非常受用，脸色这才缓和一点，昂头笑道："你们也算有眼光。"

　　她见骆平松了口，明显是可以谈下去的意思，正要再接再厉，却突然听到身后有人朗朗出声："'色彩交响曲'是要呈现在作品中，不是你知道就可以的。骆先生的作品我见得不多，但就那幅《雏菊》而言，除了满幅的'提香色'外，我实在看不出色彩相互地烘托，你那不是交响曲，充其量算个小提琴独奏，还拉断弦了。"

　　骆平陡然黑下脸来，看一眼那风度翩翩微笑行来的年轻人，再瞪一眼肖静文："这人是谁？"

　　肖静文不由得伸手按住了太阳穴，暗道今天走背运，似乎正撞上这魔王满血复活的当口，而那人已经走到他们面前，他也不拘束，大大咧咧在她旁边坐下来，伸手和骆平一握："你好，我叫穆铮，是梦幻森林企划部副经理，这个项目是我和肖静文一起负责。"

　　真不知道他什么时候也参与了这个项目的，她心中吐槽，怕他又来坏事，不由得附在他耳旁低声说一句："穆经理，我知道你对公司的事没兴趣，这些小事我来应付就好，不耽搁你忙。"

　　她神色紧张，穆铮看一眼也知道她在打什么主意，不由得也在她耳边嘀咕："你知道我爸不认我了，我现在断了财路，车都快开不起了，只有跟着你好好工作才能挣点油钱。"

　　她又想起一个重要理由："可是你跟我走太近玛丽姐会不高兴的。"

　　"忘了告诉你，我跟她已经分手了。"他翘着嘴角笑得像个得意的孩子，"所以肖静文，你的机会来了。"

这无疑是个噩耗！她眼睛瞪得比牛的眼睛还大，这才知道为何他跟前几天判若两人，她憋了一堆的疑惑在心里，正想着搞定了这个骆平之后好好问问，对面的人却冷脸问一句："你们两个到底是来谈合作的，还是来谈恋爱的？"

她这才发现和穆铮靠得太近，立刻往旁边挪了一点，歉意地笑一笑："对不起，我们经理只是跟我交换了一下意见。"

骆平态度本来就不好，对穆铮更有些敌视，只把眼皮子掀开瞅了他一眼，然后低头去喝茶，淡淡道："这位穆经理似乎对画画很有研究，既然瞧不上骆某人的画，还来找我谈什么！"

肖静文连忙打圆场："骆先生，你误会了，穆经理他不是这个意思……"

"我没说错啊！"穆铮却拆台，跷着二郎腿一本正经地侃侃而谈，"你的那幅画构图很好，只是太过注重形式，忽略了下笔力度和背景色彩的处理，破坏了整体的协调，确实不算佳作。"

肖静文简直要被他给气死了，骆平的态度是傲慢，可是他想杀杀别人的威风也得看看对方是谁吧，这骆平可是知名画家，不是他那套什么冷暖色调表批判表渴望的鬼话就可以糊弄过去的。

果然，穆铮这句话说出来，那骆平脸上先是青白交错，继而狠狠一拍桌子："你有什么资格对我的画指指点点，我可是全国美协会员，圈子里也排得上名号，我用的技法是普通人能看出来的吗？不要以为懂几个术语就能到我面前班门弄斧，平白让人笑掉大牙！"

他说得很有气势，穆铮倒真笑起来，还想再说什么，肖静文见势不对一把掐在他手臂上，背过身对他竖起眉毛："你又是来搅局的吗？少说两句行不行！"

穆铮很无辜地摊一摊手："我实话实说啊，他死要面子不承认罢了。"

她咬牙切齿："人家是美协的，你别把你泡妞的那一套拿出来显摆好不好。"

穆铮也冲她瞪眼："美协的就了不起了是不是，他那么能，怎么画才几千块一平尺？"

"几千块一平还少了吗？你以为个个都是言声雨啊！"今时不同往日，穆铮再不是那个在公司里呼风唤雨的二少爷，就连她这样的小喽啰逼急了也能对他横眉竖眼。"穆铮，你不是穷得车都快开不起了吗？你不是要跟着我挣油钱吗？你就别添乱了，一边好好待着，这个方案谈下来你这一年的油钱都有了。"

他撇撇嘴："我不喜欢这个骆平，那么多画家，你另外再找一个呗。"

他说得就跟挑小鸡似的轻松，她恨恨道："已经找了很多人了，就他最合适，如果这一次再黄了，我要挨张经理的训不说，你也等着喝西北风吧！"

她撂下狠话，他大概也真缺钱，果然乖乖坐在一边闷声不吭了。

肖静文这才松一口气，搜肠刮肚地找了漂亮话将那骆平哄出了几分笑意，这位大画家舒心之余又开始显摆他的才华——他的画作手法是多么独特，寓意是多么深刻，造诣是多么高深。

旁边的穆铮虽然不再说话，却"哧"一声笑起，肖静文一个眼神瞪过去，他只得识时务地将那个嘲讽的笑憋了回去，坐对面的骆平借着去饮茶瞟他一眼，满脸都是轻蔑的笑。

这样谈到最后，骆平终于表示会回去好好考虑考虑。

肖静文喜不自禁，一直将他送上了车，回去看到穆铮还坐那儿，她扔他一句："人走了，你想说什么随便了。"

"我想说你傻。"他哼哼，一脸的嫌弃样，"你找骆平合作，其实他心里乐开了花，只不过故意拿派头想抬价罢了，只有你还傻不拉几地围着他转。"

她不服气："你是他肚子里的蛔虫？"

"画家不比明星，有经纪人帮他们抬价，除了有些人委托画廊卖画，大多数都是自己谈价钱，他们比生意人还精。骆平如果真的不想合作，他也不会大老远跑过来和你见面。"他说得头头是道，"所以我打包票，他说回去考虑，不出三天，一定答复你同意合作。"

她细细一想，觉得他确实分析得在理，不由得对他另眼相看："没想到你还懂这些。"

"在老汤的地盘上混了这么久，总不能太丢脸不是。"他冲她飞一个电眼，"况且我又是这么聪明这么帅！"

这是她再熟悉不过的那个穆铮，可是看着面前这个人她却不由自主想到那两次的不期而遇，他都是一个人安静地坐着，手上是接连不断的烟，袅袅烟气模糊了他的样子，她只看清了雾气后那双眼睛，仿佛笼罩了沉沉的云霭，翻涌欲雨，不见天日。她想得入神，一时呆在那里，他伸手在她面前晃晃："不会吧，真被我迷到神魂颠倒？"

她收摄心神白他一眼："谁有时间和你废话，我回公司了，下午还要开会。老汤那边你帮我跟他说一声，下次我再来登门道谢。"

他却说道："回公司？正好，我们一起。"

她皱眉看他："你回去干什么？"

"刚刚不都说了吗，从今往后要跟着你挣油钱，难道现在谁还能给我开后门，不去上班也能照样拿工资？"

这下不仅是眉毛，她的整张脸都皱到了一起："不会吧，你还来真的？"

肖静文料想穆铮回公司定会引发轩然大波，因此在他之前先坐回到办公室，而他的出现果然如强力磁铁，牢牢吸引了每一个人的目光，可是这位刚刚从天堂掉到泥沟里的人物竟然不慌不闹，依旧如从前那般气定神闲地从每一个门口经过，直接坐到他副经理的办公室去，仿佛什么都没发生过。

就在众人议论纷纷之际，董事长助理李碧姚竟然亲自来了企划部，走进副经理室后牢牢关上了门。

这其实也是穆健民宣布和穆铮脱离关系后李碧姚第一次见到他，无论李碧姚在外人面前多么强悍，可是只要见到穆铮目光都会柔软下来，不由自主变成唠唠叨叨的婆妈长辈："阿铮，这两天发生了这么多事，你没事吧？"

他笑着引她一同坐在沙发上，脸色丝毫不变。

"你看我像有事的样子吗？"

她顿一顿，终于说出口："不是我说你，这一次你是做得过分，不管他怎么不对都是你爸，你实在不该这么气他！"

他只是笑，口气冷漠："碧姨，我以前就跟你说过，从他决定娶那个女人那刻起就已经不是我爸了，他现在才宣布的事，在我心里其实早已经是事实。"

她想劝他，可是一张纵横谈判桌的嘴此刻却什么都说不出来，只是长长叹一口气："如果馨雯知道你们父子闹成这样，不知道她会多伤心。"

谢馨雯，那是一个他忌讳多年的名字，可是漫长的时光过去，他终于也学会了平静和淡漠，此时再入耳中，也只淡淡说了一句话："她不会，她如果会为我伤心，当年就不会抛下我一个人。"

李碧姚很久很久都没在穆铮面前提到过他母亲的名字了，那场悲剧发生后，她第一次跟他说到这个曾经好姐妹的名字时，那个对外界所有的呼唤都没有反应的小男孩怔怔地看了她很久，仿佛终于从混沌的自我世界中返了一点神魂，眼泪长淌而下，用蚊子似的声音呜咽着，说了患自闭症两年来的第一句话："碧姨……妈妈不要我了……"

那细细的声音仿佛一把刀，正正戳进她心里最柔软的地方，连她这样要强的人也疼得说不出话来，只叫了一声"阿铮"，抱着他痛哭一场。

第二次提起，他已年少，面孔还稚嫩，嘴上却叼起了烟，头发染成了黄毛。她惊怒地说出那个名字，他仿佛一头受惊的熊，猛地跳起来怒吼咆哮："别把她拿出来压我，她只顾自己痛快，根本就不管我的死活，她和穆健民一样都是坏人！"那模样似要将她嚼下肚去，明明是他穷凶恶极，吼到最后他自己却跪到地上痛哭流涕直不起腰来。

而这一次提起，他已是挺拔青年，他终于能平静地回应一句，可谁又知道这样的平静历经过多少个惊醒的暗夜，忍受过多少次折磨和煎熬？

　　李碧姚心中翻腾，不由自主想像小时候那样搂住他的肩膀，却被他伸手一挡："打住，碧姨，你别拿出那种看流浪狗似的表情吃我豆腐，人家这身子只给女朋友抱的。"

　　本来满腹伤怀却也被他逗得"扑哧"一笑，李碧姚顺手拍他一下："死小子，就知道贫嘴。"

　　她说着却又想起一件重要的事来，忙问："对了，你前几天不是说要带女朋友给我看吗？这可是你第一次带女孩子给我看啊，是谁啊？不会真是他们传的那个刘玛丽吧？"

　　他想起那一出乌龙，不由得笑着摇头："谢天谢地，还要谢谢刘玛丽——不是她。"

　　"幸好不是她，我不喜欢那女孩，让人看着不舒服。"李碧姚也松了一口气，"那你快跟我说说到底是谁啊？"

　　他不由自主想到那个一直在他面前隐忍，最近却终于敢对着他吆喝的人来，嘴边浮起笑容："如果你不逼我来公司，我立马就告诉你。"

　　"少跟我来这一套。"李碧姚不上他的当，"别想趁着你爸闹这一出就往外面跳，你记着你可答应过我的，只要我还在这公司一天，你就必须待这儿陪着我。"

　　其实李碧姚知道，穆铮的志趣并不在此，但是公司看似平静，实则虎狼环伺危机四伏，她定要留他在这里为他铺好道路，而且另一层，她总觉得只要还把他留在公司，他和穆健民这对父子之间就能有个牵绊，说不定还能守来冰释前嫌的那一天，可是如果放他自在遨游，谁又能攥得回一只无线的风筝呢？

　　她的这些盘算穆铮并不得知，他只打着他的小九九笑得狡黠："没办法，我现在断了财路，那也只能听碧姨的话，从今往后认真上班赚两个油钱，不过至于那个人是谁，可得晚点告诉你啦。"

　　原本对穆铮还抱着一点指望的人都将希望寄托在了李碧姚身上，然而李碧姚从那办公室走出来，一切还是没有一点变化，没有她去向董事长求情的消息，更没有董事长想要收回成命的风声，那些观望的人也渐渐死了心，叹息着、感慨着笃定了下来。

刘玛丽休息了几天后开始严格按照员工作息时间上下班，于公于私她和穆连成都碰过几次面，有目击者声称看到她在总经理办公室声泪俱下地哭诉自己如何被穆铮的花言巧语哄骗。众人听到这些小道消息都在背后笑她变脸比翻书还快，前几天还恨不得全世界都知道她钓到了金龟婿，现在穆铮失势忙不迭地就撇清关系，没脸没皮地跑去抱穆连成的大腿，这事让大家耻笑了好几天。

随后刘玛丽又澄清，说是因为穆铮的荒唐胡闹气得她流产这才彻底伤了她的心，痛下决心和他划清界限，跟他有钱没钱根本没半点关系。

虽然刘玛丽拜金是出了名的，但众人也的确见她十分维护腹中孩子，况且穆铮本也是个不靠谱的，因此对这说法也有点半信半疑，两人渣男贱女，没一个好东西，然而舆论对失去骨肉的女人总会留几分同情，因此又开始一边倒地骂穆铮罪有应得，不是东西。

闲话声中的男主角今时不同往日，众人在他面前不会再阿谀奉承战战兢兢，因此也有些言语落到他耳朵中去，但他倒是一贯无所谓的样子，唯一反常的是开始规规矩矩地做起了上班族。公司里鲜有人知道他不愿向穆健民服软的坚决态度，还当他此举是为了向董事长躬身示好，妄图继续过他养尊处优的少爷日子，也或者是走投无路，开始在乎起原先他从来没放在眼中的那一月几千块的工资。

他原先肆意胡来的时候企划部的同仁们觉得水深火热，但如今他正经起来众人又一致觉得还是让他继续纨绔下去比较好，因为那样至少不会有人在张耀林开会讲得激情澎湃的时候瞪着一双迷蒙的眼睛打呵欠，也不会有人在大家讨论宣传方案时举手闲闲地问一句"有没有谁能先跟我解释一下什么叫出血版"，更不会有人在签字前让下属从头到尾再做一遍详解。

如此过了几天，企划部怨声载道，张耀林知道这么下去不是办法，却不想在穆铮身上再花无谓的精力，因此给肖静文派了个特别技术顾问的名头，让她专门在业务方面指导一下穆经理，任由他们去自生自灭。

肖静文正是忙的时候，突然被摊上这事很不情愿，委婉地向张耀林表示自己都还只是新人，没资格指导别人，然而张耀林只求太平，哪里肯听她说。

刘玛丽幸灾乐祸，吃午饭的时候向她笑道："恭喜你啊肖静文，你不是早就瞄准穆经理这块肥肉了吗，现在正好近水楼台！"

肖静文早学会了在她面前忍气吞声，并不理睬她的揶揄，她却意犹未尽，望着正在排队拿餐的穆铮再笑："不过你好像有点时运不济，他从前都是带我吃大餐的，现在却只能跟你吃员工餐厅，费尽心思只抓住了这样一个男人，似乎有点可悲啊。"

旁边的尹颖听不下去，帮腔道："费尽心思要结婚了才发现不是金龟婿，可悲的那个人是你才对吧。"

这是刘玛丽的痛处，她现在最恨人提到这一茬，瞬间变了脸色："尹颖你搞清楚，我是因为他不负责任得我流产才和他分手的！"

尹颖还要还嘴，却被肖静文一拉，她便只从鼻子里哼出声音以示轻蔑。

刘玛丽脸上挂不住，只把牙齿咬得咯咯响："你们少在别人背后说闲话，还是多把心思用在自己的方案上吧，顺便说一声，总经理让我也跟进品牌包装策划案，我这次一定会好好盯着你们的。"

她说完这句话转身而去，留下尹肖二人面面相觑，都觉得有点头大。

这时穆铮已经拿餐回来了，正端着餐盘一脸厌嫌："这都是些什么啊，除了饭看得出来是米做的之外，其他的菜估计连厨师自己都不认识了吧，这些东西能吃吗？"

尹颖一直不喜欢他，以前忌惮他，现在也敢白他一眼："人家总经理都不挑的。"

他也一眼白回去："那说明他品位差啊。"

肖静文本来不想插言，可是却觉得这句话讨厌，不由得说道："既然你不喜欢，那还是去吃你的牛排吧。"

他却撇撇嘴，端着餐盘坐下来："再好的东西也不能天天吃啊，总要换换口味不是。"

肖静文心里憋着那点气，不由得还要戳他的痛处："是啊，换换口味，省下来的当油钱。"

穆铮不气，理理衣领深情款款地对着她放电："静文，这不是钱不钱的事儿，我只是想多点时间了解你。"

尹颖作势欲呕："还让不让人吃饭啦？"

肖静文却坦然一笑："抱歉，我生来无趣，乏善可陈，倒是穆经理你让人很想去了解呢。"

他立刻笑起来："你就该拿出这种积极主动的态度嘛，想知道什么就问吧，我一定知无不言言无不尽。"

她也微笑着，一字一句吐出接下来的话："我想知道——穆经理是怎么把玛丽姐气流产的。"

她知道这是一句很有攻击性的话，可她就是任性地想要拿来刺他，也许是讨厌他刚刚使一个无辜的生命夭折，转头便能没脸没皮地拈花惹草；也许是讨厌他的话里有意无意总流露出对穆连成的敌意，即便只听了短短的一句，也会让她心里不痛快半天。

他果然微微一愣，片刻后才淡淡一笑："因为钱吧。"

尹颖立刻来了兴趣，她瞟了不远处的刘玛丽一眼，故意大声地嚷嚷："可是玛丽姐她亲口说是因为你不负责任把她气得流产哪。"

她的声音果然引得周围人都往这边看，刘玛丽虽然没有转过身，耳朵和心却都一起悬了起来。穆铮看了尹颖一眼，又往刘玛丽那边看了一眼，脸上的一点笑并不变："那她说了就是吧，还问我干什么。"

刘玛丽听到这句话一颗心才落了下去，本来这段时间一直很讨厌他的，此刻却也生出了一点感激之情。

尹颖本料定他要反驳，正好当众打刘玛丽一个大耳刮子，却不想他半句话也不辩解，不由得撇撇嘴，觉得索然无趣。

肖静文淡淡接一句："那就难怪了，自己做出这样的事，吃什么都会食不下咽的。"

穆铮斜着眼睛看她："肖静文，你今天干什么总阴阳怪气的？"

她敷衍道："因为张经理给我指派了一件艰巨的任务。"

"不就是让你做我的特别技术顾问嘛！"他没有自知之明，这时候还能笑得阳光灿烂，"其实这是看重你，你看谁有那个能耐能给经理做技术顾问啊，全公司不就只有你一个嘛。"

"那是因为除了你以外全公司再没有对业务一窍不通的经理了。"

"我哪有一窍不通？"他反驳，"这个品牌包装方案，我说不出三天骆平铁定答应和我们合作，如何，完全让我说中了吧。"

"希望你下次还有这个运气。"

"这怎么叫运气……"他还想解释，说着说着却来了脾气，手里筷子一丢板出了严肃的面孔，"喂肖静文，我好歹还是你上司吧，你自己反省一下你这什么态度！"

她也放下筷子面色严肃："我就这个态度，你去和张经理说我不适合，把我换了吧。"

"现在长脾气了啊，还敢威胁我！"他重重哼了一声，她却连脸皮都没扯动一下，他便又缩回去重新拿起筷子吃饭，只一个劲儿摇头，"算了算了，不和你一般见识，真是龙游浅滩遭虾戏，虎落平阳被犬欺。"

"什么龙虎，你想多了。"她也继续吃饭，淡笑，"想想你从前怎么欺压我们的，所以这只叫三个字——现世报。"

▶ 第十一章
爱丽丝抢人
MINGMING HENAINI

骆平答应合作的消息让整个企划部又开始马不停蹄地忙了起来。肖静文负责草拟合作细则，自然又是加班，她敲字敲到头昏眼花站起来去倒水，正好看到穆铮从对面办公室走进来，她颇感惊奇："你怎么还没走？"

说起这个他也有气，将手上的一份资料拍得啪啪响："我看不懂，这不一直等着你这个特别技术顾问解释嘛，你到底还要多久才好？"

她忙得焦头烂额，哪有时间花一两个小时对牛弹琴，不由得敷衍道："我这边马上要出合作细则，你那个也不赶，我忙完了再和你讨论吧。"

他冷笑："谁说不赶，肖静文，我现在可是靠这个吃饭哪，如果我没有尽快上手，被解雇了你养我啊？"

她直视着他："可是我现在真的没时间，要不你等我先弄完。"

他极不情愿地哼了一声："那你快点。"

她只得又坐回去打字，片刻后抬头见穆铮正坐在沈长生的位置上支着下巴看她，像一只懒懒晒太阳的金毛，她不由得蹙眉道："你回你办公室去等啊，玩玩游戏什么的就不觉得无聊了。"

他却很不屑："玩游戏，喊，谁那么幼稚？"

她有点好笑，忍不住问他："那你以前是怎么打发时间的？"

他的声音颓废而沧桑："思考一下人生，揣摩一下人性，找寻艺术的灵感……"

她的合作细则实在难以敲打下去,不由得忍住了笑瞪他:"关闭装B模式。"

"好吧。"他这才坐正了说人话,"找碴儿、花钱和泡妞。"

她一脸鄙夷地摇头,他看得冒火,把手上的资料敲得啪啪响:"还有时间笑我,你很闲是不是?"

她耸耸肩不再理他,低下头去继续埋头苦干。本来两人井水不犯河水的,不知过了多久他又耐不住寂寞开始嚷嚷:"肖静文,我饿了。"

她转头去看,见他又金毛似的趴在桌上望她,两只眼睛可怜巴巴的,她随口说道:"那你先去吃点东西吧。"

"你请吗?"

"凭什么?"

他很厚脸皮地笑:"我这不陪你加班吗?"

"是你自己非要留下来的。"她简直无语,"如果照你的说法,我留下来加班不但没有加班费,还要贴你的宵夜是不是?"

他嘿嘿一笑:"成大事者不拘小节嘛。"

"你以前不是说请你吃一顿怎么也得上万吗,我怎么请得起你?"

"八百年前的事了,你怎么这么爱记仇?"

她从抽屉里拿出两个月饼放在桌上,那还是原来被他欺负得没时间吃午饭,沈长生放在她抽屉里的。她说:"我不记仇,我还是像上次一样请你吃业界最高端大气上档次的品牌糕点,够意思了吧。"

他只瞟了一眼却坐着没动:"上次跟你说过了吧,我不喜欢吃甜食。"

"现在你还挑?"

"要不……"他眼光闪烁,犹豫着还是说出了那句话,"你给我画吧。"

"画什么?"她皱起眉头,不懂他什么意思。

"画饼充饥啊。"

她哑然失笑:"穆铮,你神经病是不是?"

他却不以为然，自顾自轻笑："小的时候我想吃天底下最好吃的蛋糕，我妈妈就会给我画，蛋糕上有小人、小马、花、太阳……她画了好多，速写本上全是设计图，我看着她画，觉得每一个都是天底下最好吃的，后来公司还按照她的设计把蛋糕做了出来，非常受小朋友欢迎。"

她进公司前曾经好好做过功课，他一说她便有了印象："很久前公司曾经出过一个童趣蛋糕系列，你说的是那个吗？"

他不料她竟然知道，不由得重新打量她几眼："你连这个都知道，还真挺拼的。"

她扯扯嘴角敷衍一下，又将话题转回去："你是说童趣系列都是你妈妈设计的吗？"她在公司的档案室看过多年前的宣传图册，还记得那个系列的蛋糕设计精巧，每一个都像是件玲珑的艺术品，让人印象深刻，却不想是董事长夫人亲手设计，不由得大为惊叹。

他的脸上不自禁地浮起笑容："是啊，全是我妈设计的，当年卖得很火，每次在大街上看到小朋友手里拿着那系列的蛋糕我都好想过去告诉别人，这些全是我妈妈为我画的。"

"你真幸福。"她感慨一句，突然很想问既然生在这样一个幸福家庭里他为什么会和父亲闹得如此僵，可是话到嘴边又咬住了，只问了另外一句话，"我记得那个系列好像没出多久对吧？"

他点头："是，没多久，大概就一年多的样子。"

她对这事儿很好奇："既然卖得火那为什么不继续下去，难道就因为没有那个系列的蛋糕所以你以后就不吃甜食了吗？"

他默然不答，有一刹那的失神，那短短的一刹那，也许只有两三秒，那些凌乱的片段却电光石火般闪现——沉沉如墨的夜、血泊中了无生气的女人、惊恐混乱的人群、呼啸飞驰的救护车——穿越了遥远时光的画面仿佛陡然活转在面前，他全身僵硬动弹不得，似乎还是当年那个小小孩童，被这突然的一幕吓得无法说话、无法思考、无法呼吸，只觉得冷，仿佛陷入了一个永远也走不出去的黑洞，眼前是漫天的血色，身后是暗沉的夜！

"穆铮！穆铮！"肖静文叫了几声才见他突然呆滞的眼睛动了一动，他往她这边看了一眼，没说话，脸色在灯光下有一种极不正常的白。

她担忧地问道："你怎么了？不是有低血糖吧？"

他摇摇头，似乎这才从噩梦中醒来，长长吐出一口气，片刻后才浮现一点淡淡的笑，看着她，突然转了话题："你画的那些甜品设计图也有小人、小马、花、太阳，很有趣，很像我妈妈的画。"

她愣了片刻才想到他是指上一次离职时遗落在公司那个笔记本上练笔的涂鸦，细细回想，上面依稀是有这些图案的。她脸上蓦地一红，很有些心虚："我只是随手乱画的，怎么能和你妈妈的作品相提并论。"

"静文，"他忽然叫她，轻轻又郑重，含着一点小心翼翼的乞求，"哪怕一次也好，你可不可以……再画给我看看？"

她并不是头一次听到他这样的语气，不久前，刘玛丽刚刚传出怀孕的消息，她无意间看到他一个人坐在办公室里抽烟，那时他就用这种近似请求的语气，让她留下来听他说说话。

那实在是一种让人难以拒绝的语气，所以即使面对的是穆铮这样讨厌的人，上一次她也鬼使神差地留了下来，可是这一次她却连连摇头："我只是随手乱画的，你就别让我献丑了吧。"

他的眼睛清亮澄净，只是望着她，依稀有笑意："我妈妈曾经说过，把蛋糕设计得精致漂亮是一件很幸福的事，你也有相同的想法，画出来的作品不会差到哪里去。"

她咬一咬牙，脸上的红晕更甚了。她很不习惯这样的他，那种无意流露的纯粹气质很让人无措，也许这才叫真正的高手，稍稍展露功力便让人无力招架。

她有点恼怒，口气便重了几分："你不是一直催我给你讲资料吗，我忙都忙死了，哪有空画什么画，你真想看的话不会回家叫你妈妈再给你画吗？"

他并没有再说话，只是看着她，眼中的光芒意味不明。可是因为好看，俊眉修眼，风流韵致，这种稍显落寞的神态便更是撩人。她怔怔看了片刻突然醒悟过来，双手啪地拍在键盘上："穆铮，别再放电了，已经三千伏的高压，快烧短路了。"

他笑起来："你没答应我，看来高压电也电不倒你。"

她白他一眼："现在还是你想这些的时候吗，收心好好工作，别琴棋书画地矫情了。"

他皱着眉啧啧摇头："听听你这口气，你妹果然说得对，老八股！"他顿一顿，脸上犹有笑意，口气却在不经意间认真了几分，"不过等你忙完这一段，那个设计图……你还是跟我矫情一回吧。"

她不明白他为什么对这个事儿这么执着，正要回绝，手机却响起来，她见是张耀林打过来的电话立刻接起来。那边的口气很急，她听着听着就变了脸色，看得一旁的穆铮也跟着紧张起来，不禁走到她身边，见她挂了电话立刻问："怎么了？"

她的眼光落到那一份未完成的合作细则上，声音有微微颤着："张经理说他刚刚收到消息，爱丽丝的人抢在我们前面，刚刚和骆平签约了。"

爱丽丝是另一家知名甜品公司，和梦幻森林一样定位高端，两家公司在各个方面一直竞争激烈，会发生这种截胡的事也不足为奇，只是这件事疑点颇多。穆铮皱起眉头："不对啊，爱丽丝怎么知道我们在联系骆平设计包装，而且刚好掐在我们签约前这个点上？"

肖静文没说话，只是紧紧咬牙，啪地将笔记本电脑合起来。

她拿出电话打给骆平，可是那边一直没人接。她沉思了片刻，猝不及防地站起来，收起包包就往外走，只扔下一句："今天可能没时间帮你看资料了，你先回去吧。"

他拦住她："你要去找骆平？"

她心里憋着那一股气，也不对他隐瞒："是。我要去找他问清楚，他明明已经答应和我们签约了，为什么言而无信？"

"你现在还去找他干什么，你还以为他真是什么清高不谈钱的艺术家吗？他就是个把画画当生意的商人，哪边带来的利益丰厚自然就会偏向哪边。"

她挣脱他的手，眼神坚定："一直是我在和他联系，不管怎样我也要亲口问问他，也许还有挽回的余地，就算不行，我也要弄清楚到底是哪个地方出了问题。"

她大步往外走，穆铮拿起外套追上她："那我和你一起去。"

她疑惑地看他，他便是一副咬牙切齿的样子："这龟孙子害得我一年的油钱都打了水漂，我也要去出出气。"

肖静文去过骆平的工作室，从这里开车过去半个多小时的样子，到的时候正看到他老婆指挥一个助手在办公室收拾。肖静文见过他老婆，前几次还笑脸如花热络得不行，这一次却如同见了瘟神，只说了一句："肖小姐，老骆已经和其他公司签约了，请你以后不要再来了。"说完便要送客。

肖静文看到画室亮着灯，知道骆平在，便提出希望和他好好谈谈，然而任她说干了嘴皮这位骆太太也油盐不进，铁了心不让她见人。这女人生得腰圆体胖，往那门口一站，铁塔似的堵了个严严实实，颇有一夫当关万夫莫开的气势。肖静文眼见无法，只得退后几步看住了穆铮，悄声道："你去搞定她。"

"我？"他瞪大眼睛颇感为难，"你看看她巾帼不让须眉的吨位，就算我一身都是肌肉估计也拼不过她那一身肥肉啊。"

她瞪他一眼："又不是要你去和她打架，我是说开启装B模式，搞定她。"

他的眼睛陡然瞪得更圆："你不是吧，这也太重口味了！"

她的手拍在他的肩膀上，一脸严肃："穆铮同志，现在才是体现你人生价值的时候，为了你一年的油钱，拼了吧。"

他仍旧一脸为难："可以不去吗？"

她反问："可以不做你的技术顾问吗？"

他被逼上梁山，咬咬牙只有豁出去，吞了一口口水，刚跨了一步却又退回来，深呼吸一口气，转身拉住了肖静文："等等，你先让我看几眼酝酿一下情绪。"

知道他牺牲颇大，她便也配合地和他大眼瞪小眼，她从来不懂风情，本只是淡然瞪着一双死鱼眼睛，可是渐渐也觉得异样，他的眼睛像一湖幽深的水，静静地盛着她的影子。

她忽然觉得别扭，他近在咫尺的清亮眸光、好看的面容，还有将她整个人完全笼罩住的身高，通通都觉得别扭。她蓦地移开眼睛，口气有些恼怒："你到底去不去？"

他绷住了脸皮没说话，理一理头发，正一正衣领，这才转过身去。

他本来就有资本，启动装 B 模式后更有一种器宇轩昂的高冷，一个转身便如明珠显露光芒闪耀，只让那气势汹汹堵在门口的女人看得一愣，然后眼睛慢慢地变圆，周遭的一切都渐渐模糊了，只看见一种叫作男神的生物含着一点能让所有女人神魂颠倒的微笑，迈着一双大长腿翩翩行来，在她面前站定，微微躬身，温文有礼："抱歉，骆太太，这么晚还来打扰你，我的员工刚才有冒犯之处，还请你多多原谅。"

仿佛是打开了时光隧道，韩剧中的高富帅就这样站到了自己面前，骆太太的心脏在一瞬间加速跳到了一百四，身上那股戒备的劲儿立刻松了，脸上浮起少女般不胜娇羞的笑来，觉得刹那间天地都荒芜了，只剩下了这场不可思议的旷世奇遇。

肖静文也觉得不可思议，那家伙挤着笑耍帅卖弄的样子怎么看怎么作，可骆太太这四十多岁的女人似乎却很吃这一套，不过短短两分钟，原本怎么也不肯让步的人居然就亲自带着他们去了画室，只看得她心悦诚服，趁着骆太太不注意对他竖起了大拇指。

骆平正在收拾画具，看到太太满面春风地把这两人带了进来立刻变了脸色，呵斥道："你把他们带来干什么？"

骆太太连忙说道："穆经理他们不是来问签约的事的，他说他只是特别欣赏你的画，想……"

"你白痴啊！"骆平朝她啐一口，忍住了想骂她的冲动，板起冷冰冰的一张面孔对着肖穆二人说，"我已经签了约要为爱丽丝设计下一年的包装图案，你们找我也没用了。"

肖静文忍了一晚上的话终于有地方可以问："骆先生，你已经和我们公司谈妥了条件。你是知名画家，怎么能这样不讲信用，在完全没有知会我们的情况下就和别人签约？"

骆平显然早就想好了托词："肖小姐，你不要血口喷人，我和贵公司只是口头协议，只要没签约，我想和谁签都是我的自由，法律都管不到我，你凭什么说我不讲信用？"

这哪里还像一位有名的画家，实在是一副让人气得牙痒痒的无赖模样，肖静文逐字逐句地问道："骆先生，爱丽丝到底开出了什么条件让你连自己的名声也不顾了？"

骆平脸上一红，继而咆哮："什么条件，我是那种只顾利益的人吗，我选择他们是因为他们更懂我的画，更欣赏我的才华……"

穆铮在旁边嗤笑一声，那笑更激怒了骆平，骆平将手指点到他面前去："而你们呢，只有这种自以为是的草包经理，你们这种态度只是玷污艺术，玷污艺术家！你们这样的公司是做不出有深度的东西的，我骆平怎么会为了一点钱就出卖自己的作品？"

肖静文和骆平接触多次，自他答应合作后他便一改初次碰面时的那种高傲，将他们公司夸了无数次，就是穆铮批他的画也被他说成了年轻人有性格，不想另攀高枝儿后立刻就变了腔调，真是让人恶心！

她气到极处，一时说不出话来回击，倒是骆平心虚，拼了命地踩低别人往自己脸上贴金："所以不是我说你们，肖小姐，你们真的应该自己反省一下为什么会出现这种事，从你们的管理层到你，你们的思维模式和态度真的需要改进……"

那个声音仿佛聒噪的苍蝇，穆铮忍无可忍，正好他自己又送到面前，顺手一拳就挥过去，于是他后面的长篇大论只变成了"啊"的一声惨叫，一边叫着一边往后倒，又带倒了画架，"咚咚"几声巨响，把所有人都吓了一跳。

"总算清净了。"穆铮拍拍手说了一句。

骆平吓傻了，半天才回过神来，捂着半边脸对着老婆号："居然敢打我，你还愣着干什么，快打电话报警啊，让警察把这两个闹事的抓起来！"

穆铮却笑起来："反正你都报警了，不如这边脸再让我打一拳凑个好事成双如何？"

他作势还要动手，却被肖静文一把拉住，她低声呵斥："你干什么动手，警察来了怎么办？"

那边厢骆平老婆这才反应过来，忙慌慌地去摸电话。

肖静文眼见不对，立刻先她一步将电话举起来："好，你们报警，我们找记者，索性全部闹开，看看到时候谁更难堪。"

骆平自知理亏，也怕将事情闹大，立刻向老婆使了个眼色，那拨号码的手便停了下来，他自己爬起来，刚要说几句狠话，门口却突然有人叫："哎哟，骆先生，这到底是怎么回事啊？"

肖静文转头一看，顿时愣在原地。

来的人是爱丽丝企划部的经理陈俞，她曾在某个场合见过此人一面，印象颇为深刻，然而让她震惊的并不是陈俞，而是跟在陈俞身后的那个人，竟然是不久前才从公司辞职的罗劲——罗劲竟然去了爱丽丝！

陈俞并不认识肖静文和穆铮，他只急匆匆走到骆平身边展现关怀，又说明来意。原来是下午签约时骆平掉了什么东西在车上，他们此刻专门送过来，谈笑间他说道："今天下午刚刚签了约我们董事长就给他朋友打了电话，对方已经打了包票，明年的国际绘画联展中国区保证选送骆先生你的作品……"

"真的吗，那太谢谢了。"骆平惊喜非常，一时忘了肖静文和穆铮还在这里，只顾自己兴奋，"每年的国际联展都送言声雨的画，好像偌大一个中国除了言声雨就没人了一样，我等了这么多年，总算等到我也去参展的这一天。"

陈俞笑道："能参加国际联展的都是各国最顶尖的画家，我在这里先恭喜骆先生。"

穆铮忍不住嘀咕："搞半天就为一个国际联展，早说啊！"

罗劲自进来起一直低着头，见陈俞和骆平谈笑甚欢才凑到陈俞耳旁说了一句。陈俞这才看向肖静文和穆铮，笑得意味深长："原来是梦幻森林的同仁，谢谢贵公司割爱，我们才能和骆先生这么优秀的画家合作。"

穆铮清晰地吐出几个字："笑得好假。"

陈俞脸上变色，骆平连忙对他谄笑，引着他往外走："陈经理我送你出去，别管他们，他们是黔驴技穷，只能人身攻击了……"

罗劲走在最后，肖静文叫："罗劲！"

罗劲顿了顿，还是停住了脚步，她走到他身旁："爱丽丝的人不是傻子，你用出卖老东家的手段来铺路走不远。"

罗劲还在公司时整天都埋头工作，谁交代他做事他都一口应承，仿佛一只没有脾气的勤奋老牛，而此时这只老牛却逼视着她，眼中寒光灼灼："我的事不用你操心，还是想想你自己吧肖静文，我们爱丽丝请到了骆平为我们设计包装，你们梦幻森林还能请谁才能赢过我们？如果这一局落败，你在企划部的日子还能好过吗？"

离开骆平工作室的时候已经快到十点，穆铮提议去吃点东西，肖静文却哪里吃得下去，只说渴，他便把车停在路边买饮料去了，她一个人坐在车里望着窗外的霓虹夜色，不由得再次想到罗劲说的最后一句话。其实她并不害怕在企划部的日子难过，毕竟穆铮得势那会儿再难过的日子也过了，她只是觉得自己太无能，再次让那个人失望了。

多年的习惯使然，她拿出手机开始给他发邮件，可是想了片刻，却最终按捺不住拨出了那个早已记熟的电话号码，其实他说过，她来公司工作后他们要尽量减少电话联系，在那几声铃音之间她脑中已经转过了无数念头，正犹豫着要不要挂断，那边却突然接起来，那个柔和美好的声音在那边叫了一声："静文。"

她只觉得心头某个地方异常柔软，软得她再也撑不住若无其事的面孔，鼻子酸酸竟然有哭的冲动。她有太多太多的话想要说给他听，可是在他面前她从来不是善言之人，千言万语堵在喉咙里，最后只慌张说出一句："我、我打错了。"

她想挂电话，他似乎猜到她的情形，却问："你还好吗，现在在哪里？"

他说出来的每一个字似乎都带着冬日暖阳的温度，她的整颗心软得仿佛没了重量，只乖乖地顺着他的话答："我在骆平工作室附近，没什么事，你不用担心。"

"你一个人？"

"和穆铮一起。"

那边沉默了片刻，然后说："你不该去找骆平，事已至此，找他理论也没什么用。"

其实她也知道没什么用，只是作口舌之争而已，但她还做不到如他那般的冷静克制，总想要亲口问一问。她默默叹出一口气，向着话筒轻声说道："对不起。"

"胜败乃兵家常事，不用太放在心上，一时失意没什么大不了的，找出失败原因，找到反败为胜的方法，这才是最重要的。"

她不由自主地说了一声"知道了"，他的声音从容不迫，温文却有力，就像一盏引路的明灯，每次在她迷惘徘徊的时候都能让她找准方向。跟随着他的脚步前行，是那样一种让人踏实和心安的感觉。她一直很好奇，到底是怎样的人生阅历才能让他这样从小含着金汤匙长大的人有这样一种宠辱不惊的态度，洞悉本质的能力。

她有片刻的走神，他似乎也在考虑什么，顿了一刻才问："阿铮……他还好吗？"

这个话题才让她稍微放松，她答道："挺好的，比以前正常多了。"

他敏锐捕捉到她这句话里的轻松，微笑："看来你们相处得挺好的。"

"哪有。"她忙不迭地说道，"他还是很讨厌，只是比起以前好了那么一点点而已。"

他沉默了片刻之后才说："记住我以前跟你说过的话，如果避不开他的话，要想办法让他听话，不要总是捣乱。"

她"嗯"了一声，本来还想跟他说说话，抬头却看到穆铮拿着两个纸杯已经走到了街对面，她便说："穆铮过来了，我先挂了。"

那边说了一句好，却又突然喊她："静文。"

她竖起耳朵，他的话透过手机缓慢而清晰地传了过来："以后……你还是给我发邮件吧。"

她垂下眼睛，也许轻如蚊蚋地说了一句"好"，也许什么也没说就匆匆挂了电话。

然而她还来不及理清楚心口陡然涌起的酸楚是为何，车门已经被拉开，穆铮一屁股坐了进来，递一个杯子到她面前，眼睛笑弯弯的："你的奶茶。你哭丧个脸跟谁打电话啊，张耀林吗，他又骂你了？"

她愣愣地看着他的脸忽然想到，刚刚穆连成问过她是否是一个人，如果没和这个家伙一起，他现在会不会过来找她？这个念头只在她脑中转了一转，自己便嘲笑起自己来，只看得旁边的穆铮直皱眉头："肖静文，你一会儿要哭一会儿要笑的，不是被骂脑抽了吧？"

她这才白他一眼："狗嘴吐不出象牙。"她注意到他杯子里的是咖啡，损他，"你才脑抽了吧，大半夜的喝咖啡，不怕晚上睡不着吗？"

他呷一口咖啡，闭眼靠在靠背上做深沉状："举世皆浊我独清，世人皆醉我独醒。"

她忍不住笑出声："你的装 B 模式还没关闭吗？"

说到这个他便来了精神，兴致勃勃问道："怎样，我刚刚帅不帅？"

"帅，真帅，名副其实的师奶杀手。"她对他竖起大拇指，"你在企划部真是屈才了，应该去公关部，一定所向披靡打遍天下无敌手。"

他撑住额头狠狠咬牙："我是说——我刚刚打骆平那样子帅不帅？"

她撇撇嘴："那是唯一的败笔，你没看到你动手那一刻骆太太对你的仰慕之情碎了一地吗？"

他横她两眼："我是被你逼着出卖色相的，你就别老提这一茬了行不行？"

看见他恼怒的样子她的心情莫名地好了："我当然可以不提，可我记得刚刚你好像还给人家骆太太留了电话吧，说不定她哪天想通了还会打电话找你！"

原本以为他会恼的，他却好整以暇地喝一口咖啡，然后扭头对她挤挤眼睛，那唇角边犹沾了咖啡渍，笑似孩童一般顽皮："忘了告诉你，其实我刚给她留的是穆连成的电话。"

"你这家伙……"她觉得自己应该气，应该骂他几句的，可是不知怎么又笑起来，心中有一点恶作剧似的解气——不让她打电话不给就是了，就不知道他接到那个女人的电话会是什么表情！

穆铮发动了车子，车窗开着，凉风呼呼灌进来说不出的舒适，她趴在车窗上看着这座城市的夜景，也许是因为和穆铮开了几句玩笑，她的心情并没有先前那么糟糕了，她知道这个黑夜过去之后才是真正的挑战，而她也会迎接挑战，竭尽所能去反败为胜！

▶ 第十二章
天才画家言声雨
MINGMING HENAINI

次日一早企划部便召开了紧急会议，张耀林在会上大动肝火，把肖静文骂了个狗血淋头。

直到穆连成中途加入会议他才收敛下来，一脸恭敬地站起来做检讨。穆连成示意他落座，对众人说道："我过来不是追究谁要对这次事件负责，而是和大家一起商讨解决办法。现在的情况大家应该都很清楚了，爱丽丝剽窃了我们的创意，抢在我们前面和骆平签了约，现在我希望大家群策群力，想想还有什么办法能挽回局面。"

众人一时默然，刘玛丽一直盼着在他面前露脸，早等着这一刻，这时便率先开口："其实我倒觉得爱丽丝此举对我们而言是个好机会。"

她这句话果然成功吸引穆连成的眼光，他微微颔首："你说。"

"其实我一直觉得策划案里把骆平作为我们公司的合作对象是有问题的。"她若无其事地瞟了一眼肖静文，微微带笑，语调铿锵，"我们公司的产品定位高端，就算要合作也该和顶尖的艺术家，骆平虽然很有名气，却并不是国内最顶尖、最具有话题性的画家。"

在座的人没几个对艺术有研究，张耀林听到这里眯起了眼睛看肖静文："你不是说骆平很厉害吗，怎么他还不是最有名的？"

为了做这个策划案肖静文下过很多功夫，最终确定骆平也是综合了各方面的考虑，只是这些此刻哪有人愿意听？她只能顺着他的话点头："是，骆平不是国内最顶尖的画家，最顶尖最有名气的画家是言声雨，但是他……"

"没错，就是言声雨。"刘玛丽截断她的话，语调中难掩兴奋，"这个在国际上被誉为天才的画家，他的画连续六年获邀代表中国参加国际绘画联展，他也是唯一一个登上英国 ARTIST 杂志的中国籍画家，他的画作只要一问世必定会被收藏家疯抢，向来是有市无价，他的代表作《涵泽》在嘉德拍出了九百九十万的天价，如果要说最顶尖的艺术家，除了言声雨没有第二个人。"

刘玛丽功夫做得到家，一夜时间还做出了展示的 PPT，这时配合着放出来，众人便能直观领略到这位天才画家的杰作。

然而，艺术的世界并不是人人都能理解的，众人在全神贯注地看画，尹颖却悄悄在掐肖静文的手肘："静文，我瞧这画画得也不怎么样嘛，你看这幅血丝呼啦的……这幅倒还可以，但这鱼怎么游到半空中了，这人还有没有点常识啊……这就是那什么九百九十万《涵泽》吗，怎么看着跟一团雾霾似的？居然有人愿意花那么多钱来买，真是吃饱了没事干……"

肖静文示意尹颖别说话，尹颖见穆连成和张耀林都在认真看屏幕却不放在心上，靠近她更低地问了一句："静文，如果让你掏钱，九百九十块你买不买？"

肖静文见老大们果然都没注意到这边，便低声回她："不买，九十九块包邮都不买。"

尹颖甜甜一笑："我也不买，九十九能买两幅十字绣呢。"

她笑完才看到旁边的穆铮黑口黑面，两只眼睛危险地眯了起来，一脸煞气要咬人似的。她有点害怕，摇摇肖静文："静文，穆经理一直瞪着咱俩干什么？"

肖静文转头一见他那怪样子便皱起眉头："你干什么呢？"

他咬牙切齿："九十九包邮，你给我买一幅去！"

穆铮这家伙莫名其妙就咬牙切齿，肖静文瞪他一眼："你神经病啊，说什么呢？"

他仍旧瞪着她和尹颖霍霍磨牙："没说什么，没知识没文化的人，我不屑和你们说！"

肖静文被他激得怒气难忍，正要说他两句，刘玛丽却听见这边的响动，故意咳嗽了一声，她只得将到了嘴边的话咽了下去，重新坐得端端正正去看画。穆铮找不到对手，也气岔地收敛了神色跟着她的目光看大屏幕。

那边刘玛丽放完 PPT，已经昂首挺胸地向众人说了起来："比起骆平来，言声雨不光更加优秀，而且他也更具有话题性，因为他成名这么多年来一直是个谜一样的人物，他从不出席颁奖礼，也从不在公开场合露面，没人见过他的本来面目，甚至没人知道他是老是少，是男是女，连当年ARTIST 的采访都被他拒绝了。那一期的专访是唯一一期没有采访到画家本人，而由其他专家从各个方面品评他的画作拼凑成的报道。每当言声雨的作品获奖或者参展的时候，国内外总有多家媒体猜测这位天才画家的生平，所以言声雨这个人本身就已经具有了极高的关注度。"

穆连成一直听得很认真，这时才开口问道："所以你觉得我们公司应该和言声雨合作？"

"是的，我从最开始就这么觉得！"刘玛丽笃定一笑，"爱丽丝以为抢先和骆平签约就会赢定我们，可是如果我们能请到言声雨，和天才一比，骆平的档次就太 low 了。同样都请名家设计，高低立现，爱丽丝还有什么资本和我们争？"

"好！"张耀林听得热血沸腾，率先鼓起掌来，向穆连成赞道，"玛丽不愧是我们企划部的精英，她这个法子好，创意不变却请更厉害的人，让爱丽丝的人自己打脸，给他们一个教训！"

众人低声议论相互点头，就连穆连成也面露嘉许。刘玛丽含着微笑高高昂起了脖子，正是她春风得意的时候，却突然有个声音闲闲响起，打断了众人的热情："你不是说言声雨从来没在公众场合露过面，没人知道他是老是少是男是女吗，你要怎么请他来合作？"

发问的正是穆铮，刘玛丽瞟他一眼，笑得胸有成竹："这个还请穆经理不用担心，我已经托朋友打听到了言声雨的一些消息，我相信联系到他是没有问题的。"

穆铮转动着手上的笔继续发问："联系上是一回事，请他合作又是另一回事；他从来没有参与过商业设计，你怎么就笃定他会为我们公司破例？"

"我相信有钱能使鬼推磨这句话。"她微笑，却是注视着穆连成，"我相信他没有为别的公司破例不是因为他没有受到过诱惑，而是那诱惑不够大，只要我们公司拿出十足的'诚意'，我相信肯定可以说服他。"

穆铮忍不住笑出声："玛丽，你怎么总觉得钱才是万能的？他一幅画能卖几百万，应该不差钱吧。"

刘玛丽觉得他前面那句话对自己有些负面影响，而且他今天也总在找她的碴儿，不由得暗暗藏住了气，皮笑肉不笑："钱不是万能的，没钱却是万万不能，没人会嫌钱多，有钱送到面前，谁还会傻子似的往外推吗？"

那句话是在说言声雨，却也明显是针对了此刻穷酸落魄的穆铮。张耀林见气氛有点不对，怕他们当众闹起来不好看，立刻出声打圆场："好了好了，既然玛丽有门路就去试一试……"

穆铮却不领他的情，直接打断他的话："可我觉得言声雨也不适合做我们品牌包装的设计者啊。"

这下刘玛丽百分百确定穆铮是故意为难她了，他这是报复她，逮着机会要让她在穆连成面前下不来台，她现在不怕他，却顾忌着穆连成，只有按捺着性子浮起淡淡一抹笑，问："哦？那还请穆经理说来听听，哪里不合适了？"

肖静文觉得穆铮今天有点不对劲，暗中扯了扯他衣袖，他却拂开她的手，不管不顾地站起来，径自走到大屏幕前，在刘玛丽旁边站定，然后向着众人侃侃而谈："我们是一家甜品公司，我觉得甜品是让人觉得幸福快乐的食物，所以包装设计应该也是甜美轻快的感觉，可是从你刚刚展示的图片来看，言声雨的画完全不是这种风格。"

刘玛丽忍不住嗤笑出声："穆经理连什么是出血版都不知道，还看得出人家大师什么风格？"

穆铮看向了肖静文，微笑："我的特别技术顾问告诉我，广告一直延伸到版面边缘，以代替标准白版的版面叫作出血版，这是版面设计术语，跟能否看出艺术品的风格无关，试问一句，如果言声雨也说他不知道什么叫出血版，是不是他就不再是你口中的天才了？"

穆铮一直吊儿郎当什么都不懂的样子，此刻陡然说上么一句把刘玛丽噎得说不出话来，这一幕也让下面的尹颖看呆了眼睛，在肖静文的耳朵边花痴地叫唤："哇，穆经理今天爆发了吗，这样一看他还真是挺迷人的呢。"

肖静文只觉得太阳穴突突地跳，看着他人模狗样的样子恨恨念道："这人是装了什么自动感应装置吗，突然之间就切换模式了。"

穆铮反问了刘玛丽一句，让这素来高傲的女人脸上无光，她暗暗咬牙，眼中已经铺上了一层冻霜似的冷气，只随着他的话冷笑道："那还请穆经理说说看，言声雨的画是什么风格？"

他怔了一怔，不自觉地望向屏幕上定格的那幅《涸泽》——粗粝的画布，肆意挥洒的色彩，褐、灰、蓝、紫搅成一团，每一笔色彩的涂抹晕染仿佛都是扭曲着叫嚣的亡灵，那是干涸的湖泊，那是幽深的漩涡，绵延入骨，无边无际，漩涡中间紧紧绞住了一尾鱼，鲜活得仿佛要跳起来，可是无论它怎么鲜活，它的栖身之地却仅仅是一片涸泽，也许下一秒，这鲜活的生命便会沦为枯骨。

他看得目不转睛，艰难、缓慢却又清晰地吐出几个字："枯萎，绝望。"

这一幅画颜色灰暗，自然会让人联想到这些词汇，刘玛丽心有不甘："冷色调的画你当然这样说了，那这一幅呢？"

她翻到了那幅《锦绣》，画面便陡然一变，只见大屏幕上花团锦簇，颜色浓艳，这幅画里的鱼锦鳞披身华美异常，一眼看去似乎和《涸泽》的风格完全不同，她不依不饶地逼问着穆铮："这一幅呢，你再说说这什么风格？"

他却仿佛没看到那满屏的鲜艳，居然仍旧说出同样的词："还是枯萎和绝望。"

坐在下面的肖静文心里一动，不由自主地去看那条鱼的眼睛，放在大屏幕上的画并不如她当初在老汤那里见到的真品清晰，可是仍能够看得出鱼儿那双眼睛的暗淡无光，她第一次见到时只觉得怪，好奇这样鲜艳的一幅画里怎么会有这样一条眼睛毫无神采的鱼，可是此刻穆铮说出这两个词却蓦地点破了她初次见到这画时的感觉——那是一条离开了水看不到希望的鱼，披着华美皮囊游弋在浮华锦绣之中，繁花环绕，缤纷如梦，它看似怡然自得，却有谁知道它感受到自己一点一点枯萎的绝望？

她看得入神，仿佛被那画给魔住了，心里竟生出了钝钝的痛，这一刻突然无比好奇——画这幅画的言声雨，那个不知道是男是女是老是少的言声雨，他到底是怎样一个人，他到底是带了怎样的心情作画，笔端才会流露这样让人悲哀无力的颜色？

她似乎有点明白为什么每次言声雨的作品面世总会有很多媒体去追寻他究竟是谁了，他的画绝不仅仅是挂在墙面上毫无生气的装饰品，这些看来肆意却又巧妙绝伦的色彩和构图仿佛给整幅画注入了灵魂，作者隐秘的内心在画布油彩之上活了过来，张牙舞爪地攥住每一个凝视他的人，生生将人心底的那点绝望拉扯出来，拖进他的漩涡中去，而每个不由自主沦陷过的人醒悟之后都会好奇画者的灵感之源，不由自主想去刨根问底、追根溯源。

也许是她曾经亲眼见过真品，这感觉便要强烈一些，刘玛丽只粗略扫过几眼，并没有什么特别感觉，这时听到穆铮雷同的答案便掩着嘴笑起来，边笑边摇头："穆经理，但凡有眼睛的都看得出这画多么热闹了，你就别给我们添乱了，快回到你的特别技术顾问那去吧。"

穆铮并不恼，也跟着她笑，眼睛再瞟一眼那幅画，淡淡道："是啊，眼睛看来是挺热闹的。"

刘玛丽手里还抱着 iPad，笑着笑着无意便碰到了触屏，那 PPT 便唰唰往后翻了几页，最后定格在 ARTIST 杂志对言声雨做的那期专访上，那杂志上面有非常醒目的一排字：Only with the soul can you understand the paintings of Yan.

——唯有灵魂，方可窥视言声雨之作品。

穆铮看见那句话跳出来，嘴角边的浅笑慢慢嘲弄，却未再发一语，默默坐了回去。

穆连成很久都没有说话，只有目光深邃，一直跟随着今天这个与往常有点不一样的弟弟，就是他坐回位置也愣愣看了良久，直到张耀林小声提醒才回过神来。

他和张耀林轻声商议了几句，然后朗声对众人说道："今天的会议非常成功，我们的同事提出了一个行之有效的方法，那么接下来就希望企划部全体同仁团结一致，联合其他各相关部门，想一切办法拿下言声雨这座碉堡，让我们企划部再打一次翻身仗！"

他的话有着鼓舞士气的煽动性，一众人跃跃欲试都有点激动，只有穆铮抱着双手靠在椅背上，嘴角似笑非笑地勾着，眼神冷冽。

那个方案定下来后张耀林又做了详细安排，刘玛丽和肖静文因为人熟一点，主要负责联系言声雨，可以随时调配部门人员，而苏姐带着其他人着手准备第二套方案以防万一。刘玛丽在这事情上十分积极，从早到晚忙进忙出地打电话联系，仿佛大有收获的样子，而肖静文能找的人只有一个老汤。

其实在找老汤之前穆铮让她别再做无用功，说言声雨肯定不会接这个设计，肖静文追问他为什么，他说了一大通理由，最搞笑的一个是他从老汤那里听过的八卦传闻，什么此人不喜甜食，就算要为企业做设计宣传，也绝不会是甜品公司。

　　说这话的时候他们正在员工餐厅吃饭，他放了筷子苦口婆心劝得口干舌燥，肖静文等他说完了才淡淡问一句："穆铮，老实说，你是还对玛丽姐旧情难忘吧？"

　　他差点一口老血喷出来，气得只差没在大庭广众下掐她的脖子："肖静文，你饭都吃到脑子里去了吧，你哪只眼睛看到我对她旧情难忘了？"

　　她一边吃饭一边还能冷静和他分析一二三："那天开会你的反应就很奇怪，如果没对她旧情难忘，为什么突然跳出来针对她，按照你的老伎俩，这不是吸引她注意的手段吗？"

　　尹颖也坐在一旁，听到这里才恍然大悟地说了一声："哦，原来如此。"

　　穆铮重重地咬牙："我没针对她，我只是实话实说。"

　　肖静文继续说："对，你不同意找言声雨合作，你只是实话实说，但是为什么现在上面让我们执行，你不去阻止她，反而费尽唇舌来阻止我，不就是想让我知难而退，给她制造机会吗？"

　　尹颖又插嘴："哇，穆经理，你和玛丽姐这是相爱相杀的节奏啊！"

　　他两只眼睛飞镖似的射过去："杀你个头啊，吃饭。"

　　尹颖乖乖埋头闷声吃饭，只能在心里腹诽，那天对他升起来的那点好感荡然无存，而那叫别人吃饭的人自己却不吃，端着一张怨气深重的脸，拿勺子搅着餐盘叮叮当当响。肖静文看他一眼，隐住了嘴边的一抹笑："我下午还去找老汤，你去吗？"

　　"哼，白费力气。"他冷哼。

　　她只管问："去不去？"

　　"去。"

　　她不再说话，低下头去吃饭，但嘴边的笑却隐藏不住，恰巧尹颖斜着眼睛瞥到了，微微一惊，不由得多看了他们两眼。

　　后来苏姐有意无意和肖静文说过，刘玛丽之所以这么来劲儿，是因为上面已经露了风声，穆铮这个副经理有似于无，上面准备再升迁或是调派一位副经理来协助张耀林，如此千载良机她自然不会放过。肖静文诧异地问："如果真要升副经理，论资历苏姐你不才该是往上升的人吗？"

苏姐喝着茶笑一笑："现在哪里还是论资排辈的时代，谁有本事谁往上爬，我自问没那个本事，就安心待在现在这个位置上，让那些年轻人去争吧。"

公司里往往竞争残酷，越往上走厮杀越加惨烈，若没有几分狠劲只能给别人垫背，苏姐性子淳厚淡泊，家中幸福美满，老公也颇有能力，她自然将精力多多倾注于家庭，而不愿为了擢升和别人斗得头破血流。

肖静文继续问道："可是我们部门还有其他的组啊，快讯制作、市场拓展、门店美工，有能力又有资历的人不在少数。"

"所以玛丽她才要拼啊！"苏姐笑容淡淡，"她借着原先和穆铮那点关系跟总经理走得近，现在当然要做几件拿得出手的事情表能力表忠心。"

自肖静文进公司起一直得到苏姐多番照顾，私下里也和她亲厚，便把那句话也说出了口："张经理以前往碧姐那里走动得勤些，现在也多往二十六楼去了。"

"总经理这段时间确实顺风顺水，他原来有两个投资案一直被碧姐压着，如今董事会重新表决，全部高票通过。"在公司阅历多年的老员工轻描淡写地谈论着公司的风云变幻，"穆铮被董事长赶出家门，大家都觉得碧姐大势已去，张耀林自然要另寻靠山。"

苏姐一番话只让肖静文神思飞扬，也许有为穆连成春风得意的高兴，也许还有更加难以企及的怅然。正是混沌间，她突然听见苏姐低声但清晰地说了一句话："静文，那个副经理的位置，我觉得你倒可以去争一争。"

苏姐的话无疑让肖静文蠢蠢欲动，然而她也知道这个目标对于一个刚刚入职几个月的员工来说难度很大，但她转念一想，如果她在刘玛丽之前搞定这个言声雨，也许会有那么一点指望。

其实她知道穆铮说得没错——言声雨的画风并不适合他们公司，而且要请他合作也是一件太过困难的事，只是为了那一点指望，况且穆连成也认为可行，她也一定要奋力一搏。

她已经找过老汤两次，老汤被她烦得都想去撞墙了，见她又和穆铮一起跨进画廊二话不说就想从后门开溜，却被肖静文先一步堵住。老汤立刻捂住耳朵任性地叫嚷："我不听你说什么，我不认识什么言声雨，我也没他的联系方式，姑奶奶你就别再找我了。"

她的态度万分诚恳："汤哥，你就帮帮我吧，除了找你我也没别的办法了，我保证我只是和他好好聊一聊，如果他说不合作我绝对不会再去骚扰他的。"

老汤的眼睛只狠狠剜着她身后的穆铮。

穆铮摊摊手："没办法，她现在打了鸡血，我拦不住她。"

老汤顿时怒了："你拦不住？你个臭不要脸就好意思把人带我这儿让我拦？"

穆铮这脸皮厚的也不好意思地挠了挠头："你不舌灿莲花吗，说不定你能让她知难而退嘛。"

老汤对穆铮很不满，愤怒的口水差点溅到了他脸上去："岂止是莲花，我莲藕都说出来了，你看她退了没有？"

肖静文见他看向自己，连忙说道："其实我们合作是双赢的事，而且对于言声雨来说也是一次全新的尝试，说不定他会非常感兴趣，老汤你还没问过他本人意见就代替他说不，不觉得这样有点太武断了吗？"

老汤瞪了穆铮一眼，然后看向她："他知道这事儿，但他不感兴趣。我上次不是跟你说过了吗，这人也就画画行，人品一塌糊涂，他答应给我画一幅画，九年了，鬼影子都没看见！"

"九年？"肖静文不由得吃惊，"怎么画一幅画需要这么长时间？"

"因为这是一幅命题画，他一直找不到灵感，所以迟迟下不了笔，给你们公司做设计同样也会有命题，就算他愿意做，只怕你们也等不了九年吧。"

肖静文没想到还有这一茬，一时也不知道该说些什么，过片刻才问："你给了他一个什么命题？"

老汤又看了穆铮一眼，正要说话，却突然有人在他身后笑道："汤先生，看来我们来得太不是时候啊。"

老汤转头过去看了一眼立马抽风似的笑了起来："哎哟，原来是侯先生和刘小姐啊，有失远迎有失远迎。"

肖静文偏头看到那是一对穿着十分体面的男女，那男的油头粉面目光轻浮，看一眼就让人很不舒服，而那女的身姿妩媚容色高傲，居然是刘玛丽，两人搂抱着走进来，很是亲密的样子。

显然那男的也是和穆铮认识的，他大约没想到会在这里遇见，略微一惊，立刻又笑起来，将刘玛丽往怀里更紧地搂了一搂："哟哟哟，这居然是我们的穆二少，好久不见，原来你躲这儿来了。"

穆铮也笑一笑："是好久不见。"

"你这人也真是的，原来大家一起喝酒飙车玩得挺高兴的，你怎么说消失就消失啊。"那男人假惺惺地埋怨了一句，突然很夸张地惊愕起来，"对了，听说你被你家老爷子赶出家门了，真的假的？"

不用说，这人定是穆铮从前那些狐朋狗友了。肖静文瞥了穆铮一眼，他倒还淡定，只扫了一眼刘玛丽，似笑非笑的："玛丽没告诉你？"

那男人似乎这才想起身边挽着的这个女人叫刘玛丽，是穆铮曾经要结婚的对象，立刻拿出了一点歉意拍拍他："哎哟，瞧我这记性，怎么忘了告诉你玛丽现在和我在一起了，阿铮，你不会介意吧？"

刘玛丽挺着胸膛面孔冷傲，仿佛他们谈论的是别人。

穆铮倒很大方地露齿一笑："明远，你说哪儿去了，我怎么会介意，其实仔细一看，你们俩还挺配的。"

这叫侯明远的人虽说也是家境殷实，却远远不及穆家，从前一直围在穆铮身边打转，拍着马屁半句话也不敢得罪他，现在也终于吐气扬眉起来："我想你也不会那么小气的，想当初我那个女朋友露露劈腿和你好的时候你就跟我说要看开一点。女人嘛，来来去去不就这么回事，你说别人洒脱，轮到自己应该也能这么潇洒吧。"

肖静文瞥穆铮一眼，原本真有点为他抱不平的，可听这话不过是现世报罢了。她这一眼被他不偏不倚瞧个正着，他也不管那侯明远了，讪讪冲她笑一笑，解释道："那些都是早八百年前的糊涂事了，那时不是还不认识你嘛。"

她白他一眼："你那些乱七八糟的破事儿别扯上我。"

他还要再说，旁边的侯明远却叹为观止，尖声道："哟哟哟，我们穆二少还真转了性子了，怎么现在还对女人低声下气的，把你以往的大手笔拿出来啊，送个爱马仕包包不就什么都解决了？"

他旁边的刘玛丽"扑哧"一声笑了出来："爱马仕？他现在能养活自己就不错了。你是不知道，咱们穆经理最近准点上下班，连开会都要发表一下高见，生怕像以前那样庸庸碌碌没了饭碗呢。"

侯明远挽着穆铮曾经的女人优越感爆棚，和刘玛丽默契地一唱一和，做出个假得要死的讶然样子："是吗，阿铮现在这么辛苦啊？"

"可不是吗，他在公司明明说不赞成来找言声雨合作，可是为了五斗米折腰，他自己跑得比谁都快呢！"

侯明远啧啧摇头："真是可怜。阿铮，有什么难处别闷着，说出来，大家兄弟一场，我施舍一点总好过你拼死拼活。"

穆铮脸皮厚，如此讥讽也能嗤笑一声："你们两个来这里就是你一句我一句唱戏的？"

侯明远在他身上见不了自己曾经的那种唯唯诺诺，很有几分不痛快，又将话头转到旁边的肖静文身上，扬着一个自以为风流倜傥的笑循循善诱："美女，你知不知道咱们穆二少最近有点落魄啊，有什么需要找他也是白搭，不如来找我，敝姓侯，侯明远……"

他话没说完便被刘玛丽狠狠一拉，她斜眼看着肖静文哼道："你少自作多情了，这一位现在可是我们企划部的红人，争宠献媚最有一套，眼睛也是长在头顶上的，你那点家底她大概还瞧不上。"

肖静文无辜躺枪。

穆铮这才皱起眉头："刘玛丽，我们的事你少扯到别人身上！"

侯明远自然要帮腔，他仍是对着肖静文笑："眼睛长在头顶上还看得起你穆铮啊？是不是你一直瞒着人家说自己还是公司的二少爷啊？"

穆铮还没有说话，倒是一直沉默的肖静文突然接了一句："我知道。"

穆铮扭头看她，她一反平时的严肃无趣，竟然破天荒地对他笑一笑，那笑容妍丽甜美，只看得他心跳露掉一拍，他还没反应过来，她竟然又伸手挽住了他，小鸟依人往他身边一靠。他们认识这么久，他嘴皮子便宜占了一箩筐，可是连她手都没摸过一次，这突然之间只觉得不真实。

他把手藏在她背后往她腰上捏了一捏，爪子刚刚一下去就被她狠狠一把拧回来，只痛得他龇牙咧嘴，而她在背后下狠手，那脸上的笑对着侯明远却是温柔端庄的。她说："我知道阿铮现在是你所谓的落魄，可是我很欣赏现在的他，努力、认真、靠自己的能力吃饭，经得起风浪和挫折，这才是真正的男子汉，而不是从前那个什么都只靠家里的米虫，对这个社会毫无贡献。玛丽姐说得没错，我眼睛长在头顶上，那样一无是处的废人我是肯定看不上眼的。"

一席话只说得侯明远脸上青白交错，刘玛丽咬牙切齿要回骂几句，肖静文再一笑，头靠在穆铮肩膀上，说出他经常挂在嘴边自夸的那句话："况且我们阿铮又是这么聪明这么帅，可比某些歪瓜裂枣养眼多了。"

刘玛丽身边的那颗"歪瓜裂枣"指着她气得半天说不出话来，穆铮向来不会放过这些乐子，可是此刻被她这样一挽一靠再一夸嘴巴已经咧到了后脑勺去，笑得抽筋似的，哪里还有闲暇去管那侯明远，只顾自己惊喜感叹："没想到我在你心里的形象是这么伟岸！"

肖静文脸上依旧笑着，一只脚却放到他脚上重重一碾，他痛得倒吸一口冷气，却还记得要在"敌人"面前保持形象，那咧到后脑勺去的笑便有些惊悚了，肖静文瞥了他的糗样子一眼，一时没忍住，倒真笑得出来。

刘玛丽见他们眉来眼去的样子冷哼一声："肖静文，你之前不是一直不承认和他有一腿吗，看样子我也没诬陷你啊，管你是看上他哪一点，不过显而易见，依他如今的穷酸样子，言声雨这个方案他可能是帮不到你了。"

她一拉侯明远，这"歪瓜裂枣"这才想起自己的优势来，重重哼了一声，转头对老汤道："汤先生，今天我们过来是想和你好好聊聊上次我看中的那两幅画。"

这场没有硝烟的撕逼大战老汤看得是津津有味，只差没去捧可乐和爆米花，这时陡然被问到愣了一愣才想起自己的生意来，立刻笑得没了眼睛，连声说："好好好，侯先生刘小姐，咱们去 VIP 室好好聊聊，这边请这边请。"说着躬身在前面带路，跟嫌弃肖静文和穆铮的样子差了十万八千里。

刘玛丽得意一笑，侧身在肖静文耳旁低声道："刚刚你什么都没问到吧，不瞒你说，我男朋友要在这里买两幅画，信不信我等下就能拿到言声雨的详细资料？"一语毕，她扭着腰肢款款离去。

肖静文看着她风姿绰约地走进 VIP 室，挽着穆铮的手无力滑下来，他赶紧去抓她："别呀，再抱一会儿。"

她顺势一把推了他一丈远，恨道："我真是吃错药了，明知道你也不是什么好人，居然还给你打抱不平。"

他倒脸色严肃，满眼深情："还从来没人给我打过抱不平，静文，我好感动。"

她接受无能，抬手撑住了额头："穆铮，你正经点好不好，我带你来就是想你和老汤套套交情问出言声雨的事，可是……"她说了一半自己又觉得自己荒谬，叹一口气，"早该知道不管用的，你就拿画廊当你的猎艳场所，和老汤的关系又能铁到哪里去？"

"谁说我跟老汤不铁？"他立刻反驳，小孩子炫耀玩具似的，2B 本色尽露，"我从小是他看着长大的，我会的都是他教的，他比我亲爹还亲，他……"

"那他怎么不帮你联系言声雨？"她一句话也噎住了他。

他雄鸡似的脑袋耷拉下来，呵呵一笑："他也不是不帮忙，不是说言声雨画不出命题设计嘛，他就是怕我们瞎忙活。"

她想起穆连成的殷切眼神，轻声说道："不听他亲口说，我总是不死心。"

她心事复杂，径自沉默，空旷的画廊，缤纷的颜色凝固在画布上，她凝固在他的眼睛里，微微咬唇，眼神清亮，一副倔强模样，那样鲜活亮眼的颜色，似乎最奇妙的画笔也勾勒不出来。

他不知道自己怔怔看了多久，终于还是开口问道："你想听他亲口说。那么，如果你真的见到他的话，你会怎么说服他？"

从他嘴里倒难得说出个有意义的话题，她沉思片刻，回应道："从言声雨画里传达出的情感来看，我想他应该有一段非常痛苦的经历，可是不管什么痛苦都会过去的，历经了痛苦才会看到生活的美好，就像暴风雨过后才会见到彩虹一样，一个人只要认真生活总会遇见美好的东西，这些遇见应该都可以成为他创作的灵感，他完全可以尝试全新的画风来突破自己……"

她说着说着自己也没了信心，不禁抬眼看他，犹豫道："这样说行不行？"

他眉心微蹙，只是看着她不说话。

她再问一声："问你呢，这样说到底行不行？"

"暴风雨过后不是都有彩虹的，你看不到彩虹，看到的却是被暴风雨洗去伪装后的世界，人性的贪婪和丑恶，生命的脆弱和无常，它们像野草一样在你脑袋里生根，看过了这些你真的很难再遇到美好的东西了。所以抱歉，肖静文，至少目前，我真的画不出你想要的设计。"

穆铮没有回答她，却陡然说出这样一番话来，一字一句极其认真，他认真的样子其实是很可怕的，纠结的眉头，层层云翳的双眼，黯淡无光却能看到人的心里去，就好像——言声雨的画，有一种漩涡般的力量，攥着人走不出来。她一眨不眨地看着他，他们只隔了一点距离，可是此刻的他好像站在另外一个世界，脸色苍白，神色落寞，身后是一幅又一幅世俗的悲欢喜乐——她突然觉得心悸，潜意识里好像隐隐预感到什么秘密。

可是还没等她理清思绪，下一秒他却问："如果言声雨这么回答你的话，你还能怎么说？"

她陡然按住胸膛，吐出一口长气。这短短一刹那竟然有冷汗从额头上冒出来，她不由自主说道："你刚刚……"她想描述，却又说不清那种感觉。他倒笑嘻嘻的无事模样，接口："电到你了？"

她白他一眼，只觉得刚刚那一刻自己是魔障了，正要说两句话，老汤的声音突然从 VIP 室传来，是在欣喜叫助手拿发票，看来那两幅画的买卖是谈成了。

她心里一紧，口气中多了几分无奈："看样子我是没办法听到言声雨的亲口回答了。"

"放心，"穆铮拍拍她，倒是一副无所谓的样子，"凭我和老汤的交情，我敢说就算他不告诉我们，肯定也不会告诉别人。"

"真的？"她半信半疑。

他把胸脯拍得咚咚响："我拿我的节操跟你打包票。"

那边 VIP 室的门已经开了，老汤点头哈腰地将侯明远两人送出来，两个人白天鹅似的从穆铮和肖静文身边走过，错身那一刹那，刘玛丽亮了亮手中的一张写着地址的小纸条，得意一笑。

肖静文转头去看穆铮。穆铮向老汤做个手势问他怎么回事，老汤将耷拉下来的一缕头发划拉回地中海的发型，谄媚笑得像个汉奸："呵呵呵呵，我也是被逼的，我不说他们就不买，我这不也都是为了生活嘛，没关系哒没关系哒，她就拿个工作室地址，翻不起什么大浪的。"

肖静文叹一口气，瞟穆铮一眼："就知道你没什么节操。"

穆铮脸皮丢尽不敢看她，只有向着老汤撸袖子："好，你是被逼的，没关系，我不气，老汤你过来，咱俩现在找个地方谈谈人生。"

老汤哪里敢来,边笑边往后门边缩:"你跟我这老头子有什么好谈的,那个我刚刚想起来,我还有点事儿要出去一趟,那个……你们自便……自便。"话没说完,人已经一溜烟跑了。

当天回公司,刘玛丽成功联系上言声雨的好消息已经传遍了企划部。

刘玛丽一下午红光满面,借着喝水的空子踱到肖静文的办公桌旁,似乎两人毫无芥蒂,好同事一般说着掏心窝子的话:"静文啊,在画廊那边求了人家那么久有没有一点效果啊?不是我说你,你呀就是没眼光,事事都晚了一步,现在和穆铮好有什么用,他除了长得顺眼一点外,还有哪点让人心动啊?"

肖静文向来话少,也只有今天在画廊里冲动了一回,此刻她也不解释,只在脸上挂出一点客气笑意:"是,还是玛丽姐有办法,言声雨这个方案希望玛丽姐你谈成功。"

"那是当然。"刘玛丽呷一口咖啡,脸上的笑透着十足自信,"不瞒你说,我一拿到地址就已经去拜访过他了,我原本还以为言声雨是个糟老头子,可是没想到……"

她故意慢吞吞地卖关子,旁边的沈长生等不及问道:"没想到什么,不是糟老头难道是个老太太?"

"你胡说什么,人家可是地地道道的帅哥,年轻有为,前途无量啊。"她啐他一口,将额前的一缕头发往耳后一拨,眼睛四下一睨,看得人仿佛要酥了骨头,"原本我还担心他像报道中说的那么孤傲呢,哪知道我们第一次见面就聊得非常愉快,而且他对我提出的合作方案也十分感兴趣。"

尹颖悄悄向肖静文撇撇嘴,而沈长生的嘴皮子又开始利索:"那当然,也不看看我们玛丽姐是谁,别说那言声雨是个年纪轻轻的帅哥,就算是个得道高僧,我们玛丽姐亲自出马也一样是手到擒来。"

刘玛丽眼波粼粼横他一眼,又嗔又笑:"你个小皮猴子,就知道逗姐姐开心。"

　　刘玛丽这段时间大起大落，也撞见了办公室的人在背后嘴碎，众人索性和她冷淡起来，连面子上的恭维也省了许多，这时她又春风得意，偌大一个办公室除了沈长生竟然没人再接嘴，只有苏姐淡淡说了一句："有把握就好，这事上头可重视得很，可别只是嘴上说得好听。"

　　刘玛丽哼了一声，埋着脸去喝咖啡，眼睛抬也没抬："您就放宽了心吧，我可不像某些人，打算庸庸碌碌在这里耗一辈子的。"

　　肖静文看见苏姐眯了眯眼睛，目光清冷如晨间风，却立刻拿过一份资料挡住了，没有再说话。

▶ 第十三章
闹腾的新邻居
MINGMING HENAINI

　　肖静文心里也不痛快，且这种不痛快里还夹杂了一丝愧疚，她一下午都在犹豫要不要给穆连成发封邮件说明一下情况，转念又觉得没做好就是没做好，没什么可说的，最终还是作罢。

　　言声雨的这个策划案似乎陡然变成了刘玛丽的，倒让她一时空闲下来，难得一次准点下班，快到家的时候她接到妹妹肖静妍的电话，这丫头向来大嗓门，不按免提那声音也传得老远，这一次却在电话那头压低了声音，神秘兮兮的："姐，告诉你一个好消息。"

　　前段时间高考考完，肖静妍果不其然落榜了，连专科线都还差好几分，那丫头还振振有词，说如果家里有钱让她去读艺术院校没准儿她这文化课的成绩还是全校第一呢，把李梅气了个半死，不由分说给她报了复读。为这肖静妍整整两个月没和妈妈说话，就连姐姐也迁怒了，没有主动联系过一次，这时这个透着兴奋的电话打来，肖静文直觉地有些担心。

　　"什么？"

　　"姐，我同学帮我联系了一家演艺公司，我寄了照片过去，那边特别满意，打电话让我去面试呢。"

　　果然！

　　她只觉得太阳穴涨得隐隐作痛，沉声道："静妍，你怎么还想着这些不切实际的东西呢？大明星哪有那么好当，别被人家骗了都不知道。"

"我同学介绍的公司，怎么可能骗人？"

"现在的骗子满地都是，你同学又是怎么分辨真假的？静妍，你涉世未深，很容易上当受骗……"

电话那边的声音陡然激动起来："你什么都不知道，凭什么就断定我一定会上当受骗？说白了，你和妈就是看不起我，就是觉得我没出息，从小到大你样样都好，我样样都不如你，你等着吧肖静文，我总不会一辈子都让你踩在脚底下的！"

她在那边声嘶力竭，肖静文不禁也动了气，咬牙道："肖静妍，我是你姐，怎么会看不起你，你知不知道，我这么辛苦工作全是为了……"

她话没说完那边已经撂了电话，她那句没说出口的话哽在心里，深深呼吸了好几口气才觉得不那么气闷，她想想还是放心不下，又给李梅去了个电话，嘱咐她看着肖静妍好好复读，不能让肖静妍去什么演艺公司面试，等她忙完这一段，中秋节回去再好好和妹妹谈谈。

李梅在电话那头又痛心疾首骂了半个小时，挂断电话的那一刻肖静文觉得头昏脑涨。

这时，肖静文已经走到租的公寓楼底，为了省钱，她租的公寓地偏，楼老，听说已经划了拆迁，住这一片儿的人三教九流龙蛇混杂，小区只有一个看门大爷，没有专门的物业，自然也没有专门的停车场，自行车、电瓶车、QQ、奥拓停得到处都是，一片嘈杂。

今天也不知有点什么异样，几个闲人正围着一辆车评头论足，从人缝中远远望去，那车似乎有几分眼熟，她也没多想，径直上楼，正要拿钥匙开门，肩膀却被人一拍，她吓一跳，转过头去看见来人更吃了一惊："穆铮？你怎么会在这儿？"

他满脸都是笑，在这昏暗的楼道中格外灿烂："静文，告诉你个好消息。"

她陡然又有了刚才那样的不祥预感，抽动着眉毛问得胆战心惊："什么？"

他拍手大叫："Surprise！我搬来这里了，从今往后就跟你是邻居了！"

果然！

她这才想起刚刚在楼下看到的正是穆铮的车，她撑着额头靠在墙上，问得有气无力："你又发什么疯，好端端搬什么家？"

"原来以为会和刘玛丽结婚，所以我租的公寓早退了，临时找了个地儿住，结果有人垂涎我美色，专门跑到我住的地方去堵我，看那架势大概会骚扰我一阵子，没办法我只好搬家了。"

她皱着眉头："穆铮，你不会欠了人家高利贷吧？"

他严肃地抗议："我像那么缺钱的人吗？"

"你不是每天都在嚷嚷没钱吗？"

他被问得没了答语，干笑两声挠挠头："也不至于到借高利贷的地步嘛，相信我，真的只是垂涎美色……"

她向来对他的"美色"没什么兴趣，挥挥手打断他："那你搬家就搬家，干吗非搬来我旁边？"

"这不便宜吗！"他振振有词，"而且你也可以搭我顺风车，不用又坐地铁又坐公交的，多方便。最重要的是，有什么业务上的问题我们也可以就近探讨嘛。"

她猜到一点他的心思，其实也不用猜，那些话他有事没事总挂在嘴巴上，他这人没个定性，她从没当过真，可是也许她的态度让他觉得她是不拒绝的。她这样想着，神色便带了几分疏离，刚想开口说话，他却仿佛知道她要说什么一样，率先开口打断她："咱们去楼下吃饭吧，庆祝我的乔迁之喜。"

"穆铮……"

"你想吃什么，今天我请客。"

她看着他，仍旧坚持把那句话说完："我们只是同事。"

他好像不懂她的意思，只是呵呵地笑："是啊，同事，你还是我特别技术顾问呢，我刚不说了吗，我搬这儿不也为了多和你探讨工作问题嘛。"

"原来只是为了多探讨工作问题。"她点点头，淡淡笑着问一句，"那昨天给你的促销活动申请书你看完了吗，有什么需要修改的地方？"

他一愣，挠挠头笑道："看完了，挺好的，没什么要修改的，我明天签字就可以了。"

"没什么要修改的？"她眉头一皱，"穆经理，如果我记得没错的话，申请书上要求促销活动时所有门店统一使用鲜花拱门吧？"

他愣愣点头："是啊，这不挺好的吗，有什么不对？"

"那你知道一个鲜花拱门的价格吗？"

他哧一声笑起来："我又不是卖花的，我怎么会知道？"

"据我了解，一个鲜花拱门平均价格在三千左右，而以往的促销活动时各门门店都配备了充气拱门，如果还是使用原来的充气拱门，只是更换横幅，价格两百左右，这样一来一家门店就会有两千八的差价，全国有九百多家门店，如果穆经理这个字一签下去，就只是拱门这一项的费用就会多出两百多万。"

肖静文盯着他说出这一连串的数字，末了还要问一句："而且最重要的是，无论是鲜花拱门还是充气拱门都只是为了营造气氛，差别并不大，那么我们多花这两百多万意义何在？"

穆铮被她问得目瞪口呆说不出话来，她不管他，自顾自去开门："好了，业务探讨完毕，回去再仔细做做功课吧，毕竟你现在指着这个吃饭哪。"

"哦……"他一脸幽怨地答应着，刚才那事还是念念不忘，"那……那个乔迁宴……"

"砰"的一声关门响，回答得干干脆脆。

穆铮那人脸皮厚，一次拒绝自然阻止不了他，不到半小时他就又来敲门，提着大包小包的外卖，笑得很狗腿："静文，你不想去外面吃就算了，我订了外卖，咱俩一起吃吧。"

肖静文从猫眼里看到是他，只将门掀开了巴掌大一条缝，露半个脸，客气地笑笑："不了，我熬了粥，你自己吃就好了。"

他却不客气，立刻接口："那太好了，我最喜欢喝粥了，你让我也蹭蹭饭吧。"他边说边抬脚往里挤，她却堵着不留一丝空隙，已经咬牙切齿："抱歉我做得少，只够我一个人吃的。"

"我这不带了外卖嘛，凑合吃点就行啦。"他不会看人脸色，死皮赖脸地不肯走。

她扫一眼他手上的比萨汉堡，皱一皱眉头："我不喜欢吃快餐，没营养又油腻。"

他连忙讨好："没关系，没营养的全部由我来解决，你就喝粥养养胃。"

"好主意。"她嘴角一点笑终于扬起来，"那你提回去慢慢吃吧。"

她说着就要关门，他眼疾手快一把撑住，接着嘴一撇，两只大眼睛扑闪扑闪地眨巴着做可怜状，头凑过来像一只撒娇的小鹿："静文，咱俩什么关系啊，你别这样嘛！"

她全身都起了一层鸡皮疙瘩，深深吸了一口气才勉强微笑出来："那这样，你把手拿开，我考虑一下。"

他乐滋滋地照做，岂知刚刚拿开爪子她立马"砰"一声关上了门，险些撞到他的鼻子。他没想到她竟然来这一手，气得够呛，顿时本性毕露，梗着脖子恶狠狠喊："肖静文，我好歹是你上司！"

门那边静悄悄的，没一点回应。

他不甘心地再噼啪敲门，声音虚张声势地高了八度："听见没有，我好歹是你上司！"

门里面还是没声音，显然这句话毫无威慑力，他一肚子火没处发，只能气岔岔提着外卖回屋，走到自家门口气不过，一脚踢在门上，"嘣"一声响，他手上的塑料袋也应声而断，里面的东西滚了一地。他真觉得衰到极点，站在这一地狼藉中哀号："保洁呢，保洁在哪里……这袋子什么质量，我要投诉……"

虽然再次将那瘟神打发走了，肖静文却已经深刻地预见到从今往后的日子不会太平，而就在当天晚上，这种不祥的预感再次得到了证实。

不加班的时候肖静文一向睡得早，这天照例早早睡了，迷迷糊糊中却似乎听到隔壁有乒乒乓乓的声音，睡梦中她也觉得烦躁，整个脑袋都埋到了枕头下，后来手机又响了，这回怎么也躲不过，她只得摸到手机接起来，眼睛也不睁，梦呓似的问一声："谁啊？"

电话那头的声音精气十足，诧异道："你这么早就睡了啊？"

正是穆铮那浑蛋，她满肚子邪火，没好气地嘟囔："你又要干什么？"

他在那头呵呵笑，声音中带着一点谄媚："也没什么，就是问问你家有多余的房间没？"

"没。"她干脆吐出一个字就要挂，那边赶紧说："沙发也行，我不嫌弃。"

她瞌睡全醒了，鬼火冒了三丈高："穆铮，大半夜的你到底想干什么？"

"呃……是这样，我听说这一片治安不太好，你一个人住不安全，这种时候身为上司兼邻居的我怎么也要挺身而出啊，所以我吃亏一点，到你家去当你的免费……"

"神经病。"

她不等他说完便挂了手机，只觉得心口的火烧得冲天高。她强迫自己冷静下来不去管那疯子，重新倒头去睡，可是给他这么一折腾，翻来覆去哪里还有半分睡意？折腾了半天，她索性爬起来看书，可是还没看两行字突然又是"砰"一声响，仿佛什么东西砸在了地上，正是刚刚睡梦中吵闹的声音，这次听得真切，声音是从穆铮那边传来的，她不知道那疯子大半夜的又在搞什么，也不想理他。

可是那声音噼里啪啦越演越烈，直要奏成交响曲一般，她耳朵饱受荼毒，再也忍不住，披一件衣服到隔壁去敲门。

门一开，穆铮见是她，满脸的烦躁立刻转化成一个"邪魅狂狷"的笑，斜身往门上一靠，自认风流地扒了扒头发，声音低沉而有磁性："不是不开门吗，大半夜的又来找我，想了半夜总算想通了吗？"

她不跟他鬼扯，直接开门见山地问："穆铮，大半夜的你拆房子吗？"

"哦？"他愣一愣，立刻又笑，"刚刚那是我健身来着，你看我身材这么好也全是辛苦练出来的，对了，你要不要看看我的八块腹肌？"

他边说边作势去撩衣服，原本以为她一定会害羞捂眼的，她却镇定异常，只微微笑道："等等，还是我先让你看看吧。"

"你让我看？"他简直不敢相信自己的耳朵，眼睛狐疑地往她的小腹上打量，"你也有腹肌？大半夜的你还要我看？肖静文，你不会喝粥喝脑子里去了吧？"

她摇摇头，好整以暇往他身后一指："我是要你看看那个。"

他转头一看，正瞅到不远处那只警惕窥视他的毛茸茸的鼠辈，顿时吓得一跳，随手抄起一件物事便砸了过去，"砰"一声响，正是刚刚那交响曲的音符，这一击老鼠没打到，他却现了原形。

她实在忍不住好笑，揶揄他："刚谁说自己八块腹肌啊，还怕区区一只老鼠？"

"八块腹肌跟怕老鼠是两码事好不好！"他还嘴硬，力图挣回一点面子，"谁还没个弱点不是，我就不信你不怕。"

她吸吸鼻子，闻到一股香味，问他："你把比萨放哪儿了？"

"全掉地上，我就扔垃圾桶了。"

"难怪！"她白他一眼，"你把垃圾扔了，兴许老鼠自己就走了。"

她说着转身要走，他一把拉住她："如果没走这么办？"

"没走就没走吧，还能把你吃了？"

他又露出那谄媚的笑来："静文，就让我去你那边睡一晚上吧。你看我这么正人君子，绝不会干什么坏事的，不然我一个人在这边打老鼠，吵得你一晚上也睡不着啊。"

她怎么看也看不出他和"正人君子"这几个字有半毛钱的关系，而她怀疑的目光也让他大感其辱，辩白道："喜欢我的女人都是自己主动投怀送抱的，我从来没做过什么龌龊事好不好！"

看他急急证明的样子她也忍不住好笑，终于松口："那好吧，我就帮你一次。"

他大感意外，随即屁颠屁颠要关门跟她走。

谁知她却将门一推，径直走进他那一片狼藉的房间中去，他连忙喊："不用拿睡衣了，我就穿这件——这是什么鬼东西？"他瞪着她找出来的扫把和拖把，眉毛抽搐，"你不会是想……"

"动手吧。"她塞一根拖把到他手上，"我们一人堵一边，这样它就跑不掉了。"

他的眉毛顿时抽得更凶："你不是吧……"

肖静文把那扔掉的比萨倒一块在地上，两人一人拖把一人扫把地远远站着，两尊门神似的，穆铮觉得这画面太滑稽，"扑哧"一声就笑了出来，肖静文立刻眼睛一瞪让他安静点，他耸耸肩咬住嘴巴。

这时那鼠辈正从柜子后悄悄探出头来，觉得静悄悄的没有响动，便蹑蹑爬到那比萨旁边大快朵颐。肖静文使眼风让穆铮动手，他心虚地摆摆手，恭敬请她先来。肖静文瞪他一眼，挥着扫把猛地杀将过去，那老鼠机灵，刺溜往穆铮那边逃，那绣花枕头吓得够呛，只顾自己上蹿下跳，哪还记得要包抄堵截，肖静文气得一拳头捶在他胸口上："八块腹肌，用拖把打啊！"

他这才想起手中这大杀器，后知后觉地舞着拖把去追，肖静文也加入战局，那老鼠被赶得东奔西跑，两个人也东一下西一下跟着它跳，围追了好几个回合，老鼠没打到，两个人只顾低头追倒是"咚"一声撞作一团。肖静文被撞得眼冒金星，穆铮也好不到哪里去，捂着胸疼得龇牙咧嘴的，边喘粗气边问她："肖静文，我这算是被你胸咚了吗？"

她咬牙切齿："少废话，你还要不要打老鼠了？"

他缓过气来，满腔热血地扎一个马步，将那拖把狠狠一拄："我现在突然有力量了，力拔山兮气盖世，不会让它再跑掉了，来吧。"

他话刚说完楼下就有人怒气冲冲地大吼一声："楼上大半夜的搞什么，作死啊，还让不让人睡觉了！"

这话犹如一盆冷水陡然泼在他头上，将他那斗志昂扬的士气给浇灭了一半。肖静文忍住嘴边的笑，摇摇头："力拔山兮气盖世，时不利兮骓不逝。"

他只能恨恨地反问她："少废话，你还要不要打老鼠了？"

她白他一眼："谁想打了，又不是在我家。"

他威胁："你不帮我打我就去睡你家！"

"好吧。"他如此无赖她只能认栽，再次拿起扫把，"轻手轻脚，速战速决。"

两人又开始围追堵截，挥着扫把拖把跳大神似的满屋跑，最后终于成功将那只老鼠逼得精神失常，看也没看直直往穆铮脚下溜，肖静文见时机难得立刻大喊："穆铮快打！"

也难得他在关键时刻奥特曼附体，举起拖把抡下去竟然不偏不倚给按住了，那老鼠不甘被缚，扭着身体想要逃脱，那蠕动之感从拖把上一路传来，只让他全身都起了一层鸡皮疙瘩，眼见那老鼠已从拖把底下挣扎了半截身子出来，肖静文急得大叫："你用力啊！"

他也叫："你还不快帮忙！"

于是那扫把呼呼生风地挥杀过来，"噼啪"一声捶下去，顿时一切都安静了，老鼠卒，享年不过半岁。

穆铮的眼睛从那老鼠身上移到肖静文身上，满脸钦佩地对她竖起大拇指。肖静文累得够呛，一屁股坐到沙发上喘粗气，哪里还有力气理他。

穆铮拖把一丢，也在沙发上坐下来，刚刚一室闹腾，现在陡然寂静下来，屋里只有两个人急促的喘气声。

他斜眼去瞥肖静文，她脸色酡红，鼻息扇动，额头上有细密的汗珠，仿佛细雨中初绽的蔷薇花似的，更有一种喝了酒一般的醺然醉人，她平时盘得一丝不苟的头发这时柔顺地披在肩膀上，夜风吹过来碎发颤颤拂动，有几根拂到他手臂上，落了虫子一般痒。

他按捺不住，不动声色地往她那边挪一挪，再挪一挪，却冷不丁"砰"一声响，她手上的扫把狠狠拄在地上，那可是刚刚结果了一条命的杀器啊，他顿时不敢再造次了，瞅瞅她，瞅到冷得冰似的一双眸子，他立刻又颇有自知之明地挪了回去。

为了掩饰尴尬，他咳嗽一声开始呛她："肖静文，你平时没多少女人味就算了，居然连打老鼠都这么生猛，怕不怕没男人敢要你啊？"

她自顾自喘着气，不接他的胡话，他倒越发来了兴趣，涎着脸笑得一朵花儿似的："不过我没关系的，你看你能打老鼠，我刚好又怕老鼠，咱俩正好互补，天造地设的一对啊。"

她淡淡笑笑："不好意思穆经理，我不喜欢连老鼠都怕的男人。"

"其实我原本也不怕的。"他立刻为自己洗白，"小时候我家里还养过一只，关在铁笼子里，一天到晚就踩转轮玩儿，太可爱了，我还拿在手里摸过……"

她忍不住打断他："你有点常识好不好，那是仓鼠。"

"都差不多嘛！"他讪笑，"那时候我一点都不怕。"

她随口问道："那为什么现在怕成这样？"

他眼中的神采突然暗淡下去，却立刻有意识地转开了脸，神情脸色全都隐没在暗影中，她看不到，只发现他突如其来的沉默，微觉奇怪，正想问他，他却勾着嘴角笑了笑，再次开口："有一段时间，我妈妈离开我了，我不想和其他人说话，总是找没人的地方躲起来，那些地方有很多老鼠，胆子很大，敢在我身边爬来爬去，还吱吱叫，我总觉得它们是不是要吃了我。想来就是那个时候阴影太重，以至于到现在看到老鼠都怕吧。"

"既然怕出来就好了，干什么还要一直躲着？"

他似乎也被这个问题困惑住了，又沉默了好久，最后还是笑了笑，轻描淡写仿佛嘲讽似的说了一句："大概因为外面的人比老鼠更讨厌吧。"

肖静文耸耸肩，摇头："富二代的生活真是难以理解。"

他点头："是，现在想来也是挺矫情的。"

她歇匀了气，不再和他多说，当下起身要走，他当然挽留："难得有机会，再坐坐聊聊人生理想什么的啊。"

难得他现在也会谈人生和理想了，她忍住好笑道："我没你这么文艺，我的人生就是明天起来去上班，我的理想就是现在回去睡觉，所以无话可聊。"

他皱起眉头抱怨："肖静文，你还真是很无趣。"

"向来如此。"

她站起来往外走，他却一把拉住她，脸色突然间格外认真："静文，谢谢你！"

他仰头看着她，一双眼睛如同晴朗夜空般幽蓝深邃。

她有点不自在，正要抽出手，他却又嘟起嘴卖萌："下次如果还有老鼠，你可还得帮人家啊！"

"滚！"她白他一眼，翻出手噔噔噔地走了出去，他看到她进了房间才关门，关灯，却并没有上床睡觉，而是走到窗前点燃一根烟，吸一口，吐出来，白色的烟雾在夜色中缠绕扭曲，久久不肯散去，如同那些突如其来的往事。

明明已经过去了好久好久，明明他都已经忘得差不多了，可是仿佛突然连通了时光隧道，他竟然又回到那个时候，那个小小的自己，那个对任何人都不会搭理的自己，朋友、师长、心理医生……所有人跟他说话他都置若罔闻。

那些慈悲的脸在他这里讨了钉子后，便总有人捂着嘴对旁的人摇头："真是作孽，看着他亲妈摔死，吓成了个傻子。"

他的爸爸似乎也着急，可是他却看到那个男人握着那个女人的手，一脸歉意："淑琳，阿铮现在这个样子，怕是一时半刻接受不了，只能再委屈委屈你。"

那个叫张淑琳的女人柔若无骨地依偎在他爸爸怀里："没关系，健民，我可以等，阿铮总有一天会接受我的。"

那个女人甚至也做了很多吃的刻意来讨好他，她的身边是那个后来叫作穆连成的人，亲热拉着他的手叫"弟弟"，他面无表情地甩开，找那些没人去的地方躲起来，老鼠在身边窜来窜去，小小的孩子吓得发抖，小声叫"妈妈"，可是他也清醒地知道妈妈已经死了，不会有人来救他。

混乱的影像纷至沓来，他狠狠再吸了一口烟，吐出，雾气氤氲，没有月色星辰的夜，黑得密不透风。

肖静文起床向来准时，可是这天清晨，闹钟叫了好几遍她才掀开惺忪睡眼抓起手机瞅瞅，这一瞅不打紧，足足比设定的闹钟晚了半小时，登时心都要给她吓出来了，立刻一跳而起，胡乱地刷个牙擦把脸，抓起手袋就往外冲，一出门刚好遇见穆铮，他还悠闲得很，笑嘻嘻地问她："急什么啊，这不还早吗？"

她冲他晃晃手机："还早？还有半小时就迟到了，打不到卡这个月的全勤都没了。"

"半小时足够我跑个来回了。"他气定神闲地拉住她，"从今往后跟着我混，你不用再去挤公交地铁，用不着这么赶。"

她本不想承他这个情，可是时间紧迫也由不得她清高了，便道一声谢跟在他后面。他边走还要边跟她显摆："早跟你说和我做邻居好处多你还不信，你看吧，美男豪车任你差遣，多长面子不是？"

话说着已经下了楼，他的车就停在楼下，他帅气掏出车钥匙哔哔开锁，果真引得方圆五十米内的雌性动物引颈关注，面子十足。他冲她挤挤眼睛，那脸青春得跟打了肉毒杆菌似的，却在瞄到车身时突然变了："我靠，谁在我车上划了个喜羊羊？"

她跟着他的眼睛看，果真在车身上看到个歪歪扭扭的喜羊羊，不知是哪个皮孩子用小刀划的。他的肉毒杆菌打失败了，整个脸垮下来抽抽着，咬牙切齿："到——底——是——谁——"

她知道这是他目前唯一的装逼道具了，不好笑他，只好嗫嗫说道："大概是哪个不懂事的孩子，他们没见过豪车，也没见过美男……"

"物管，物管呢？"他这才想起找管事的人，"我非找出来是谁干的不可！"

一个老大爷应声而来，慈眉善目冲他一笑："小伙子你找我？"话说着露出两颗缺了的门牙。

穆铮错着牙齿："我找物管，小区的物管！"

"没有，就我一个看门的！"

他深深地吸了一口气，忍了继续问："好，昨天我的车被划了，我要调小区监控看看是谁。"

老大爷抬头四处看了看，天空中只有一只乌鸦呱呱飞过，他摇摇头："也没有，有就没我了。"

穆铮快抓狂了："那我该找谁？"

大爷和他大眼瞪小眼："不知道。"

穆铮，卒，死不瞑目。

折腾到最后也没能找出那幅神作的作者，穆铮只有先驾着那喜羊羊的坐骑去公司，他火大得很，一路猛吸烟。肖静文闻不惯那烟味，侧过脸将车窗开了一个口子，他斜眼瞄到，抬手把烟给灭了，她微觉奇怪："怎么不抽了？"

"越抽火越大。"

她笑笑："也好，吸烟有害健康。"

他白她一眼："你的人生真是太无趣了，三好学生。"

"所以你现在知道跟我做邻居有多糟了吧？"

他酷酷地一哼："不觉得。"

下车的时候有不少人对着他的车指指点点捂嘴偷笑，她看看这车，再看看上面的喜羊羊，心想果然是豪车美男太有面子了，这样想着，嘴上已经笑了出来。

到办公室的时候她的笑还在脸上，尹颖看到打趣她："静文，这一大早的遇到什么好事了，笑得这么开心？"

她笑笑："没，有什么好事我还不跟你说吗？"

沈长生也到了，见她们两个笑容满面的不免压低了声音呵斥："你们还高兴哪，马上就要大祸临头了。"

尹颖马上警觉起来了，凑到他身边探听消息："你听说什么了？"

沈长生四下一望，贼头贼脑地说道："我刚刚在电梯里听到人说，咱们部门副经理人选上面好像中意刘玛丽。"

尹颖叫起来："哪个上面这么没眼光啊，咱们部门还有苏姐、淼姐她们啊，就是静文也比她强啊。"

"刘玛丽听说是穆总钦点的。"沈长生说，"她不是谈成了言声雨的案子嘛，功臣啊。"

"不是还没签约吗？"

"她不是说十拿九稳吗？"

尹颖恨恨磨牙："小人得志，总经理怎么这么糊涂？"说着又一脸悲戚地拉着肖静文，"静文，咱两个以后可没好日子过了，你不是一直在跟这个案子吗，你就不能抢在她前面去搞定那个言声雨？"

肖静文拍拍她的肩膀："我也想啊，可是我连怎么联系他都不知道。"

尹颖还要说，却看见刘玛丽已经春风得意地走进了办公室，当下不再言语，几个人各自回了座位。

上面有意提升自己的消息自然早传到了刘玛丽耳朵里，她知道当下只要能和言声雨签约自己的升职就能万无一失，她本以为拿到言声雨的地址，又从他邻居处得知他是个青年男子，而她自知魅力，只要她施展出来，就像对穆铮，就向对侯明远，以及她的若干前任，什么样的青年男子也能让他臣服在自己的石榴裙下，更何况是那种自命风流的艺术家，大不了给他点甜头就是了。

但让她始料不及的是，她虽然拿到了他工作室的地址却仍旧找不到人，一连好几天她连个鬼影子都没遇到，问老汤，老汤只保证那地址没错，可是人去哪里他就不知道了。

她再打给侯明远，侯明远本来也是个没本事的，现在更是没个主意，只觉得自己为她花了钱，就想在她身上占便宜，眼看上面一天比一天催得紧，她只能敷衍说一切顺利，已经在谈细节，可实际上已经急得脑门冒青烟。

合约迟迟不见踪影，张耀林也急，一天要催刘玛丽三五次，催得紧了刘玛丽突然一头病倒了，说是上次流产后身体虚弱，再加上最近高强度工作，承受不住病倒在工作岗位上，需要静养一段时间。

不过让张耀林颇感欣慰的是，她在病倒前已经和言声雨基本谈妥，接下来只是谈一些合作细节就可以了，她还点名说苏姐和杜淼淼工作能力强，她们过去办她才放心。张耀林点到苏姐那里，苏姐推辞说要将机会让给年轻人，让杜淼淼去。

说来也巧，在刘玛丽请假前一天杜淼淼无意间看到她在网上订了去泰国的机票，当时还以为她给别人订的，可是后来她来个生病静养这一出，杜淼淼和刘玛丽明争暗斗也有好几年了，前后一想顿时明白——言声雨的合约迟迟签不下来，当中肯定不像刘玛丽自己说的那么顺利。

现在正在提副经理的节骨眼儿上，如果这事儿搞砸了刘玛丽肯定没指望，所以事到临头来个金蝉脱壳，将她最有可能的对手推出去堵枪子儿，到时候谈不成责任全在自己，她刘玛丽的过失就洗得干干净净！

杜淼淼冷笑，幸好让她发现了猫腻，否则自己怎么死的都不知道，她当下也不言明，只说自己最近手头上的事多忙不过来，让张耀林另派精兵强将。

最后这差事落到了肖静文头上，张耀林说是让她将功补过，尹颖高兴得很，感慨说还是老天有眼，刘玛丽这种恶人再能算计又如何，关键时刻还是要把机会拱手让人，并说只要肖静文拿下这个合约就有资本和刘玛丽一争高下了。

肖静文只是淡淡笑笑："感觉没这么容易，还是签下来再说吧。"

肖静文不敢掉以轻心，将刘玛丽留下来的合约好好研究了一遍，中午饭也没顾得上吃。穆铮在员工餐厅里没看到肖静文，问尹颖她在哪里，尹颖笑道："静文正在和你平起平坐的路上奋斗呢。"

穆铮听得莫名其妙，让她好好说话。尹颖的声音铃铛一般清脆："刘玛丽生病请假，现在静文接着她谈言声雨的方案，谈下来她说不定就是我们部门另外一个副经理了。"

他皱起眉头："谁说能谈下来的？"

"刘玛丽啊，她说已经谈得差不多了，静文这次可捡了个大便宜。"

她话没说完，穆铮已经扔了餐盘大步流星往外走。

"穆经理你怎么不吃了？"她在后面喊，可是餐厅里熙熙攘攘，哪里还看得到那个人的影子？

穆铮急匆匆回到办公室，只看到苏姐正慢条斯理地收拾完东西要往餐厅走，他忙问肖静文呢，苏姐说刚刚拿着合同去找言声雨了，他低骂一声，拿出电话打给她，响了半天却没人接，大概是没听见，他只好发了一条让她速回电话的微信过去。

苏姐见他火烧火燎的样子问他怎么了，他似乎听都没听见，只顾噔噔噔冲回自己办公室继续打电话，开始一直是没人接，后面响一声就是忙音，显然是被人挂了。他火气噌地冒上来，将电话一摔，恶狠狠道："嗬，长脾气了，现在还敢挂我电话了，好，我不管你，肖静文，回头你别哭！"

话虽如此说，下午他还是忍不住三两头窜到办公室看看她回来了没。苏姐看他来得殷勤，问他是不是有事找肖静文，他的眼珠子立刻翻到了天花板上去："我找她？我吃饱了撑的找她干什么？"

尹颖多嘴道："穆经理你中午不是没吃吗？"

他眼睛便从天花板剜到了她身上："尹颖你很闲是不是，不说话你就不自在是不是？"

她连忙摇头，半个身子都埋到电脑后面去装死人，穆铮也没心情再理她，气呼呼又回了办公室，见他没影儿了尹颖这才敢伸出半个头来，疑惑地问旁边的沈长生："穆经理这是生的哪门子气了，是不是知道静文要升副经理，觉得自己的地位受到了威胁？"

沈长生撇撇嘴："谁知道？"

肖静文当天回家，走到楼梯口一眼就看到穆铮站在她家门边不知正干什么坏事，她皱眉喝道："喂，你趴我家门上干什么呢？"

他转身，她这才看到他拿着一支马克笔在她的大门上画了一整扇门的圆圆圈圈，看得人眼睛发晕，她的火气陡然冲上来，几步上前推开他怒道："你这人有毛病啊，在别人家的门上乱画什么？"

他也没好气："画圈圈诅咒你。"

她一时有些哭笑不得，掏出纸巾边擦边数落他："你几岁了还这么幼稚，你是不是今早被别人划了车，心理不平衡到我这儿撒气啊——一点都擦不掉，到时候房东让赔这钱得你出。"

"肖静文，你看到我给你打的电话了吗？"他突然打断她。

她一愣，随即理直气壮道："看到了，可是那会儿正谈事情没空接。"

"接个电话要占你多长时间？接个电话你就没法谈事儿了是不是？"

他火气大，她自然不去接他的话。她承认自己是故意不接他电话的，她仍记得上次和骆平谈合作的时候他在一旁气得骆平够呛，她怎能让同样的事再发生在言声雨身上？

穆铮见她不吭声，又阴阳怪气道："如果我没猜错，你今天这事儿谈得挺顺利的吧？"

她不否认："还好，托你的福。"

他啧啧两声，睨着她要笑不笑的："肖静文，你是不是觉得这是个升职的好机会，所以想都没想就扑上去了吧？"

尹颖刚给她打过电话，八卦了穆铮得知她有可能升任副经理时急得团团转的样子，她知道他现在今非昔比，对这唯一的饭碗紧张得很，是以淡淡一笑："我资历尚浅，升职没那么容易轮到我，穆经理现在担心还为时过早。"

他只听进去她前半句，忙接口道："既然升不了职，那你去跟公司说今天没见到那什么言声雨，他爽约了，然后你就跟公司请病假，这不马上要放中秋节的假了吗，连着休息个十天半月的，等这事儿过了……"

"穆经理以为这是儿戏吗？"她好气又好笑，想了想随即说道，"这样，我会去跟公司说这个方案能谈成你也帮了很多忙，你放心，我不会把所有的功劳都揽到自己一个人身上的。"

他这才算咂出味来，额头上的纹路陡然拧了个死结："唉，不是，肖静文，你这话什么意思啊？说了半天你以为我是嫉妒你跟你抢功劳来了吗？"

她也不说话，只是静静看着他，那分明就是一副"难道不是吗"的表情。

他气得跳脚，抬手将头发一扒拉，气急败坏也要挺胸抬头地傲娇："肖静文你也不看看我是谁啊我？我有那么小心眼来妒忌你升职吗？我有那个闲心为了那点破事儿和你废话半天吗？"

"那你刚刚在干什么？"

"我……"他哑口，随即狠跺一脚，"好，算我狗咬吕洞宾，我不管你，总有一天你哭去吧你！"

他转身去开自己家的房门，她看他那火冒三丈的样子不禁好笑，边拿钥匙边似无意地叹一口气："唉，本来还说案子谈成了请你吃饭的。"

这句话他往日定是求之不得，然而此刻正在气头上，立马恶狠狠回了她一句"谁稀罕"，随即"砰"一声关上了门。她本来也只是随口一说逗逗他，此刻莞尔一笑，自顾自开门不管他了。

穆铮气呼呼在自家床上躺了半天，气消了却又后悔了，这一后悔便觉得腹中空空饥饿难耐，终于忍不住又爬起来去敲隔壁门。

肖静文开门见是他，略带好奇："穆经理，你又要干什么？"

幸亏他向来是个脸皮厚的，这时虽然不好意思看她，却还是能将那几分尴尬生生忍住，绷起了一脸的高冷范儿："看在你还有良心请我吃饭的份上，刚刚的事我大人不计小人过，不和你一般见识，就给你这个面子，我们去哪儿吃，走吧。"

她一愣，随即摊摊手："你不早说，我刚刚都吃过了。"

他顿时跳起脚来，高冷范儿瞬间碎了一地："肖静文你这也太没诚意了吧，说请我吃饭，转过头自己就不声不响地吃了，你这是逗我玩儿呢？"

"刚刚你不是说你不稀罕吗？"

"你明明知道我在生气，气头上的话怎么能当真？"他豁出脸皮耍起赖来振振有词，"我不管，你说了请就得请，我中午没吃，晚上也没吃，现在都饿得前胸贴后背了。"

她也不说话，只转身在家里寻出一桶方便面递给他，他气得眼皮子都在跳："肖静文，你就拿一桶方便面来糊弄我，我可告诉你，你再这样我真的让你自生自灭了啊！"

这是多么令人向往的一句话，她忍不住还他一句："那我可谢谢你了。"

他今天是炸药桶做的，她这话一点引线他立刻就七窍生烟了："亏我还这么担心你，肖静文你个白眼狼，好，咱俩以后各走各的，我下周就搬家。"

她向来喜怒在心，可听到这句话却忍不住喜形于色了，他见她那样子肺都要气炸了，瞪她一眼恨恨往回走。

她心情大好，还要在后面火上浇油："穆经理，你不是没吃饭吗，这方便面你还要不要了？"

"要你个头！"

门又"砰"一声关上了，肖静文拿着方便面笑叹一口气："你这次气头上的话还当不当真啊？管他的，我可是当真了。"

▶ 第十四章
不能说的秘密
MINGMING HENAINI

　　次日肖静文按往日时间早起坐地铁，自然没碰上隔壁那踩着点上班的，到公司不少同事都听闻她终于拿下了这个合约，看到她或真或假都要祝贺两句。张耀林因为这事儿容光焕发，一大早更是亲自到办公室来祝贺肖静文，那话里话外都流露出副经理人选很可能就是她的意思。

　　他前脚刚走，后脚办公室的人就围成了一堆，纷纷闹着要她请客，杜淼淼虽然也和在人堆里，脸上那笑却又别有深意。

　　穆铮从办公室出来见到这场景，把头扭到了一边，眼里长了针眼儿似的往上吊着。

　　人群中不知谁说了一句："穆经理好像很不高兴啊。"

　　又有人接："那当然，静文若是升了副经理他不就形同虚设了吗？"

　　这两句话说得不高不低，他大概是听见了，突然停下脚步回头，一双眼睛直直看着人群中的肖静文，她微微一怔，还没有做出反应，他已经回过头，大步流星地往前走了。

　　肖静文知道穆铮心里不高兴，她自然不会主动去讨没趣，只是两人抬头不见低头见，确实有几分尴尬。好在这天已是周五，再过一天就是中秋节，马上要放三天的小长假，总算可以暂缓一下这僵硬的气氛。

204 / 明明 很爱你

其实每次临近假期肖静文总是期待能快点回家，可是等真到了家里又总是没有预期的高兴。李梅的身体还是老样子，整天这里疼那里痛的，让她去检查又舍不得钱，每天还是雷打不动地出去摆地摊挣钱。

每每看到这些肖静文就深刻地觉得自己无用，无论她怎么努力还是担不起这一副沉重的担子，只要这样一想，脸上的笑也会变得勉强。

知女莫若母，李梅看出女儿的心思，总是不在意地笑笑，只说人老了都这样，让她别整天东想西想，好好工作才是头等大事。肖静文点头，嗓子里却像熏了烟似的堵得难受。

李梅不想总说这些伤感的，便又将话题扯到小女儿身上去。肖静妍向来是她的一块心病，每次说起来连珠放炮都要数落个没完，可是这一次却难得地夸最近变得懂事了，不再奇装异服呼朋引伴，也不再提要当明星那些不切实际的话，每天放学回来就乖乖回房间复习，周末偶尔出去一次也知道早早回家，看来果然是压力让人成长，曾经那么不开窍的丫头也在补习班的重压之下变成了乖乖女。

听说妹妹变化如此肖静文也很高兴，连说要去给她买身新衣服鼓励鼓励，以往肖静妍听到这话高兴得是要一蹦三尺高的，这一次却破天荒地连连摇头："我不要新衣服，别给我买……"

李梅哈哈大笑："看吧，我就说她现在一门心思扑在学习上。"

肖静妍没有说话，只将头深深埋了下去。肖静文觉得不对劲，逮了个空闲拉她回房悄悄问："静妍，你是不是有什么事瞒着我们？"

肖静妍仿佛吃了一惊，眼睫毛急速地扑闪，半天才露出一个僵硬的笑："姐，你怎么这么问？"

她心里更是疑虑："就是觉得你很反常，静妍，有什么事一定要告诉我。"

"没什么，就是觉得补习班压力太大了。"她仓皇地笑了笑，然后转开头去再也看不清神情，"我已经很努力了，可成绩还是不好，如果这次再考不上……我不知道该怎么办。"

肖静文松了口气，拍拍她的肩膀："静妍，你不要背思想包袱，只要你努力，最后什么结果都不重要。"

她没有回答，只微微点了点头。肖静文趁热打铁去翻她的书桌："你哪一科觉得困难，我帮你看看。"

她自顾自翻着，肖静妍看着姐姐的侧脸。这是她唯一的亲姐姐，若说世上还有什么可信赖的人，大概也只有她了。她翕动嘴唇，手指死死抠着椅子靠背，终于鼓足勇气开口："姐，我……"

肖静文的手机突然响起，竟然是穆连成的来电，她只看了一眼便咬住了嘴唇，可是那笑绷不住，从眼睛里也要溢出来。她立刻拿起手机往外走，肖静妍在身后叫她："姐……"

"等我接个电话。"

肖静文拿着电话已经走到外面的阳台上去，肖静妍的后半截话便咽在了喉咙里。有时候勇气只是一时的血气翻涌，过了便再难重复，肖静妍的勇气慢慢缩了回去，缩进埋头的暗影里。

肖静文站着阳台上接穆连成的电话，他难得给她打电话，这一次也只是最普通的寒暄，问她家里情况如何，中秋节过得怎样。就是这样普通的几句话，每个字落到她耳中却仿佛都是金玉相击，铮铮悦耳。那样寒暄了一阵，他终于说到了正题："静文，听说阿铮现在跟你住得很近？"

"他就住我隔壁。"她想想再补充了一句，"不过他说下周就搬走了。"

那边笑："阿铮是小孩子脾气，风一阵雨一阵的，其实我倒觉得你们俩住得近挺好的，你可以帮我照顾照顾他。"

她向来听他的话，可是这一次也面露难色："他那么大的人了，哪需要我照顾，况且我和他一向也不怎么合拍，恐怕……"

"静文，你一直做得很好，他以前事事针对你，可是现在还不是对你服服帖帖。阿铮其实很单纯，只要你动脑筋，他会听你的话的。"

"可是……"她着实不想和穆铮有过多的牵扯，尽管他话说到这个份儿上还是有些犹豫。

那边听出她的为难，突然声音压得更低：“静文，虽然现在大家都认为阿铮不得势，可是我只提醒你一句，阿铮是碧姐看着长大的，公司的很多事情现在都是碧姐说了算，你现在争的那个副经理位置同样也是。”

她“嗯”了一声，说不出更多的话。那边又缓缓叹了口气：“阿铮以前特挑，中秋节不吃月饼，偏偏喜欢吃家里现烤的蛋糕，现在他跟家里闹成这样，中秋节也不回家，也不知道一个人在外面过得怎么样，我这个做大哥的不知道能为他做点什么，也只能托你照顾照顾他……”

他向来沉稳，难得有这样显露情绪的时候，况且肖静文自己也是做姐姐的，这样的心情自然能感同身受。她的声音不由自主地软下来：“我知道了，我会去做的。你别太自责，弄成这样都是他自己的问题，跟你没多大关系，况且这也可以算是对他的历练。”

“谢谢你，静文。”那边低沉轻语，字字仿佛都落在她心上，她的笑泛起来，从嘴角一路蔓延到眼睛里去。

挂了电话，穆连成立在客厅的落地玻璃窗前眺望沉沉夜幕。

中秋的夜，本该月皎星明，可是天公不作美，这一夜的天空却是阴云密布，冷风习习，雨丝不大不小地落着，满是萧杀秋意。

这样的萧瑟之意也蔓延到室内，虽然有好几个用人在穿梭忙碌准备晚餐，却都是轻手轻脚，好似怕打扰了什么一般，就连张淑琳提点用人们也都是轻言细语，偌大的一个厅里沉寂得有些压抑。

菜还没有摆好，穆健民一个人坐在餐桌前发愣，仿佛坐成了一座雕塑，眼睛空洞洞不知看向了哪里。穆连成远远看上一眼，心下已经了然，他正要走过去，忽然听见外面花园里有人喝了一句：“是谁在外面？”

是园丁老高在喝问，隔着落地窗听得并不分明，也只有他一个人离得近才注意到这一点动静。

老高问了那一声，却并没有人回答，隔着花篱便见有个人影脚步匆匆地离开了，等那个影子走到路灯之下，却是那个再熟悉不过的桀骜背影。他微微一惊，却立刻不动声色，仿佛什么事也没发生过。

随后张淑琳招呼吃饭，晚饭的样式全是按照穆健民喜好的口味来的，可也不见他有什么胃口。期间张淑琳和穆连成不断找话题活络气氛，却往往没说几句就冷了场。

这顿团圆饭吃得索然无味，不久穆健民就推说没有胃口，闷头回了房间。张淑琳看了儿子一眼，立刻也放了筷子跟过去温柔扶住了他。

穆连成也只草草吃了几口便吩咐用人们撤了，他回房间刚刚打开电脑便见张淑琳托着一杯牛奶进来了，他问："爸睡了？"

张淑琳一向温和，对人甚少有脸色，就连穆铮对她刻意讥讽嘲笑她也总是一副委屈柔弱的样子，然而这时房门一关，她却挑起眉毛冷笑一声，与平日的样子判若两人："他怎么睡得着，正翻相册看他儿子小时候的照片呢，还嫌我在旁边碍了事！"

他轻笑道："妈，说话注意分寸，在我面前没关系，小心在爸面前说漏了嘴。"

"整天在他面前忍忍忍，我都要忍出毛病了！"她把牛奶重重往穆连成桌上一放，话里渐渐咬牙切齿，"而且你知不知道，今天张律师来过。"

穆连成眉毛一挑："张律师，他来干什么？"

她双手抱在胸前冷笑："干什么，还不是老头子心血来潮想要立遗嘱。我偷偷听到了，他竟然要把公司所有的股份留给穆铮，给我的只有这幢房子和生活费，而你，什么都没有！"她说得气愤，保养得白皙的面容泛起一层淡红色，那颜色烧到眼睛里，便成了熊熊怒焰，"穆铮那逆子只会吃喝玩乐，他不是都把他赶出家门了吗？居然还留遗嘱把全部身家都给他！而你呢，为公司辛苦打拼这么多年居然什么都没落下，将来还要给那个不成才的东西打工，真不知他是不是老糊涂了！"

穆连成却脸色不变，端起牛奶喝一口，脸上依旧淡淡有笑："穆铮是他唯一的亲儿子，他立这样的遗嘱也正常，如果他把公司的股份给我他才是真的老糊涂了。"

"可是你怎么办？你不会真的心甘情愿给那个败家子一辈子打工吧？"

穆连成不答，起身走到书架前。那上面摆满了琳琅满目的东西，大到变形金刚、飞机模型，小到一支笔，一个打火机，真是应有尽有。

他拿出那个 Zippo 的打火机轻轻扣动，火苗腾起，他亦开口："这书架上的所有东西都是阿铮送给我的。"

张淑琳朝那打量了几眼，蓦地更气："他随手送你些破铜烂铁你就宝贝似的留着？难道就因为他送了你这么些破烂玩意儿你就真心拿他当弟弟了吗？你怎么还像小时候那么傻，车子飞过来你命都不要去推他，他没事你却在床上躺了好几个月，腿都差点没保住，就算是这样他也没认真把你当大哥！"

他只反复拨动打火机，那火光明明灭灭，照得他脸上的笑恍恍惚惚："至少从那时起他就愿意跟我们同桌吃饭了。"

"看来你是打算把好哥哥做到底，将来给他生吃了也不介意了！"张淑琳冷笑，因为压着怒意，那眉梢便挑得格外高，平日里端庄美丽的面容上有一种阴狠的狰狞，"可是我不能作这亏本的买卖，老头子身体一天不如一天，眼看就要不行了，我忍了这么久才等到这一天，可不能为他人做嫁衣！"

她站起来就要走，穆连成叫住她："你想干什么？"

"我去找张律师，大不了多给点钱，总能想出办法来。"

"张律师不是我们的人，你贸然跟他提这些不是自寻死路吗？"

"那怎么办？难道坐以待毙等着穆铮来吧咱们娘俩儿扫地出门吗？"

穆连成按住她的肩膀，手掌中自有一股坚实力道："妈，你还记不记得当年爸虽然力排众议娶了你，可是心里面却对谢馨雯的死耿耿于怀，更对阿铮觉得亏欠。他对我们娘俩看起来还不错，却根本不在我们面前提一点公司的事，只一心想叫碧姨栽培阿铮，就连我想进公司实习也一直找借口推三阻四，如果不是我救了阿铮一命，可能到现在连公司的大门也进不了。"

这么多年，他们是母子更是同盟，然而穆连成却极少在她面前提起自己心中所想，只不断提醒她谦卑隐忍、以弱示人，如果不是她执意要去找张律师，可能他连这些话也不会告诉她。

张淑琳蹙眉看着这个心思太过深沉的儿子："那么说你当时救穆铮只是想让老头子松口让你进公司，可是那么危险……"

"不入虎穴，焉得虎子？"他难得和母亲说这些话，然而那平淡的语气也似在述说与自己毫不相关的事，"机会只有那么一次，我不牢牢抓住，岂不是永远都无法翻身？"

"可是当时事发突然，你怎么会想那么多？"

"有的时候……"他又端起牛奶去喝，额前的碎发遮住了深水般的眼睛，"机会不是老天给的，而是要靠自己去创造。"

张淑琳蓦地吸了一口凉气："你是说那个开车撞穆铮的人是你找来……"

穆连成放在她肩膀上的手加大了力道，按得她的肩微微作痛，他却笑，嘴角带着一点牛奶渍，明朗无辜的样子："妈，我什么都没说。"

张淑琳却仍旧震惊于那个突然得知的真相，喃喃道："怎么可能？你当时不过才十七岁……"

她忽然停住了，十七岁，对于普通人来说那还只是埋头苦读的年纪，这么多年，他表现得太像个普通人了，以至于她这个当妈的都快忘了这个孩子有十二年的时光都是消磨在社会的最底层。她那双不再年轻的眼睛飞速地眨动，光影在她眼前轰然倒退，一切仿佛回到了最初，那些青涩无知的年月，那段不见天日的时光。

张淑琳自己也有一个不幸的童年，母亲早亡，父亲另组家庭，除了偶尔给点生活费外并不常管她，然而所有的不幸并不能阻止她的美丽。二十出头，正是青春年纪，她已出落得亭亭玉立，在一群灰扑扑的姑娘中极其惹眼，周围蜂蝶更是不断，便是在这样美丽的时刻她和穆健民相遇，郎有才、女有貌，然而这外表看起来极为登对的一对家世却是天差地别。

富裕的穆家自然不允许儿子娶她这样一个缺少家世教养的女人，于是，穆健民的母亲便背着儿子约见了她，话没说几句，那意思却简单明了。

漂亮女孩的骄傲让她想起身离去，却又被那一沓沓崭新的百元大钞迷住了眼睛动弹不得。她做梦都没见过这么多的钞票，那似乎是她一辈子都花不完的钱啊！

她镇定下来迅速盘算，虽然穆健民对她很痴迷，但她对他却没有多深的感情，他并非多么帅气俊朗，只不过比其他追求者出手阔绰，她便虚荣地选择了他，原本也打算着嫁进他们家享福，可是既然他的母亲明确表示不会让她嫁进穆家，她再坚持下去也就没了意义，谁知道以后会怎么样呢，反正一切也是为了钱，既然钱到手了她又何必再浪费青春？

有了钱，即便背井离乡日子也骤然明亮起来，她身边的追求者更多了，她挑花了眼睛，最终选择了高大英俊、嘴巴像抹了蜜似的前夫江国强。

两人过了几年花天酒地的日子，可是好景不长，那似乎一辈子也花不完的钱也架不住两个人坐吃山空，很快所剩无几，连养孩子也捉襟见肘了。她这才发现江国强除了空有一副皮囊外一无是处，他没什么正当收入，便跟着一班狐朋狗友做些偷鸡摸狗的事情，得了几个钱便酗酒赌博，喝醉了回来抓住她和儿子就是一顿暴打。

在那样的破落环境中成长起来的穆连成，不，那时还叫作江连成的孩子，仿佛是一株生长在贫瘠处的植物，来不及享受阳光和养分，早早便催得自己成熟了。

他小小年纪已经会老练地摸走别人的钱包，若无其事地顺走杂货店的东西，冷静地指挥一群小喽啰拦住低年级的同学要钱。

可就是这样一个劣迹斑斑的孩子却极少被人指责，或许人们实在没法将这些行为和那个安静俊秀、成绩优异、总是将学校的营养午餐偷偷留回家给妈妈吃的孩子联系到一起吧。

那么小的孩子，却已经让人看不清内里，就连她这个做妈妈的，时时也分不清楚到底哪一个才是真正的他。

这个孩子也有着非同一般的冷静与判断，她当年之所以鼓足勇气离开江国强，就是因为连成对她说："妈妈，如果我们再不走，总有一天会被他打死的。"

那时的他刚刚遭了江国强一顿丧心病狂的毒打，全身都是淤青，眼睛更是肿到睁不开，可是他却没有哭，只是看着她，牙关紧咬，眼神冷漠，口吻笃定，让她从犹豫不定蓦地下定决心。

在她终于带着孩子逃回故乡，再次偶遇穆健民之后，十二岁大的连成悄悄对她附耳："妈，你一定不能让这个男人走掉。"

他已经本能地察觉到这个衣冠楚楚的男人会是他们艰辛生活中的那根救命稻草。其实张淑琳自己并不抱什么希望，虽然穆健民的母亲已经不在了，可他们的事已经过去了那么多年，现在各自有了家庭，地位悬殊也更大，她怎么能指望当年那一点短暂的心动就能将这座金山牢牢拴在身边？

可是连成却说："妈，你一定可以，你现在越是可怜，他越放不下你。"

也许他不合年龄的老成与世故已经看出穆健民眼中的那点挂念，她虽然是他的妈妈，却总是不由自主地信服他的话。

于是她否认收了穆老太太的钱，将当年的离开描述成是被迫，被迫离开家乡，被迫匆匆嫁人，如今丈夫早亡，她又被迫独自拉扯孩子……

这些事说来梨花带雨、楚楚可怜，她虽然备受生活压迫，但精心打扮后风韵犹存，她是穆健民当年疯狂追逐的佳人，是他没得到的床前明月光、心口朱砂痣，再加上陡然得知"真相"后深深愧疚，他自然不可能无动于衷。

一开始只是正常的关心，然而这并不是她要的，在连成的提醒谋划下，她小心翼翼地收敛了身上的市侩气息，殚精竭虑地扮演着一株没有骨头的藤蔓，温柔、纤弱、隐忍，看似毫无危害，却一步一步、坚定不移地缠绕住身旁的大树，等到他惊觉时，已是她的囊中物。

当然，她能如此顺利，也有一部分原因是穆健民的婚姻本身就有问题。他的妻子谢馨雯是师大美术系的老师，端庄漂亮、才华横溢，却也有才女的清冷孤傲，她就如一尊古希腊的雕塑，只让人惊叹和欣赏，却少了世俗烟火的温暖味道。

而显然，穆健民甚至绝大多数男人更喜欢的却是女人的仰慕与依赖，于是最初的新鲜劲儿过去之后，他们夫妻的感情自然越来越淡。

然而穆健民也并没有想过离婚，直到张淑琳意外有孕。

穆健民迟迟不肯跟谢馨雯坦白，眼见她的肚子越来越大，连成便故意让谢馨雯知道了这事。谢馨雯果然找上门来，于是张淑琳便成了在他的妻子面前受尽委屈的可怜女人，如此终于撕破他们夫妻表面的和睦，引发多次的争吵和冷战。

后来张淑琳不慎小产，更是将这事全部推到了谢馨雯身上，穆健民心疼自责，终于承诺一定会娶她。她好不容易等到他们离了婚，以为马上就能飞上枝头，却不想谢馨雯居然从高楼上一跃而下。

张淑琳只见过那个清冷女子寥寥几面，却对她的骄傲印象深刻，对着自己这样插足她婚姻的第三者，她连骂都是不屑的，被诬陷也只说一句"清者自清"，不屑分辨，甚至签下离婚协议的那一刻也淡若清风，仿如无事。

在这样一层面孔之下，没有人能洞悉她的脆弱敏感、委屈愤怒，以及骤失丈夫与家庭的痛心和挫败，在多日的闭门不出之后，她细腻的情感不再是她涂抹画布的创作源泉，而成了压垮她精神的最后一根稻草。

谢馨雯死后，张淑琳也曾后悔害怕，然而比起这些更让她恐慌的是穆健民的自责，他承诺过的婚姻也遥遥无期，她和连成费尽心思走到这一步，就算已经身背孽债、手染鲜血也不能前功尽弃！

她开始绞尽脑汁讨好那个叫作穆铮的小孩子，他亲眼看到自己的妈妈从楼上跳下，受了刺激，眼神木呆呆的，许久都不曾开口说话，仿佛活在了另一个世界。她为他做吃的，亲妈一般将他搂在怀里，亲他、哄他，可是得不到任何回应。

她在穆健民面前百般作态，温柔又耐心，可是心里早已厌烦至极，趁着无人时骂那孩子："你怎么不跟你妈一起去死！"连成瞪她一眼，她自知失言，立刻闭嘴，可是低头看到那孩子的目光，清清冷冷仿佛透着寒意，让她猛然一惊，却又立刻安慰自己，这孩子什么都听不进去，这不过是自己的错觉罢了。

后来那孩子的病越发严重，总往那些犄角旮旯虫鼠出没的地方钻，她越发没了主意，这时连成便让她以退为进，以内疚为名主动离开放弃婚约。

她小产之后身体一直没有康复，柔柔弱弱更惹人怜，这样一番折腾果然让穆健民挂心，重新将注意力回到了她身上。她拿出耐心等一切平复，等所有反对的声音凋零，终于坐上穆太太这个梦寐以求的位置。

就算是这样连成也告诉她不能有丝毫的松懈，她是那个温柔贤惠的张淑琳，一直都是。这么多年过去，有时候连她自己都快忘了自己到底是个什么样的人——除了在他面前，连成，从前的江连成，现在的穆连成，她的儿子、同盟和主心骨。

而显然，他比她做得更好，除了迅速地变换成大家子弟该有的样子外，更重要的是，无论人前还是人后，甚至在她这个亲妈面前，他对穆铮那亲哥哥般的关爱都毫无破绽，若不是这一刻听他亲口说出，她真的以为他已经假戏真做，将穆铮当成自己的手足了。

她扫一眼他书架上形形色色的小玩意儿，不自禁地松了一口气："我还以为你真的被穆铮这些小恩小惠收买，要将自己辛苦守住的江山拱手让人了，幸好你还没那么傻。"

他顺着她的目光去看，牛奶杯在手上轻轻地摇晃着，漩涡浅浅，就如同他脸上浅浅的笑："你以为这些东西真是他送给我的吗？"

张淑琳略感惊讶："刚才你不是说……"

他再次按住那个 Zippo 打火机，那一次因为肖静文的事他叫穆铮来他的办公室，他无意间碰了这只打火机，穆铮随即就把这小玩意儿抛给了他——这书架上的每一样东西都有同样的经历——他碰过，穆铮无论多么喜欢也会立刻抛弃。

他从来温暖的笑也有了些冷漠的味道："准确地说，这不叫送，而叫遗弃——从小到大只要是我摸过的东西，他都不会再要。"

张淑琳先是讶然，随即愤愤："那你还留着这些东西干什么？"

他沉默，良久才轻哼一句："大概是为了提醒自己，他有多讨厌我吧。"

张淑琳不关心这些，她只担心眼下局势："谁管他这些烂东西，我只想知道现在这情形我们该怎么办，现在老头子的遗嘱这么一立，咱们娘俩这么多年的心血可都白费了！"

他从来都是冷静淡定的，这时也只微微一笑，慢条斯理地和她分析："管理公司阿铮一窍不通，如果股份在他名下我自有办法，所以他不足为惧，我担心的从来只有一个人。"

这些年来张淑琳多少知道一些公司的事，听他这样一说立刻明白了："你是说李碧姚？"

他眼神幽暗，面上的笑也有了几分寒意："是，李碧姚，碧姐，那个比狐狸还精明的女人，穆铮的保护伞。听说她当年落魄的时候是谢馨雯保她进公司的，她们是至交，所以她这些年才一直这么针对我。只要有她在一天，我在公司就处处受制，只能屈居人下。"

张淑琳义愤填膺："是呀，你当时升总经理的时候她也反对，提的好些方案她也不赞同，最气人的是老头子还偏偏信她的话，什么都听她一个外人的。"

他淡淡而笑："怎么会不听呢？那是他专门放在公司牵制我的，在他心里我始终才是外人。只要有李碧姚在，就算我能当总经理也无所谓，公司早晚还是他亲生儿子的。"

　　她越听越着急，怒道："没想到老头子还为那个逆子考虑得挺周到，他们既然有这样的算计，那你为什么不想办法把那个李碧姚赶出公司？"

　　他搂住她的肩，微笑："李碧姚不是一般人，这事急不得。"

　　她没有他那样的定力，画得又长又弯的眉毛紧紧纠在一起："只有你不急，我都快急死了。连成，我是无论任何也不要再过那种没钱的苦日子了。"

　　他将她的双手捧住。他的手温暖有力，很好地安抚了她的焦躁，而他的笑容更是让人不自禁地放松与信服："妈，放心，我不会再让你过那样的日子，你安心地做你的穆太太，其他的，让我来做。"

　　因为还有些文件要看，过完中秋节第二天一早肖静文便提前回了出租屋，等她忙完已经快中午，出去吃饭时看见穆铮的房门，她本不想和他有过多的牵连，前些天又因为言声雨的事情闹得不愉快，更加不想见面尴尬，然而想起穆连成的嘱托，她犹豫片刻，还是过去敲了敲房门。

　　她敲得很轻，大有敷衍一下的意思，几声过后并无人应，她松一口气，想他也不该是在这破房子里呆得住的人，正要转身离开，门"嘎哒"一声，竟然开了。

　　穆铮站在门口，满身烟气，略显疲惫，手上还有一根没燃完的烟，见是她，微微一愣，随即满脸嘲讽的笑，吸一口烟，吊儿郎当地问她："是咱们未来的副经理啊，怎么，放假不好好玩儿去，还有空到我这儿来浪费时间？"

　　她最见不得他这副样子，这时立刻就想转身离开，却想起穆连成说"我这个做大哥的不知道能为他做点什么，也只能托你照顾照顾他"，她心中一软，脚上便动弹不了，只得找个话题问他："你不是说这周搬家吗，看看你搬了没有。"

　　他皱着眉头："肖静文，你就这么想我搬吗？"

　　她给他留一点面子："有那么一点。"其实是非常想。

　　他却不给她留面子："那这一点也别想了，我偏不搬，气死你。"

　　她苦笑摇头，深觉穆连成说得对，他果然是小孩子脾气。而他却还未对她消气，眼睛瞪起来："笑什么笑，有什么好笑的，你到底有事没事，没事一边凉快去！"他说着便要关门。

她只得问他："吃饭没？"

他挑着眉毛："你请？"

"我请。"

"不去！"他傲娇回绝又去拉门。

她连忙道："我请你吃蛋糕。"

"你过节把脑子过傻了吧肖静文，我早说过我最讨厌吃的就是甜食。"

"我自己烤蛋糕请你，要不要吃？"她问得不那么确定，虽然穆连成说过他喜欢吃家里现烤的蛋糕，但她亲眼见识过他对甜食的厌恶，总觉得那应该是很遥远的事了，这时问出来，见他皱起眉目愣愣看了她半天才问出几个字："你自己烤给我吃？"

她点头，他又问："你会？"

她再硬着头皮点点头，有度娘在，就算不会也可以现学吧。

他不说话了，又愣愣看着她，她被看得心虚，只得摆手道："不吃就算了，那你忙，我先走了。"

她刚转身便被他拉住袖子，他抬起眼睛哼哼："看在你这么诚心的份上，我就遂你的愿让你请一次吧。"

肖静文把这个自找的麻烦领到家，趁着他东看西看的空隙赶紧百度用微波炉怎么做蛋糕，正在默记步骤，穆铮晃过来问："你家烤箱在哪儿？你用什么奶油做？做你上次画的那种小蛋糕吗？"

她被问得脸红，干笑两声道："奶油吃多了不好，咱们就不抹奶油了，你看现在也快到吃饭的点儿了，我们将就一点，就用鸡蛋调了面粉在微波炉里烤一烤吃吧。"

他瞟着她，一字一句："我不将就。"

她好声好气："可是我这里没有烤箱，也没准备奶油。"

"那就买啊，蛋糕模具有没有，裱花工具有没有，打蛋器呢？"

她听着便觉得头晕，而他已经推着她走出门去："走走走走，全部都去买，难得你请我吃一次，怎么也要做得像模像样啊。"

两个人跑了好几个地方才把东西买齐，穆铮兴致盎然，连不太必须的裱花台都买了一个，肖静文看着那一大堆的东西只觉头昏脑涨，深感后悔，唯有一遍一遍去想那个人的话，一遍一遍告诉自己他是那个人的弟弟才略觉平静。

两人到家时已过了午饭时间，他也不觉得饿，仿佛孩童得了新玩具一般兴奋，还自告奋勇去洗器皿，边洗边问她要做什么样的小蛋糕，催她先在纸上设计出来，就如同她曾经在那个笔记本上画的那样，她心虚回应道："不用画，我成竹在胸。"

他闻言略显失望，却因为马上要做出成品又高兴起来，点名道："那也成，你帮我做个小马的吧。"

他站在洗碗池边转过脸和她说话，脸上一直在笑，光线逆着照进来，他周身的轮廓仿佛融化在光影里，那笑更是明朗纯净，光芒四射，只让人怔怔看着移不开眼睛。她看呆了眼，往常这种情形他定要轻浮嘲笑她的，可是这一刻他似乎也忘记了，只记得笑，孩子般的模样。

她呆呆看了半晌才觉失态，连忙去打鸡蛋、筛面粉，按照网上说的方法调成面糊装入模具放烤箱，接着又马不停蹄地打发奶油，装裱花袋，她从没做过这些事情，虽然一样一样都是按照步骤来的，却也慌慌张张手忙脚乱，好几次还忙中出错，这个忘给了，那个放撒了，蛋液、面粉、奶油四处开花，小小厨房犹如战场般狼藉。

这会儿穆铮倒闲下来了，双手捧着下巴坐在饭厅的小桌子旁看她忙来忙去。他们住的楼层不高，窗外有不知名的树露一个头，还有枝桠从厨房的窗户边扫进来，那种宽大而光滑的叶子，每一片都反射着夺目的光亮，仿佛盛住了无数个小小的太阳，耀得那厨房中的景致有一种近乎不真实的光彩——他见过这样的光彩，在遥远的时光彼岸，在无数次的梦里。

他真疑心这一刻也是一场梦，梦醒后仍旧会是浩大的黑暗，他伸出手指狠狠在桌子上摩擦，那凉凉的触感终于让他有了一点真实感，他不自禁地微笑，眼前却又不自禁地模糊。

他呆呆地看着，手指仍旧在桌上涂抹，越来越快，越来越快，他的指头从来没有这样灵活顺畅，那些阻碍在他胸口的黑暗，那黏稠的血、爬满老鼠的角落、那个落雨的中秋的夜，他隔着玻璃看到那一家团圆的景象……那一切的一切，这一瞬间通通模糊了，唯一清晰的只有指尖摩擦桌面的酥麻微痛，其实他也不知道自己在涂抹什么，或许是那些乱七八糟的锅碗瓢盆，那个为他忙碌的纤细身影，又或许只是四周弥漫的蛋糕香，空中那些跳跃的金色光芒。

不知过了多久，烤箱"叮"的一声响，是蛋糕烤好的声音，穆铮这才回过神来，慌忙低头，手背在眼睛上狠狠一抹。

肖静文忙得自顾不暇，并没发觉他的异常，这时她套上手套将烤盘端了出来，她第一次做，没想到竟非常成功。这蛋糕烤得蓬松焦黄，面上有微微裂开的纹路，香甜气息扑鼻而来。她非常高兴，嘚瑟地看他："这蛋糕烤得怎么样？"

他深吸一口气平复了情绪才走过来闻一闻，对她竖起大拇指。

她小心翼翼地将蛋糕放上裱花台，开始用抹刀涂奶油，这工序简单，只需将奶油在蛋糕表面均匀涂抹即可，接着用裱花嘴做花纹，虽然歪歪扭扭但也勉强看得入眼。

这些都做完了她开始硬着头皮做他要的小马，这是个精巧活儿，她躬着腰全神贯注一笔一画，可那裱花袋拿在手里怎么也不听使唤，挤出的奶油不是多了就是歪了，竭尽全力好不容易做了个有身子有脑袋的家伙丑丑立着，她心虚地看他一眼，他和她大眼瞪小眼。

"你这个是……马？"

"是……是小马驹。"

他抓狂："肖静文，你好歹也是甜品公司的员工吧，不带这么忽悠人的，你这叫小马驹？这两个球堆在一起明明是猪好不好，叫你先画出来你不听，说什么胸有成竹，果然是胸有成'猪'，你这样的东西拿出去公司还要不要开了？"

"我又不是专门……"

"不要狡辩，身为公司员工，而且是企划部员工，各个职位都应该有所了解，可是你看看你——"

"那你来，我们企划部的副经理大人。"她直接将裱花袋递过去打断了他的长篇大论。

他一愣，随即头一扬："我来就我来。"

他调了绿色的奶油，表示要做些四叶草来烘托一下气氛，他本以为这事儿不难，可是裱花袋拿在手中却是和画笔截然不同的感觉，他左一笔，右一笔，出了一头汗才做了一棵，歪歪地在那"小马驹"前面立着。

肖静文左看看，右看看，掩着笑问他："你这叫四叶草？"

"不是四叶草那你说是什么？"

"我看像棵大白菜。"她故意撇嘴，"唉，身为公司领导，而且是企划部领导，不是各个职位都应该有所了解的吗，可是你看看你——"

事到如今他只能嘴硬："还不是因为你做了一只猪我才做的白菜。"说罢又气鼓鼓的，"这就是活生生的卖家秀和买家秀啊，明明说好是'乱花渐欲迷人眼，浅草才能没马蹄'的，结果拿到手的却是猪拱大白菜。"

"有的吃就不错了。"她笑他，"快去洗洗脸吃蛋糕吧，你看看你，不过就做了一大白菜，奶油弄得满脸都是。"

他伸手一摸果然摸到奶油，他也不去洗，只拿眼睛看着她，那嘴角翘着要笑不笑的痞样子，她心觉不妙，然而还没反应过来，他已以迅雷不及掩耳之势蘸了一手奶油往她脸上一抹，顿时将她也拉下河。

　　那家伙恶作剧得逗笑得前仰后合,她气得牙痒痒的,索性一不做二不休,端起那"猪拱大白菜"啪嗒扣到他脸上!

　　他立刻没了声音,半晌才从一脸奶油中睁开两只眼睛费力眨巴,那睫毛上都挑着一层奶油霜,她再也忍不住大笑起来,而他眨了半天眼睛,那五彩的脸上又咧开一张嘴,也跟着哈哈笑起来。

▶ 第十五章
签约风云
MINGMING　HENAINI

通常收假后第一天上班大家都懒洋洋打不起精神，可是这一次中秋假后的第一天企划部众人个个都是精神抖擞，原因无他，只因为今天那个国内最顶尖最神秘的天才画家言声雨要亲自来公司签约。

大家都对这号人物好奇得很，纷纷围在肖静文身边问长问短，因为早听刘玛丽说过那是一个年轻男人，女同事们自然关心他长什么模样，高不高，帅不帅。肖静文笑道："不高也不帅，走在人群里很普通，如果不是留着一头长发，真看不出来是搞艺术的。"

尹颖颇感失望："我还以为特别与众不同呢。"

肖静文笑她："你就是言情小说看多了，以为谁都是风流才子霸道总裁。"

大家都笑起来，尹颖不好意思地挠挠头。

苏姐又问："那你有没有问他的家庭背景，过去有什么样的故事，为什么不愿出现在公众视线里？"

肖静文笑："我又不是去采访他的，而且他的话非常少，可以说是惜言如金，根本问不出什么来。"

"大概这些艺术家或多或少都有些怪癖吧。"杜淼淼笑着说了那一句又看似漫不经心地问："不过话说回来静文，谁都没有见过这个言声雨，你怎么知道和你谈合约的人就一定是他？"

"他有一个专门合作的画廊，玛丽姐就是从这个画廊老板那里问出他的工作室地址找到他的。"

杜淼淼没有再说话了，刚好这时沈长生从外面进来，一进办公室就兴奋地嚷嚷："重磅消息！我刚刚听说公司高层已经开过会了，今天签约成功后立刻就会宣布新上任的副经理人选，静文，你可要准备请客了。"

这句话又让办公室里炸开了锅，众人纷纷恭喜肖静文，她自己却并不这样乐观，连忙道："其实大家都知道，这次是玛丽姐先联系到言声雨的，如果没有她，这个方案不可能谈成，我不过捡了个现成便宜罢了，而且她的资历也摆在那里，所以公司应该会考虑这些，升的那个人应该是玛丽姐才对。"

"听说关于这个上面也争论了好久，总经理就认为应该升玛丽姐。"沈长生继续和大家分享听来的小道消息，"可是碧姐反对，她说谁谈下来就该升谁，最后还是总经理让了步。"

"静文你也是运气好，如果总经理坚持，升职的多半还是刘玛丽。"苏姐笑道，"碧姐打压总经理也不是一次两次了，以前她手上有穆铮这张王牌，可是现在随着那一位出局，董事们大多都站在总经理这边了。"

"那也不一定。"办公室的另一位老资历刘哥摇头，"碧姐是公司元老，她跟董事长说的话比总经理这个儿子都管用，总经理怎么也要敬她几分。"

"我以前还觉得总经理挺好的，可是他怎么能因为刘玛丽巴结了他几天就想升她的职？"尹颖快人快语嘟嘴埋怨，"难不成他还在记恨你上次出差的时候顶撞了他？这也太小心眼了吧。"

众人七嘴八舌，却突然听沈长生示警似的喊了一声："玛丽姐，你回来上班了？"

大家一看刘玛丽果然站在门口，她这几天一直休病假，今天突然回来上班谁也没料到，也不知道她将刚才那些话听了多少，所有人一时都不做声，气氛有点尴尬，倒是刘玛丽神色坦然，径直走到肖静文身边握住她的手，脸上是从未有过的诚挚的笑："静文，你升职的事我听说了，恭喜你。"

她如此反应只让众人一愣，肖静文也不习惯，连忙说："玛丽姐，这只是大家在乱猜，上面还没正式通知呢，而且这件事你才是最大的功臣……"

"你别谦虚了静文，这合约确实是你谈下来的，上面要升肯定是升你。"刘玛丽打断她，幽幽地叹一口气，"说实话，我是很想升职，可是谁叫我在关键时刻身体不争气呢，真是人算不如天算，没办法，我都认了，还希望你大人有大量，当了副经理以后不要计较我从前那些糊涂事才好。"

"原来知道自己升职无望这才来放低身段啊，难怪！"尹颖不屑地哼哼，"只是早知今日，何必当初！"

肖静文拉一下她的袖子才向刘玛丽道："玛丽姐你别这么说，我们都是一个部门的，以后好好合作，而且如果这一次我真的侥幸升职也全是仰仗你。"

刘玛丽这才笑了："我就知道你心胸宽广，那我先恭喜你了静文。"她说了这几句话便回了自己位置。

尹颖愤愤不平："以前处处都欺负你，现在知道你要升职了又来巴结，真是见风使舵，我就不吃她这一套，静文，等你当了副经理也把她指使得团团转。"

办公室的其他人也低声附和，仿佛为了掩饰尴尬，刘玛丽坐回自己办公桌拿出小镜子开始补妆，杜淼淼眼尖地注意到镜中那一双桃花眼狐狸般地眯了起来，含着狡黠的笑。

大家热闹了一阵便投入到接下来的签约仪式上去了，因为言声雨要来，高层方面也罕见地派出了穆连成和李碧姚两位一起出席，由此可见重视之程度。

所有相关人员早早到了会议室准备，然而到了约定时间却并不见那位大牌画家露脸，因为他的名气太大，所有人都觉得即便他姗姗来迟也是意料之中，是以都拿出耐性恭候着，可是半个小时过去还是毫无动静。

张耀林率先坐不住了，悄悄拉了肖静文到会议室外面问她："怎么回事，不是说好十点钟签约的吗，现在十点半了还不见人影，你给那边打电话问问到底什么情况。"

"我已经打过好几次了，他一直没接。"她蹙眉道，"不知道是不是在路上耽搁了。"

张耀林急道："那就一直打，打到他接为止。你联系的人，难不成让总经理和碧姐就这么一直等着？肖静文我可提醒你，这关系到公司未来一整年的宣传营销计划，你可千万别像上一次骆平那样，在这节骨眼儿上给我摆乌龙！"

"他签过合作意向书，应该不会的。"她又去拨言声雨的电话，可是依然无人接听。

张耀林急得跺脚："这到底是什么情况？你到底是怎么跟他谈的？"

"签合作意向书的时候张经理不是也去了吗，说好了今天正式签约，意向书上也有注明，而且我昨天还专门跟他确认过……"

"你别扯上我，我就签意向书的时候见过他那么几分钟，其他的全是你一个人跟他谈的。"张耀林连忙撇清关系，他来回转了几圈，又催着肖静文打了几个电话，那边还是没有半点回应。他无计可施，只能又指指点点去骂她，"别怪我没提醒你肖静文，如果今天他不来，你没法跟总经理和碧姐解释！"

她往后退了一步，可那只手还是不放过她，又跟着逼了过来："现在到底怎么办，你别呆着不吭声！"

那手指眼见要点到她的鼻梁上，这时却有人影一闪，蓦地挡在她面前："你有话好好说，凶她干吗？"

张耀林定睛一看竟是穆铮那闲人，他牙齿咬得更响："我凶她？我恨不得吃了她，如果今天言声雨不来签约就是严重渎职，我也会被她害死！"

"你身为她的上司，这个时候不想着怎么解决问题，却只想着骂人和逃避责任，到底是谁在渎职？"

张耀林哪里还会在乎如今的穆铮，况且又在气头上，他也口气不善：

"穆铮你瞎掺和什么，你以为现在还是以前，你想袒护谁就没人敢吱声吗，这没你什么事，别在这儿自找麻烦！"

穆铮学着张耀林的样子也将手指点到他脸上去："谁说没我什么事，肖静文的事就是我的事！"

张耀林冷笑："你有本事帮她去把言声雨找来？"

他还要再说，肖静文连忙把他的手拉回来向他摇头，再向张耀林道："张经理你别和他一般见识。我现在马上去言声雨的工作室找他，看看到底什么情况。"

她正要走，这时却有高跟鞋的声音噔噔响过来，伴着刘玛丽的慵懒嗓音："不用去了，言声雨刚刚才给我打过电话，说他不会和我们签约了。"

肖静文不相信自己的耳朵："玛丽姐你说什么？"

穆铮冷眼看着刘玛丽，她也不在意，只带着一点隐秘的笑，一字一句说得清清楚楚："我说言声雨和骆平一样临时改变了主意，现在拒绝和我们签约。"

这时刚好苏姐从会议室里出来,那隔音的大门一开,这句话清清楚楚地传进了办公室。穆连成和李碧姚对视一眼,不约而同地走了出来。

李碧姚沉声问："到底怎么回事？"

刘玛丽越众而上，朗声道："我也不知道静文到底是怎么和人家谈的，他刚刚突然打电话给我，说合同里的很多内容和她最开始承诺的不一样，而且静文的态度也让他不满意，所以他现在不同意和我们签约。"

肖静文连忙反驳："不可能，合同里的所有内容我都跟他确认过，他当时并没有提出异议。"

"幸好我录了音。"刘玛丽拿出手机将他们的通话内容放出来，电话那头的男声果然在说：

"刘小姐很对不起，我仔细地看过合同，上面说要按照你们甜品的风格来设计包装图案，可是你们公司的那位肖静文小姐最初跟我谈的时候却明确表示过可以任由我发挥，我画画不喜欢受约束，更不喜欢这种欺骗的行为，所以很遗憾，我不能和你们签约。"

电话里的刘玛丽也在极力挽回："言先生我不知道有这样的事，那我们可以重新做合约……"

"我本来就不喜欢这种商业活动，当初之所以会同意也是被刘小姐你的诚意打动，可是你们处事方式太让我失望，我现在正忙我的新画，没有多余的精力来纠结这些事情，所以抱歉，我不会再接受你们的邀约。"

录音到这里就完了，刘玛丽收起电话，眼中闪过一丝笑意，却迅速地掩藏了，只拍着肖静文的肩膀一副语重心长的样子："静文，我知道你很想签成言声雨的合同，可我们是大公司，怎么能用这种欺骗的手段，签不成这个合约不说，传出去公司的声誉也会受损啊。"

众人的脸色都是铁青，穆连成向来在人前避讳和肖静文的关系，可是这时也忍不住用眼神询问她到底怎么回事。她只懵懂摇头，对所有人，也对他解释："我从来没有说过可以任他随意发挥的话。"

可这一句解释实在苍白无力，所有人都看着她，没有一个人说话，只是那样冷冷看着。

她欲辩无言，好似站在了冰雪中、泥沼里，只觉得冷，只觉得沉沉地往下坠，也许她真的要倒下去了。

可是突然一只手紧紧握住了她的手，那样温暖而有力的支撑，陡然给了她力气，她转头一看，正看到穆铮那双明亮如星辰般的眼睛。

她本能地缩了一下，可他并没有放手，反而抓得更紧。

他根本不看周遭的这些人，只向她笑一笑："我知道你没说那样的话，我也知道你有多努力，我想言声雨也能够感觉到，所以你别放弃，再等一等，也许他会回心转意也说不定。"

刘玛丽故意叹道："穆经理你也太天真了，人家刚刚已经说得那么明白……"

"刘玛丽你闭嘴，你自己做过什么你心里有数。"穆铮丝毫不给她留面子。

当着穆连成和李碧姚的面，刘玛丽不好说什么，只拿出一副小媳妇的样子委屈地说道："是，我知道这一次我也不对，不应该在这种关键时刻病倒，而且静文一直是我在带，我应该及时制止她这种急功近利的做事方式。我会亲自去跟言先生道歉，就算不能再请到他，也希望能最大程度挽回公司声誉……"

她一个人演得活灵活现，却有声音陡然响起打断了她的话："对不起我来晚了，签约仪式已经结束了吗？"

众人转头看过去，一个五十来岁的矮胖男人正站在走廊上眯起眼睛笑着，他鼻梁上架一副厚厚的眼镜，头上是典型的地中海，虽然其貌不扬，倒也西装领带穿得正式。

肖静文一愣："汤哥？"

那人朝肖静文眨眨眼睛，然后朗声自我介绍："大家好，我叫汤士程，南风画廊的老板、言声雨的经纪人，今天代表言先生过来签约。"

此话一出只让众人面面相觑，刘玛丽更是连眼睛都瞪直了，结结巴巴道："汤先生，你、你弄错了吧，言声雨怎么可能、怎么可能会同意签约？"自她从汤士程这拿到言声雨的工作室地址后一直积极联系他，可他从来没在那里出现过。她也只从邻居口中得知工作室主人是个年轻男人，却从来没见到过本人，连他是圆是扁都不知道，更别说谈什么签约合作了。

她怕自己承担责任，便找了个人假冒言声雨和肖静文谈，想着反正没人见过他，谁也无从查证吧。她以为一切顺利，却不想这汤士程突然冒出来说要代表言声雨签约，这不见鬼了吗？

老汤扬声答道："确实是言声雨亲自委托我代替他来签约，我怎么可能弄错？"

"这怎么可能？"刘玛丽已经完全糊涂了，其他人也面面相觑。

穆连成问道："汤先生，可是刚刚言声雨先生他打过电话说不会再和我们签约了……"

"那是他开玩笑的。"老汤打断他的话，看了穆铮一眼，笑道，"你们不知道，他这个人脾气跟小孩似的，最喜欢和别人恶作剧。"

众人恍然大悟，张耀林连忙讨好地笑："原来是这样，言先生他还真是童心未泯，上次签合作意向书的时候我就觉得他谈吐不凡与众不同，不愧是当代画坛最顶尖的艺术家啊！"

穆铮忍不住噗笑："张经理，你不就见过他短短几分钟，其他全是肖静文一个人谈的吗，这就能看出他谈吐不凡与众不同了？"

张耀林讪笑，不自在地搓搓手："是是，这一次全是肖静文的功劳。"

老汤也看向了肖静文，脸上带着诚挚的笑："没错，这一次多亏了肖小姐，连我都没想到言声雨会答应和贵公司签约，我一度认为他的画风不可能做出你们期望的改变，但因为肖小姐的执着和努力，他竟然破天荒地愿意尝试，其实从某种程度上来说我也要谢谢你肖小姐，谢谢你让他直面过去，谢谢你让他尝试改变自己，谢谢你……"

老汤正抒情，穆铮低头咳嗽一声，他这才意犹未尽地打住。

而这番话却让肖静文受宠若惊，她忙道："您太抬举我了，其实我只是做了分内的事而已，而且率先和言先生洽谈的是刘玛丽小姐。"

老汤转头看了看刘玛丽，没有说话，还是看着肖静文道："总而言之，我要代言声雨跟你说声谢谢。"

刘玛丽狠狠咬牙，脸上青白交错。穆连成看了肖静文一眼，目露嘉许，而向来严肃的李碧姚此刻脸色也十分和煦，她微笑道："那汤先生我们抓紧时间，到会议室商讨一下合约吧。"

一行人鱼贯进入会议室，隔音的大门关上了，里面再也没有半分声音传出来，刘玛丽这才如梦初醒，连忙拿出手机拨号码，随后又躲到窗边小声骂："到底怎么回事，你怎么跟肖静文说的……不是你在跟她谈吗……现在真的言声雨突然冒出来说要签约……不知道啊，我从来没见过他……我完全不知道现在是什么情况，真是活见鬼了……"

刘玛丽咬牙切齿摇头跺脚，穆铮却心情大好，吹着口哨从她面前大摇大摆地走了过去。

折腾这么久，总算顺利签下言声雨这个重要合约，人人都显得轻松。

将汤士程送到门口后，穆连成和李碧姚并肩往回走。

穆连成微笑道："这次签约顺利，企划部那个叫肖静文的确实表现很好，还是碧姐有眼光，挑出了最有能力的人委以重任。"

李碧姚脸上只有敷衍淡笑："总经理过奖了，其实你推荐的刘玛丽也很优秀，只是我总觉得这姑娘妖妖调调，眼神不正。"

她看着他，脸上的笑纹突然更深了，那仿佛一刀一刀刻出来的纹路，即便是笑也教人觉得严肃压迫。

"不过呢我是老人老眼光，经常也识人不明，有些人外表看起来不着调，其实最是靠得住；也还有一些人嘴上仁义道德、外表衣冠楚楚，其实却是心怀鬼胎、人模狗样，真的不好分呢。"

穆连成还是保持着那般得体的微笑，眉脚都未曾动一动，他点头附和，与任何一个谦虚晚辈聆听长辈教诲时的样子毫无二致。

"碧姐说的是，我在这方面也多有欠缺，以后还要多向您学习。"

"那些董事们最近和你热络得很，总经理如此春风得意，哪还用得着向我学习？"

"碧姐说笑了，我所做的一切也都是为公司而已。爸爸身体不好，又要担心阿铮，我不想公司再有什么情况去烦他。"他低眉敛目，很是恭敬，"不过我历练尚浅，有时候做事难免失了分寸，如果有什么没做对的地方还请碧姐指正。"

他的样子挑不出丝毫的错来，李碧姚却不接他的话，只从鼻子里哼了一声："总经理真是孝子啊。"

这时恰好快走到企划部的办公室门口，她便道："正好，我去瞧瞧阿铮，就不陪总经理你聊了。"

李碧姚看也不看他，这句话说完径直走向了穆铮的办公室，长长的走廊上只有她矮小却坚毅的身影铿锵而行。穆连成站在原地看着，眼中的谦卑恭敬褪去了，只有一片幽暗如深井寒潭。

李碧姚敲门走进穆铮办公室，他没想到她今天还有空来，刚要笑出来，却又皱眉道："碧姨，你难得来我这儿，看到我不高兴吗，干吗耷拉个苦瓜脸？"

李碧姚看到他便撑不出要笑，这时却故意板起脸横一眼："看到你为什么要高兴？"

"我帅啊！"他走过去挽住她，"而且我爱你嘛。"

"油嘴滑舌！你会爱我这个老婆子？"她笑，故意问他，"那你们部门那个肖静文怎么办？"

他装傻："什么怎么办？我们两个可什么关系也没有。"

她打他一下："你少跟我装，今天当着那么多人的面你来这一出，碧姨可看得清清楚楚。"

"这有什么呀。"他拉她在沙发上坐下来，"我以前不也常这样嘛，对那个谁，还有那个谁谁不都这样嘛。"

"你往常是故意使坏，这一次可不一样，碧姨人老了眼睛可亮着。"她含着关切的笑望着他，"对了，你上次说要带给我看的那个结婚对象不会就是她吧？"

他狡猾地反问："如果是她，碧姨觉得怎么样？"

她回想几次见面对这个肖静文的印象，直言："看着挺不错的姑娘。"

他立刻得意起来："很不错吧，我就知道你会这样说，她真的很好。"

"只见过你走马灯似的换女朋友，还没听你说过哪个姑娘不错，看来这一回你是认真的了。"她看着他眼中难得的光彩，不由自主也跟着笑起来，打趣他，"不过我看那肖静文对你好像没什么意思啊，你恐怕还要加把劲才行！"

"她是工作狂，眼睛里只有工作，一门心思想做出点成绩来。"提到肖静文他的语气便带着掩饰不住的笑意，"虽然现在她眼睛里还没我，不过我会努力，总有一天我会让她接受我的。"

李碧姚给他打气："那当然，我们阿铮这么帅，哪有女孩子逃得过你的五指山？"她说着说着心中感慨，伸手揉了揉他的头，"你总算遇到了这么一个人，真好！"

他翻白眼："碧姨，你又在揉小狗了。"

她"扑哧"一笑，顺势打他一下："就知道贫嘴。"

两个人都笑，李碧姚这时却突然想到一事，话锋一转："不过……我听说有一段时间这个肖静文跟穆连成似乎走得挺近的……"

提到这一茬，他便想起自己曾经的不靠谱，也想起那时肖静文对他的深恶痛绝，不好意思地挠挠头："他们没什么特别关系，那都是我给闹的，而且听说有一次出差的时候她得罪了我那大哥，后来就挺不受待见的。"

李碧姚听到这里却摇头："那穆连成喜怒不形于色，如果他真的不待见谁，又怎么会闹得尽人皆知？"

看着她独自沉思的样子，穆铮苦笑："碧姨，你又在担心什么？"

"知道你会说我杞人忧天，穆连成救过你的命，差点为你失去了腿，虽然你讨厌他们母子，可打心底里却一直认为他是个好人，但是我却从不这样认为。"她缓缓地说，神情凝重，"这个人绝不简单，我只怕他野心大着呢。"

"我爸已经不认我这个儿子了，家里将来什么都是留给他的，他用不着有什么野心吧。"

李碧姚只微微摇头，嘴角有一点笃定的笑："你爸不会的。"

"就算他真的留点什么给我我也不会要，如果不是这些身外物，也许就不会有人来破坏这个家，我们……也不会弄成今天这个样子。"说到这些事他的语气不自觉地带了几分厌恶冷漠，"所以我不管穆连成他有没有什么野心，如果他想要这些东西就通通拿去吧，反正我都不在乎。"

知道他又想起了从前那些伤痛，李碧姚没有再说话，只拍了拍他，带着安慰的力量。

他意识到自己的失态，深深吸了一口气，报以她灿烂的笑容示意她别担心。她注视着这个看似阳光的大男孩，注视着这个她看着从小长大的孩子，这一刻心中的信念异常坚定："阿铮，碧姨知道你善良，也知道你不在乎那些身外之物，可是我却不能看着别人鸠占鹊巢霸占你的一切而坐视不理。你放心，只要碧姨还在这里，一定不会让谁再来算计你！"

随着言声雨合约的顺利签订，肖静文升任企划部副经理的事也终于尘埃落定，她进公司不到一年便升到这个位置，可是说是史无前例，大家都来恭喜她，也起哄要她请客，于是当天办公室一大群人下了班便一起去吃饭唱歌。

刘玛丽哪里有心情，只称身体还没完全好，早早便灰溜溜地走了，张耀林因为骂了肖静文有点拉不下脸，说家里有事也没去，于是大家再也没有拘束，吃饭的时候还好，唱歌的时候简直要闹翻天了。

肖静文被吵得耳朵疼，拿着电话躲到包间外面喘口气，她之所以拿着电话，到底还是想在这个时候听一听那个人的声音，她翻到他的名字正要拨出去，他却正好心有灵犀地打了过来，她惊喜异常，连忙接起来，他在那边说："静文，恭喜你，这一次你做得很好。"

"谢谢。"她咬着嘴唇，本来那么想跟他说一说话，可是真到了这个时候又不知道该说什么。

沉默了半天，她才想起一件正事："其实我这一次能升职真的要谢谢你，如果不是你故意说要升刘玛丽，碧姐那边肯定不会这么顺利。"

"没办法，我跟碧姐有点误会，要她点头只能欲擒故纵，总之你记住我上次跟你说的，碧姐看着阿铮长大，和阿铮走近一点对你以后有帮助的。"他顿一顿，似乎又带了一点笑意，"不过从今天的情况看，阿铮应该很愿意再帮你更上一层楼吧。"

她想到今天在众目睽睽下穆铮紧紧牵住她手的那一幕，不由得脸上一红，小声说道："你知道他小孩子脾气，做事也不经考虑，我都不知道他会突然那么做。"

他在那边笑："你既然都说他小孩子脾气，那还在意那么多干什么？"

听他是这样轻松的口气，她心里也一松。他继续说道："成大事者不拘小节，我知道你理想远大，一个副经理不会让你满足，所以你一定要利用好身边的资源，争取走到更远的地方去。"

她迟疑着问出口："更远的地方……是什么地方？"

那边沉默片刻这才说道："你就把李碧姚的身边，暂时当作那个更远的地方吧。"

"你希望我走到碧姐的身边去？"

"不仅仅是这样，"他停顿，似在斟酌用词，最后说道，"我希望有一天你能成为第二个李碧姚。"

她蓦地一震，心中隐约有了些预感，正要说话，一个声音却突然在耳边爆炸："你躲这儿跟谁打电话呢，大家都找你呢。"

她吓一跳，立刻挂断电话。穆铮见她神色慌张好奇心大起，伸手去抢她的电话："你到底和谁说话呢，做贼似的，让我看看。"

她连忙躲开他的魔手，故作镇定："和一个普通朋友随便聊聊。"

"你骗谁呢，给我看看，不会是你那位'长腿叔叔'吧？"他不依不饶，手像八爪鱼似的又粘过来。

她被他说得心里一慌，一不留神手机已经被他抽走。

她皱眉："别闹了快还我，你拿到了又怎么样，又不知道怎么解锁。"

他一脸坏笑："以前看你解锁，我好像一不小心记住了。"

她这才真正急起来，慌忙去抢。他故意使坏，手举到天上去，她怎么也够不着，只得攥着他的手臂又拉又跳，两个人难分难解扭到墙角。

她只顾抢手机，却突然听他笑道："好了肖静文，你再这么奋不顾身就要走光了。"

　　她低头一看，这才发现自己衬衣的两颗纽扣不知什么时候挣开了，他正戏谑瞅着，她脸上蓦地烧了一把火，慌忙退开几步掩住衣襟，而他还撇嘴道："捂什么呀，我如果真的想看就不会提醒你了，况且你也没什么可看的。"

　　她气急："穆铮，你正经点好不好！"

　　"好哇，我正经点，我正有事要正经跟你说呢。"他听到这一句更加来了精神，也顾不得那手机了，只端正了眉目望着她，果然认认真真地说，"肖静文，你做我女朋友吧。"

　　他说得倒一本正经，她看着却又好气又好笑："手机还我，别乱开玩笑。"

　　他连忙拍胸脯："我没开玩笑啊，我很认真的。"

　　"你抢了我手机然后说这种话，这也叫很认真？"

　　他连忙把手机递给她："我还你总成了吧，现在呢，Yes 还是 No？"

　　她接过来就往包间走："No！"

　　"肖静文你不厚道，我都把手机还你了。"他跳着脚在后面追，"你是不是觉得我这样说不够正式呀，那等下我再唱首歌来表白怎么样？"

　　"你别闹了。"她径直走回包间。

　　这时正要轮到沈长生唱歌，他一见肖静文眼睛一亮，忙说道："静文你回来得正好，咱们一起来唱这首《情非得已》吧。"

　　她还没答话，穆铮那家伙已经走过去一把夺过了话筒："唱什么唱，下去下去，我先唱。"

　　沈长生一脸不情愿："可是现在该我唱了。"

　　"你说了算还是我说了算啊？"穆铮欺负沈长生欺负得惯了，这时又拿出架子来压人，他好歹还是个上司，沈长生只得不情不愿地走下来。

　　而那霸王又开始去支使别人了："尹颖，切到我刚才点的歌，那个灯光配合一下，光打到我身上来，大家也配合一下安静点。"

　　等他吩咐完那歌的前奏也响起了，便见包间的小舞台上昏暗朦胧，唯有一束亮光照住了竖立的话筒支架，他就站在那支架旁向着肖静文笑："静文，接下来的这首歌送给你。"

他一改刚才的霸王样子开始放电，脸上深情款款，眼中笑意温柔，再加上那本来的明星脸、大长腿，这小小的舞台瞬间光芒万丈。

尹颖看呆了眼，花痴道："好像明星开演唱会啊，看来穆经理知道挡不住静文升职的脚步，现在打算另辟蹊径，要让她拜倒在自己的西装裤下啊。"

肖静文打她一下："别胡说，你又不是不知道他什么脾气，也跟着他一起胡闹吗？"

这时没人理她说的这句话，穆铮认认真真地耍帅，大家都有点被这演唱会似的感觉给电到了，就连刚刚气鼓鼓的沈长生都看得目不转睛。

这时前奏已完，他似模似样拿起话筒开口而唱：

想看你笑，想和你闹，想拥你入我怀抱，

上一秒红着脸在争吵，下一秒转身就能和好，

不怕你哭，不怕你叫，因为你是我的骄傲，

一双眼睛追着你乱跑，

一颗心早已准备好……

不过唱了几句，众人那陶醉的表情纷纷扭曲了，大家面面相觑，杜淼淼皱眉："这唱的什么呀，根本就不在调上。"

尹颖的表情更是崩溃："不在调上？这还有调吗，调已经全跑了。"

就连向来稳重的刘哥苏姐都大力摇头。穆铮脸上挂不住，辩道："虽然我唱得一般，但我是走心的好不好，你们会不会欣赏？"

沈长生总算逮到机会报复，声音比谁都大："你还是别走心了，走人吧！尹颖，魔音穿脑，快给原唱啊。"

尹颖跟着起哄："确实是魔音穿脑啊，看来刚刚我说错了，穆经理你不是要静文拜倒在你的西装裤下，你这是换了种方式在报复她啊。"

肖静文点点头，也笑倒在沙发上："尹颖，你总算知道真相了。"

底下的人全部笑作一堆，穆铮本来逮着最夸张的沈长生要骂的，却撑不住也笑了起来。他这一笑大家更没个样子了，那"哈哈哈哈"的声音在每一个角落肆意回荡。

笑声闹声中，他忍不住再次打量这些人——这些他浑浑噩噩共事了好几年的同事、这些从前他甚至都没看清过眉目的同事，直到此刻他才发现这一张张面孔是如此亲切可爱。

曾经他终日在浮华锦绣中厮混，周围是莺声燕语热闹繁华，可即使是这样他也沾染不上那些人间气息，只是一缕出窍的魂，一具悄然腐烂的行尸走肉。他曾经以为也许一生都要这样过去了，可是却还有这样的一刻——他终于切实地感受到这些平凡的喜怒哀乐，终于能够发自肺腑地大笑，和这些可爱的同伴一起，笑到缺氧，笑到流泪。

他的目光不断在他们身上穿梭，最后定格在肖静文身上——这些人中间的她，他等了那么久才遇到的她，眉目弯弯，容颜如画，仿佛是云翳间的一抹阳光，历经了无休无止的寒冷黑夜，终于出现在他眼前，终于照在他身上，终于带来了回魂的气息。

四周有一瞬间的寂静，他怔怔看着，怔怔笑着，心中温暖，宛如重生。

▶ 第十六章
误入圈套
MINGMING HENAINI

　　企划部副经理之争落下帷幕，众人各司其职，终于又平静了一段时间。

　　肖静文新官上任，不再是从前人人都可以拿捏的软柿子，不光刘玛丽消停了不少，连张耀林也要给她几分面子。

　　而随着升职，肖静文跟李碧姚的接触也多了起来，一是因为在有些高级会议上能见到，另外一层大约因为毕竟是她提拔了她，有些时候私下里也要多问几句。肖静文踏实肯干学东西快，处事又细致稳妥，自然得李碧姚赏识，后来企划部很多方案李碧姚越过张耀林也要找她到办公室问一问，大有栽培她的意思。

　　肖静文得到碧姐的赏识，对张耀林等人自然大有威胁，但是因为赏识她的那个人是李碧姚，中间又有了微妙的区别。随着穆铮的失势，李碧姚再强悍也是日薄西山，哪里比得上风头正劲的穆连成？是以肖静文作为新崛起的李碧姚一派，很多人对其只是表面客气，心里并未将她当成多大回事。

　　只是谁也未曾想到，他们削尖了脑袋想要去巴结的穆连成会在某个时候和李碧姚一手提拔起来的人共进晚餐。

　　自从肖静文进了公司，为了避嫌，除了在员工餐厅坐过一张桌子外他们还从来没有一起吃过饭，而穆连成会主动邀请她她也大感意外，毕竟他说过不希望任何人知道他们的关系，但无论如何能有这样的机会还是让她欣喜异常。

他们吃的是西餐，餐厅里灯光昏暗，他们又是靠角落很隐蔽的位置，并不担心会被人看见。

他一直绅士而体贴，点的每一道菜品都细细询问了她的口味，他见她一直吃着沙拉里的芦荟，便微笑着将自己的那一碟也推到她面前。

这样的动作突然就让她想起了从前，她还在学校的时候，他偶尔来看她，他们一起吃饭，她喜欢吃什么他便轻轻将碗碟推到她面前，微笑着看她吃完——她不说话，埋着头继续在他的碟子里找芦荟吃，本来她甚少到这些高端场所，一直都有些拘谨的，可是这一刻却又觉得一切是那样自然而熟悉，蓦地让人放松下来。

他们漫无目的地聊了很多，有以前的事，有公司的趣闻，当然还有那个绕不过去的穆铮。一直到这一餐快吃完，他才笑着问她："怎样？现在在碧姐身边能学到很多东西吧？"

她点头："当然，碧姐是出了名的商界女强人，跟在她身边想不学东西都难呢。"

他喝一口酒，眼里仍是笑吟吟的："那你觉得她这个人怎么样？"

她想了一想，回答："她很针对你。"

其实这是全公司都知道的事，只是以往是听别人说，现在在李碧姚身边来往了一段时间，她却是亲眼目睹了碧姐对穆连成的敌意——碧姐手握公司财政大权，对总经理室的财务预算多有打压，在公司决策方面她也格外挑剔总经理那边提出的方案，若不是有多名董事力荐，他有两个合作项目到现在都还不能实施。

董事长身体不好，很久前就不再过问公司的事，全权交给李碧姚和穆连成打理，虽然公司的人一直在传公司迟早都是穆连成的，现在也有很多人闻风而动围在他身边打转，但只有接近权力核心的少数几个人才知道，他要越过李碧姚其实并没有那么简单。

　　她说得一针见血，穆连成靠在椅背上，酒杯在手上摇晃着，眼睛却看着她，笑容有些无奈："是，所以我很头疼。"

　　他没有多说什么，可是看向她的眼神却是笃定。

　　是，他无需多说，她本就是他一手教出来的，从行事作风到为人处世，她感激他这么多年在她身上倾注的心血，甚至心里还对他藏着说不出口的异样情愫。

　　但她一直是清醒而自知的，她知道他的理想和抱负，也知道他这样栽培她总会将她放在一个合适的位置上，成就他的同时也成就她自己。

　　从他说希望她走到李碧姚身边去的那一刻她已经猜到他的用意，这时听他说出这句话更是心如明镜，她亦没有多说，只是点头："我知道了。"

　　她说得镇定，但那镇定并不是多有底气。他微微一笑，低沉而缓慢的声音仿佛暗夜中透窗而来的风："静文，如果你想走到高处去就一定要明白，站到顶峰的人都是脚踩着对手才能走到那里去的。商场如战场，不主动出击只有坐以待毙，人在其中形势所逼，进退从来不由心。"

　　知道她想要爬到高处的壮志雄心，也知道她始终会站在自己身后，但穆连成同样也清楚她那不够狠厉的性格，这样的性格也许并不适合职场上的明争暗斗，但好在她一直都是好学生，稍加点拨，进步神速。

　　当初钟勇强事件中她还不忍心设计钟伯一个人孤零零站到台上的环节，可是到了骆平合约泄密，她已经能将一同入职关系亲近的罗劲一把揪出来，那时他就知道自己不会看错人。

　　她一时沉默，似在细细思量他的话，半晌后才说："你放心，我知道该做什么，不会感情用事。"一字一句，干脆利落。

　　他笑起来："碧姐这个人不简单，但我相信你一定不会让我失望。"他微微倾身，手中的酒杯铮地碰住她的，杯中一片波影摇晃，"干杯，敬未来成功的你！"

那个晚餐吃完回家的时候已经快九点了，肖静文租住的小区老旧，很多路灯都罢了工，她正开着手机小心辨路，突然一个幽怨的声音自背后响起："肖静文你怎么才回来呀，我都快冻成冰棍了！"

她吓得差点把手机给掉下去，连吸了好几口气才转头怒喝那幽灵一样的家伙："穆铮你神经病啊，黑漆漆的怎么躲在这里吓人？"

他吸了吸鼻子，拖着浓浓的鼻音："谁躲这儿吓人啦，我是在这里等你回来好不好！"

已是冬日时节，气温本就在低位，早晚更是霜雾蒙蒙，寒气深重，借着手机的一点亮光见他鼻子冻得红彤彤的，果然像是站了很久的样子。

她皱眉："你又是哪根神经没搭对，不是跟你说了我要出去吃饭吗，你站这儿等我干什么？"

"你跟谁吃饭啊，吃个饭怎么吃这么晚，你知不知道大晚上的你一个人有多危险！"

他现在画风突变，竟是老干部一般的口吻，她又好气又好笑："你管那么多干吗？"

"我不是说了要你做我女朋友吗，这些全部都是我该管的啊！"

他说得理直气壮理，她真是哭笑不得，其实他一直嚷嚷这些，很多时候也表现得似乎真的有那样的打算，她一度非常困惑，也犹豫着能不能跟他走得这么近，毕竟于她而言这纯粹是因为穆连成的那层关系，她不希望因此造成什么不必要的误会。

可是这段时间她冷眼瞧着，发现自己真是杞人忧天，就穆铮那花花肠子，今天喜欢这个明天又看上那个，这些话随随便便也能说上一箩筐，只有她这么傻才来跟他较这个真。

她撇嘴笑笑，眼睛睨着他："你管这么多，就不怕最近跟你好的那位有意见？"

他一脸懵懂："什么最近跟我好的那位？"

他眨巴着眼睛，样子着实可爱，她却撑不住笑："少跟我装，你别以为我不知道，这段时间你晚上经常不在，不是去约会那是去干什么了？"

他这话一入耳顿时炸毛了："谁约会去了啊，我那是去……"

她直直望着他等他说完，他说到后半句自己却退缩了，心虚支吾了两声，最后彻底消音。

她忍不住好笑，却还要故意问："你倒是说啊，你晚上到底干什么去了？"

他目光闪躲，只含糊一句："反正就是有事，你别瞎想！"

"我不瞎想，只是……"她顿顿，鼻子吸了吸，笑，"你这位新女朋友用的香水还挺特别。"

其实她早就发现了这股香气，这段时间他晚上常常不在，也不知是凌晨几点才回来，早上撑着一双熊猫眼去上班，她坐在他的车里便闻到了这种气味，淡淡的，有某种木头的天然香味，闻着倒也挺清爽，这似乎也说明他这次变了口味，没再沾染刘玛丽那种妖媚浓烈的。

看她笑得了然于心的样子，他疑惑抬着手臂自己嗅了嗅，陡然咬牙切齿："什么香水！你会不会闻呢，这是松节油的味道！"

"松节油？"她孤陋寡闻，第一次听到这种东西，好奇地问他，"松节油是什么东西？"

"松节油你都不知道，松节油是用来……"他冲口而出，却陡然想起什么，生生将后面几个字吞回了肚子里，搪塞道，"算了算了不说这些，反正说了你也不会知道。"

他吞吞吐吐，她更觉奇怪："你说了我不就知道了吗？你怎么还像不好意思似的。"

话说着，她眼光瞟到旁边，他们正走到一盏路灯下，这路灯难得还亮着，蒙蒙的一片白光兜头罩下，照亮了路灯杆上那密密麻麻贴着的小广告，有招兼职的，有通下水道的，更有"特殊产品"的宣传，那上面正正贴着两张：

印度神油，纯天然中草神油，让男人重振雄风！

人初油，男人正确的选择，你好她也好！

全部都是——"油"！

她想起他刚才提到那什么"松节油"含糊其辞的样子,陡然闹了个大红脸,脚下急匆匆往前走:"谁要跟你说这些莫名其妙的!"

她突然变脸,他才是莫名其妙,转头顺着她刚才的目光去看,一眼就看到那两张扎眼的小广告。他顿时跳脚:"这都哪儿跟哪儿呀,肖静文,你等等,这不是那什么的味道!"

"你别跟我说这些乱七八糟的,要说找你女朋友说去!"

"我没女朋友啊,这真的不是那种味道,不信你再好好闻闻——"

他扯着衣服让她去闻,她抬手就是一巴掌:"流氓!"

那一巴掌在穆铮脸上印出了五指山,好几天才完全散去,就这样他还不死心,非要来跟肖静文解释,说来说去又说不清楚。

她哪有闲心跟他讨论这种无下限的话题,直接不耐烦道:"穆经理,大家都是成年人,你的私生活是什么样的我真的管不着,你不用跟我解释那么多。"

他却一本正经扭着不放:"可是我真的要你做我女朋友啊,我没跟其他人好!"

说这话时他正在她家里啃蛋糕,上次做蛋糕买了一大堆东西,肖静文觉得放着不用可惜,而且也确实有点喜欢上那种蛋糕甜香弥漫整个屋子的感觉,得了空闲也时时烤些小蛋糕放着当零食。

穆铮的鼻子比狗还灵,一闻到她这边的香气就会来敲门,以"正在追她的未来准男朋友"自居,蹭吃蹭喝毫不客气,她也终于明白为什么他会一直咬着她不放,大概没这点由头,他还真找不到其他什么好借口继续这么厚脸皮地吃吃喝喝。

她也懒得跟他辩白了,索性点头道:"行行,我知道你的'真心'了,快吃吧快吃吧。"

他这才笑起来,低头咬一口手上的蛋糕,吃得一脸满足。她想到穆连成对这个弟弟小孩子的评价,不禁也笑了出来。

如此这般，穆铮这边厢一脸情深骗吃骗喝，那边厢仍旧常常深夜不归，身上也仍旧有那种淡淡的"油"的味道，而他晚上出去鬼混，白天状态自然不好，好几次部门会议直接睡着，似乎又恢复成了原来那纨绔样子。

肖静文虽然不想管他那些破事儿，却也有点怒其不争，明着暗着说了他几次，他竟当她吃了醋，倒还把他给说高兴了，她便绝口不再提，跟着他装傻充愣，就看他能演到几时。

而其他人则对这样的穆铮见怪不怪，反正有他没他也没什么两样，况且还有新上任的副经理在这里撑着，公司这边更没他什么事儿了。

言声雨那个合约谈成后便一直由肖静文负责，虽然顺利签约，但她心里还是一直担心，毕竟老汤告诉过她曾经给过言声雨一个命题，但他历时九年却仍旧没有画出来，而他们公司这次给他的时间不过短短四个月，他到底能不能画出让大家满意的作品还真的难说。

好在不久老汤那边就送来了作品的雏形照片，绷得平整的油画布上，熟褐加上少许冷色已经完成了起稿，虽然还未上色，虽然这抽象的表达方式也让人捉摸不到这大师究竟画的是什么，但那些肆意而灵动的线条仿佛藤蔓上的花朵一样在这画布上优雅舒展，看着竟完全不同于言声雨以往的画，莫名地有一种希望在里面。

而老汤说起来也激动得眉飞色舞："他前段时间通宵通宵地画，画了又撕撕了又画，总是不满意，我还一直担心他走不出那个桎梏，却没想到他的灵感来得这么快，起稿就看得出来跟以前不一样，真的不一样，我真是没想到……"

这话听了本来应该高兴，肖静文却莫名有点内疚，她诚恳地对老汤说道："要言先生通宵赶画真是太不好意思了，现在咱们合约也签了，要不汤哥你看言先生他什么时候有空，我代表公司请他吃个饭怎么样？"

老汤连忙摆手："算了算了。他这个人脾气怪，早说过不会对任何人公开他的身份。"说着他又笑了，"这一顿饭不吃不打紧，说不定他蹭吃蹭喝早就吃够本儿了,所以这灵感才嗖嗖地来!"

她虽然不太明白老汤的话,但既然他这么说,她也就不再坚持。

送走老汤后她便要将这个设计雏形的照片拿去给碧姐过目。

尹颖知道她要干什么,跑过来给她打预防针:"静文,我劝你今天还是别去,现在碧姐准在忙着下午怎么算计总经理呢!"

肖静文虽说升了职,人事部却还没给她安排办公室,她仍坐原来的位置,虽然没那么安静,好在和大家说话方便,这时她见尹颖摆出了一副八卦脸,不禁笑道:"你又知道什么内幕消息了?"

"前几天开董事会碧姐说总经理那边账目有问题,两个人在会上闹得很僵,你别跟我说这你都不知道!"

她沉住眉眼不动声色:"然后呢?"

"然后今下午不是一年一度的述职报告会嘛,各个大区的经理都来了,据说碧姐还要在会议上提总经理那边的财务问题,听说她手里面还有证据,她这次按住了总经理的痛处,估计就算不让他停职降级也要让他在这些大区经理和子公司负责人面前威严扫地。"

她说着胳膊肘一碰肖静文:"今天下午的会你不是也要参加吗,你回来正好能告诉我他们到底是怎么斗法的。不过说真的,总经理最近春风得意,一直针对他的碧姐怎么看得下去,这次的事很有可能是她搞出来栽赃陷害的,咱们总经理怎么可能会做那样的事?"

尹颖噼里啪啦说个不停,肖静文却神思飘忽,想到了几天前董事会后穆连成对她说的话:

"这只是走账流程的问题,我们这边一直这样做,现在碧姐一口咬定我们暗箱操作,虽然我不怕她细查,但要把那么多的账目一一查清,而且有些账目的经办人已经离职了,这将是个很漫长的过程,为了避嫌,在这个过程中她完全可以要求董事会暂停我的职务,继而架空我的权力。"

肖静文自然清楚穆连成的困境，但就连穆连成都找不到一个完美的解决办法，更何况是她，而且公司的人都认为她和穆连成现在不合，她更是不敢露半点愁绪。

她心不在焉地和尹颖闲聊了几句，随即收拾东西上去给碧姐看图样。

碧姐的办公室在二十九楼——大楼的最高层，这也许正说明了她在公司的地位，而穆连成的办公室在二十六楼，这三层的距离，坐电梯只要短短几秒，可是对于他来说却是一个艰难而巨大的鸿沟……

她一路胡思乱想上到二十九楼，秘书通报了一声，说碧姐正在和崔经理谈事情，让肖静文等等。秘书说完便自己抱着一沓文件出去了。

崔经理是碧姐最亲信的大区经理之一，这次回来参加汇报总结会肯定事先要和碧姐聊聊。

肖静文坐在沙发上耐心等待，本来应该是安静的走廊，这时却有愤怒的声音隐约传来："亏我这么信任你，你竟敢私自挪用公司的项目款，一百多万，这么大的数目！你知不知道这种事情被揭穿你是要坐牢的！"

那是碧姐的声音，而另一个低声求饶的显然就是那崔经理了："碧姐，这次你一定要救救我，你知道我孩子明年上学，学区房那么贵，我也是实在没办法了！"

碧姐的声音格外气愤："崔行远，你怎么这么不争气！你明知道我正在查穆连成的账，如果这个节骨眼儿上让他知道我手下的人出了这种事，不是正好趁机反咬我一口吗？"

肖静文倏然一惊，这时秘书恰好回来了，她也听到了这一点声音，连忙走过去将碧姐的办公室门拉紧，而后不好意思地朝肖静文笑了笑，坐回办公桌后继续忙碌了。

肖静文坐在沙发上没动，走廊上一片安静，秘书埋头整理资料，绿色的盆栽张牙舞爪地伸展着，对面墙上有名家的书法，"慎终如始，则无败事"

八个大字笔走龙蛇刚健遒劲——这一切都与片刻之前毫无二致，而刚刚那几句转瞬即逝的争吵，仿佛只是她走神时的臆想罢了。

不久崔行远就低着头出来了，见到肖静文勉强招呼了一声，随即低下头匆匆离去了。肖静文推门进去，碧姐见是她脸色倒很和煦，看不出半分刚刚才发过脾气的样子。

肖静文把初稿的图片拿给她看，两个人又讨论了一会儿，明明说得很投入，可是离开办公室那一刻她竟然不记得刚刚都说了些什么，只知道死死地抓住手机，耳根有微微的热。

也许是因为这整栋办公楼的暖气开得太足，她连呼吸都有些急促，她并没有直接回办公室，而是去了顶楼的天台。

她在手机上翻到那个"D–L–L"的联系人，手指正要拨出去，却又犹豫凝滞了。她站在这高楼上极目远眺，冬日、冷风，刮不净天地间这一片雾霭蒙蒙，她深深地吸了一口气，可连这口气也是呛人的尘埃。她无奈地笑了起来，终于一咬牙拨了这个电话出去。

下午公司一年一度的述职报告会按时召开，肖静文虽然升了职，但在这种场合级别还是太低，只能坐在会议桌最不起眼的地方。

穆铮也来应景，就在她旁边坐着，屁股一挨板凳就开始打起瞌睡，她推推他："要开始了，当着这么多人你还睡！"

他打个呵欠，眼皮掀开一条缝："这不还没开始嘛，让我睡会儿先！"

他向来不在乎别人眼光，这种场合也一头栽倒在会议桌上，肖静文无奈地叹一口气。而穆铮这样子自然引来旁人侧目，大家说得小声，可肖静文竖起耳朵还是听着几句："看穆铮那样子，这种场合也不自重，难怪董事长不认他！"

"不过话说回来，就算穆铮已经不顶事了，碧姐向来只手遮天，她也绝不会轻易放权给总经理，她前边忍了那么久，这次出手一定又稳又狠，看这样子就算总经理不死也要脱层皮了！"

另外有人喝着茶摇头："他们两个斗了这么多年，以前都是小打小闹，这回可是要见真章了！"

肖静文忍不住去看坐在椭圆形会议桌一头的穆连成，会议还没有正式开始，可是他却早早到了，正埋头和身旁的人说着什么。

他一身笔挺西装，眉目朗朗，气度出尘，虽然置身于一片流言之中，却另有一种处之泰然的镇定。她嘴角微有笑意，只觉一切愧疚不安蓦地消失了——他护她那么久，这一次风云暗起，山雨欲来，她以微薄之力，总能护他一次！

碧姐是踩着会议开始的点儿来的，会议议程一项一项进行下去，自是冗长无味。穆铮从头瞌睡到尾，中途十分钟的休会时间又直接趴上了桌，他是扶不起的阿斗，没人愿意去搭理他，大家都坐得腰酸背痛，不少人走到外面去伸个懒腰上个洗手间。

肖静文在走廊里吸了几口新鲜空气，眼见大家都三三两两往回走，她也跟着往会议室走，她前面不远就是大区经理崔行远，不知是不是有什么急事，抓紧这点时间还在打电话。旁边有同事笑他："看这样子老崔是被媳妇管得紧，这点空闲都要打电话汇报一下行踪！"

崔行远挂了电话摊手笑："没办法，媳妇儿刚生了，我人没在身边照顾，电话总要多打几个不是！"

同事惊讶："好你个老崔，不声不响就响应国家政策要二胎了！"

崔行远摸摸头不好意思笑笑："什么二胎呀，我老婆就生了这么一个，前些年忙事业总觉得还早不想要，结果现在同学的小孩儿都能打酱油了，你说我这落后了多少年！"

"是呀，你平时也不说，咱公司里的人还都以为你小孩儿也挺大了呢！"
……

两人说说笑笑一起走进会议室去，他们的声音很低，若不是离得近没人听得清楚，肖静文跟在后面走着，这几句话不经意落入耳中，她却仿若雷击一般猛然一惊，那一刻几乎连脚步都要迈不出去了——崔行远说他的孩子才刚刚出生，可上午在碧姐办公室外面她明明听见他说为了给马上要上学的小孩买学区房才挪用了公款！

　　肖静文木然地跟着众人往里走，木然地坐回位置上，大家都开始正襟危坐听下一个发言人讲话，她也勉强端正了样子，却一个字也听不进去，这一刻脑海中来来回回闪过无数的画面——

　　那个优雅的西餐厅里，穆连成说："碧姐这个人不简单。"

　　碧姐的办公室外面，那个"恰巧"离开的秘书；那扇从来都关得严严实实的隔音门"恰巧"开的一条缝；那些"恰巧"传出来的可解穆连成危机的话……

　　她竟然那么笨，那么多的巧合重叠，不是传奇故事，就是精心陷阱。她手心中全是冷汗，不自禁地往碧姐那边望去，她竟也正在看着她，带着一点莫测的笑意。肖静文突然有一种错觉，似乎全身所有的汗毛都在那样的眼神中历历可数暴露无遗。

　　而会议还在进行着，各大区经理的汇报已经完毕，碧姐的亲信之一，财务部的经理许洁正在阐述穆连成领导的部门财务上出现的问题，长长的一份报告，一字一句，锋芒渐起。办公桌上的人相互使着眼色，都在观望这一场终于开撕的大戏。

　　许洁发完言，碧姐眼睛在众人中巡视一周，终于开始说话："公司这么大一个企业，高层的管理却出现了这种严重的问题，虽然现在还不能咬定说总经理那边的账就一定有问题，但不可否认中间存在着很大的隐患，我已经向董事会提议暂时停止总经理的一切职务配合调查，而且我也希望在今天的会议上，总经理能对现在的情况有一个简要的说明。"

　　所有的眼睛齐刷刷地看向了穆连成，他在那样严厉的质问中却处之泰然安之若素，是的，他自然不慌，他以为他握着一张王牌——碧姐咄咄逼人，自己行得正坐得端才是底气。可是如果她那边的财务也有问题，而且还是包庇下属挪用巨额公款，这样的事比起穆连成那说不清道不明的财务走账流程问题，孰轻孰重孰缓孰急，一眼立辨！

可是那根本就不是什么王牌，只是一个诱他出错的虚假消息，一个让她暴露的陷阱机关！

肖静文想她现在的脸色一定白得像纸一样，额头上密密麻麻也全是冷汗，正在这心都提到嗓子眼儿的时候，旁边的穆铮冷不丁伸个脑袋过来："你怎么了？好像很不舒服的样子？"

他一直昏昏欲睡，也不知怎么就一眼看到她的不同寻常，她咬牙搪塞："没事，空调开得太热，有点闷。"

"那咱们出去走走。"

他把这里当电影院，说走拉着她就要走。她正是心乱如麻的时候，当即便挣开他的手："这是什么场合，你注意点！"

"管他什么场合，你跟我走就是了！"他像块甩不掉的牛皮糖，手又伸过来牵着她就要起身。

她又气又急，猛地甩开他："你滚开点，别烦我！"

那句话出口她自己也惊住了，而他更是瞪圆了眼睛颇有点受伤的样子，她心里涌起一点不安，可是那点感觉又迅速被更强大的情绪给掩盖住了。

她转开眼睛不再看他，只屏息去听穆连成的回答，他的声音在这偌大的会议厅里不疾不徐四散去去："各位同事，首先我很抱歉出了这样的事情，我承认在流程上我们这边的出账入账确实和公司规定有所出入，这里面有我的疏忽，也有一些沟通上的问题，具体细节我已经向董事会递交了详细的说明书，稍后也会就这些情况给大家一个说明，但在说明之前我想先问碧姐一句，作为董事长助理和公司的CFO，你那边就完全没有问题吗？"

穆连成对李碧姚一直恭敬有加，从未端过这样严肃的面孔，看来这次是撕破脸面要和她正面交锋。

碧姐抿着刀片样的薄嘴唇，仿佛不经意地瞟了崔行远一眼，又将目光扫过肖静文，嘴角的笑纹若有似无地显了一下："还请总经理明说。"

肖静文脊背发冷如坐针毡，却又怕惹人怀疑，勉力支撑着正常样子，耳膜中只跳动着穆连成的字字铿锵："碧姐掌管公司的财务大权，许经理更是碧姐的左膀右臂，你们对公司财务上的规定全都一清二楚，我这边按这样的流程走账已经好几年，这期间你们财务部门一直没对我们的做事方式提出异议，我很好奇为什么现在会突然质疑这个？"

肖静文本来已经万念俱灰，可是听他一句一句说来却根本就没提到那个崔行远半个字，不禁讶然。

穆连成问了这句话只云淡风轻地看着碧姐，碧姐似乎对他只不痛不痒地提了这一茬也微有诧异，却在一刹那后面色如常："不提出异议并不代表认可，财务这边大多数时候都是只认发票和单据，并不知道你们各部门具体的操作流程，所以总经理的过失并不能赖到财务头上。"

"我有什么过失我不会赖，我接受公司公平公正公开的调查，如果中间的账目真有问题我也一定会负责到底，这一点请碧姐不用担心。"

他那简短的一句质问并不能解他困境，随后他又对这次问题的具体情况作了一个解释，但直到这个议题结束他都没提到崔行远这个人，仿佛他从来都不知道曾经有那样几句可以让他在瞬间转变败势的话流传出来。

而在这次会议后的几天，董事会关于这件事的处理结果也出来了，据说这样的情况是他最为亲信的秘书 Brian 没有及时做好上下沟通而造成的误会，Brian 被公司开除，公司也将委派专人对穆连成这边的账目进行调查核验，在调查过程中他仍旧负责原有的事务，只是在财务支出这块上需要经财务部的专人审核，不复从前的自由。

事后肖静文再见穆连成是在一家咖啡厅里，他端着香气袅袅的咖啡杯微笑道："这已经是我走了很多路子疏通的最好结果了，只要我不是停职调查，碧姐想要扳倒我就没那么容易，只是可惜了 Brian，他跟了我那么久，这次不得不牺牲他来平息争端。"

她仍旧疑惑："可是你当时为什么不提碧姐包庇崔行远的事，你怎么知道这是她设的一个局？"

"我不知道，正因为我不知道才要格外小心。我这里一时半刻核实不到崔行远那边的具体状况，碧姐她那么精明的人，我不能冒这个险。"

他喝了一口咖啡，眼睛在袅袅飘散的烟雾后面格外认真："所以静文你记住，如果天上突然掉了馅饼，你首先要考虑那是不是诱你跌入悬崖的陷阱。"

只是这短短一个回合的交手她已经觉得如履薄冰，她双手紧紧捧着咖啡杯子，语气中流露出几分犹疑："我不知道我能不能做好，碧姐她那么厉害，而且疑心又重……"

"其实从另一方面来说这也是好事，她试探你说明她看重你，如果我没猜错，她很快就会重用你。"他又给咖啡杯里加了一块方糖，小匙轻轻地搅拌着，那甜香四散弥漫，他就在这样的味道里笑，优雅从容，自有一股稳定人心的力量。

"碧姐的办公室外面有一幅书法，上面写了八个大字——'慎终如始，则无败事'。往后行事你只要记住这几个字就足够了。"

穆连成没有估计错，碧姐虽然没对崔行远的事情多说半个字，对肖静文似乎也并没有更加亲切热络，却慢慢开始让她参与一些决策性的会议，得了空也会亲自提点她几句。肖静文蓦地开了眼界，也不管苦累，海绵一般吸收着新的东西。

碧姐从不赞扬她，只有一次，一个退居二线的老同事来看她。肖静文恰巧去给她看资料，关门离开的时候听见碧姐轻声在说："这孩子挺好。"恍惚带着点笑意，然而她没有回头，也并不清楚他们到底在说谁，正有点疑惑的时候又落了半句话到耳朵里，"阿铮的眼光果然不错——"

她豁然明了，知道这话跟自己没什么关系了。

而穆铮，那天她情急之下骂了他，本以为他会生气，谁知他是个奇异的存在，事后还笑嘻嘻地对她说："我看你之前脸白得像纸一样，都要昏倒了似的，骂了句过后竟然慢慢地恢复正常了，可见适当的发泄是有多么重要。这句话我受得值得，你以后要是有哪里不舒服，或者心里有什么不痛快都冲着我来，我不怕滚，大不了滚走了又滚回来就是了。"

以他的智商哪里能看出那天的风云暗涌，竟然得出了这么个可笑的结论。她哑然失笑，忍不住逗他："行，我以后心里不痛快了就骂你，说好了你可不准还嘴啊。"

他倒大方："随便骂随便骂，你高兴就成。"

她"扑哧"一声笑出来，突然觉得有的时候他也挺可爱的。

▶ 第十七章
家人危机
MINGMING HENAINI

言声雨那边的画创作得很顺利，但是不同于爱丽丝高调地宣传着骆平的加盟，梦幻森林请到这位顶级画家来设计包装图案的消息却鲜为人知。

肖静文曾问碧姐为什么不也好好宣传一下，碧姐正在看一份合同，听到那样的话眼睛也不抬，淡淡道："现在宣传能够达到的也就是最普通的效果，你可以想想，如果要把这件事情做轰动，要让爱丽丝一点翻身的机会都没有，怎么做才最好？"

不久就有小道消息流传出来，说梦幻森林因与骆平的合作失败，因时间紧迫所以只找了一位不知名的小画家合作。梦幻森林对于这个话题一直藏着捂着，不肯对任何一家媒体透露，可世上没有不透风的墙，这小道消息一出，风言风语立刻传了个满天飞。

肖静文在某个业内交流会上见过罗劲一次，他毫不掩饰他的轻蔑："静文，看来你们是真的黔驴技穷了，这样的人也敢用，和我们这边的骆老师完全不在一个档次上，这样真不如不请，免得让人看笑话。"

她冷淡笑笑："才气和名气并不能完全划等号。"

罗劲一脸得意："可是名气和档次是绝对要划等号的。"

肖静文没有再说话，只看着罗劲跟在陈俞后面昂首挺胸地离去，她不由得想到碧姐的话："你拽着线不让他飞，哪有让他飞到高处再重重摔下来精彩呢？"

她转过身低了头，这才淡淡一笑。

梦幻森林的新品包装发布会定了时间，就在元旦之后不久，这样的重大事件通常都是要看日子的，那段时间那样的好日子就只有那一天，所以爱丽丝公布的日子和梦幻撞车了也不稀奇。

稀奇的是两家公司不但日子撞了车，连发布会场地也撞在了一起，都选在了同一家高级饭店不同楼层的两个厅，而据说爱丽丝一开始定的地方并不是这里，却在风闻梦幻森林定了这家全市最高级的饭店大厅来作为发布会会场时，立刻联系换了地方，大有不将对方比到脚底下不罢休的意思。

然而谁都不知道，为了防止厅位不够，梦幻这边一早预定的就是两个厅，专门留了位置等爱丽丝自己送上门来。碧姐说："跟他们竞争了这么多年，自然知道他们不会放过任何一点可以超越我们的机会。最高级的酒店只有这一家，我们定在这里他们就不会甘于屈居人后，况且他们还自认为这次的发布会比我们高档得多，所以天时地利这些看起来无法掌握的东西，其实动动脑筋摸摸规律，并非毫无头绪。"

肖静文深服碧姐的老谋深算，而这张大网已经拉开，她不能让最后的临门一脚失了精彩，因此已经将企划部提交的现场方案改了好几稿，力求做到完美。

肖静文每天都抱着电脑回家加班，这天同样如此，弄到大概夜里十一点过，手机突然响了起来，她一看来电话的竟是李梅，心里颇觉疑惑，不知道她为什么在这个时间打过来，她接起电话还没拿到耳边，李梅的哭声已经冲破电话重重地震在她的耳膜上："静文你快来医院，你妹妹出事了！"

她脑袋里"轰"的一声响，二话不说拿起包包就往外冲，开门正看到穆铮也走出来，大概正要去约会他那位好得蜜里调油的女朋友，她也管不了那么多了，一把拉住他的手臂："快送我去医院。"

　　他看到她那样子也吓到了，也没跟对方交代，拿了车就带着她疾驰到医院，到了才知道情况比预想的要遭得多，肖静妍还在手术室抢救，而受伤的原因竟然是因为割腕自杀。

　　李梅从夜市上收摊回去就看见浴室里一地的血，肖静妍倒在血泊中人事不省，她立刻打了 120 把她送到医院，可自己却因为惊吓过度引得血压骤然升高，正在楼下的急诊室输氧，肖静文要陪她，她连忙虚弱摆手："别管我，你快去手术室帮我看着，你妹妹一有消息就来跟我说！"

　　穆铮拍拍肖静文的肩膀："你先去手术室，我留下来陪阿姨。"

　　李梅说几句话就气喘吁吁，她却拉住了穆铮的手臂也坚定地摇头："不，我没事，这里有护士，你也去，帮我……帮我看着静文。"

　　他知道她是担心肖静文受不了，郑重地点点头："我知道，你放心。"

　　两个人细细叮嘱了急诊室的值班护士才回到手术室外面等。深夜的医院显得尤为空旷，冷风不知从什么地方钻进来，阴魂一般在这空寂寂的休息室里转，可是肖静文觉不出冷，整颗心就像被一只大手提着攥着，只差一步就要从胸腔里跳出来，哪里还能感受温度的变化？

　　所以当他把外套轻轻披上她肩头时她也并没有觉得暖和——直到他的身体靠过来，手臂将她圈在他的胸膛上，他的体温将所有的寒气阻挡在外，她终于回了一点神，连忙去推他，他却并不松手，理直气壮道："我冷，我不抱你你就得抱着我。"

　　她无力和他拌嘴，只是觉得这样太不合适，发了狠地推，可即便是她发了狠他也纹丝不动，纠缠片刻后她终于失了气力，他察觉出她的软弱，得寸进尺抱得更紧了些，他心口那炙热的温度仿佛一块铁，滚滚地烫到她冰冷的身上。

　　她明明知道他们不该这么亲密，可是这一刻那样的温暖竟然有一种奇异的诱惑，她仿佛着了魔，竟然完全放弃了抵抗，慢慢放任自己的身躯一点一点瘫软在他的胸膛上，他心口的热气传到她的心口，那热气又升腾到眼睛里，她的眼眶一度模糊，她不由自主向他依偎得更紧，借此找到一股支持的力量，让她有力气咬咬牙将那泪意逼回眼眶中去。

四周冷风肆意寒气逼人，这个世界安静得仿佛只剩下了他们彼此的呼吸心跳。

那个手术直到凌晨三点过才结束，医生出来揭了口罩，脸上忧色不散。

"她那一刀切断了桡动脉，送过来的时候已经是大出血，情况不是很乐观，现在还要送入 ICU 继续观察。"

随后护士将昏迷不醒的肖静妍推出来送往 ICU，肖静文已经压抑了太长时间，这一刻终于隐忍不住，冲到推车旁边蓦地哭出声来："肖静妍你这傻瓜，到底出了什么事儿你非要用这种方式来解决，你想没想过我和妈妈？你一定要坚持过去，肖静妍你听见没有……"

她情绪激动，护士连忙把她拉开，匆匆地将病人推走了，她还要追，穆铮从身后抱住了她。

她的情绪很少爆发，可是一旦爆发便是决了堤的江河，怎么止也止不住，他有点不知所措，慌忙去擦她满脸的泪水。她眼前一片模糊，唯一能摸到的只有他的手，她死死抓住那双手号啕大哭，一时间完全不能自已，他的眉头紧锁成川，用尽所有的力气将摇摇欲坠的她拥进怀里。

那天晚上穆铮陪着她在重症监护室外面坐了整整一夜，她不记得自己流过了多少泪，只记得他一次又一次擦拭她眼睛的温暖指尖。

她的失态只在那个寒冷而漫长的冬夜，第二天阳光从冬日的雾气中显露出来的时候她已经恢复成平时的冷静样子，她拜托穆铮帮他照顾静妍和妈妈，自己回家找到了肖静妍的手机，看着微信里静妍和一个叫"东哥"的人的聊天记录，她再一次红了眼眶。

这是一个经常见诸报端的拙劣圈套，可总有那些怀揣明星梦的女孩子自投罗网。肖静妍一心想当歌星做演员，以为这个东哥是某演艺公司的负责人，一门心思地想到他那里去发展——条件好的女孩子满大街都是，没有人会无缘无故地捧你，想要星光璀璨就一定要付出代价，潜规则懂不懂，进娱乐圈的人都得接受潜规则——这样的话放在那些涉世未深的女孩身上，十个有九个都要中招。

潜规则以后呢，等待她们的不是一帆风顺的星光大道，而是一摞摞被偷拍的裸照，然后就是凶相毕露的敲诈和勒索。

肖静文这才想到一些细节，静妍曾经兴冲冲地说起过同学帮她联络了一家演艺公司，她以为她自己能分辨真假好坏，却不想竟然走进了这样的圈套；中秋她回家也发现了静妍的反常，可是她只是想当然地认为静妍是学习压力太大；后来静妍找她要了两次钱，说是交补习班的费用，她也只是给了钱然后嘱咐静妍好好读书，却从来没有和静妍好好聊一聊，更没有重视静妍身上发生的变化，以至于所有的事都要静妍一个人扛着，终于酿成了今天的悲剧。

肖静文随即将手机交到了公安局，据说那个东哥被抓捕时手机里还存有大量不同少女的艳照，可见受害者人数之多，也许在这个浮躁社会，人人都想去走一条捷径，可是古往今来，成功又哪有什么捷径呢？

肖静妍在昏迷两天后醒了过来，从 ICU 转入了普通病房，虽然脸上仍旧毫无血色，却总算有惊无险。而李梅这两天却因为担心过度引发旧疾，一头病倒也住进了医院，肖静文向公司请了假，可即使是这样也忙不过来，幸好穆铮自告奋勇帮忙，总算解了燃眉之急。

除了忙她还另外有压力，家里本来就经济拮据，她工作不过才一年多，平时的钱大多用来贴补家用，自己并没剩下多少，而肖静妍又以交补习费为由将她和李梅手上的钱骗走了大半，现在两个人躺在医院，那账单流水似的翻，她立刻捉襟见肘。

借钱是一件非常难以启齿的事，肖静文硬着头皮打了好几个电话，不能借钱的人理由很充分，能借钱的也只拿得出两三千的小钱，她就为了多凑几个两三千块一次一次地赔着笑脸。

她不善于做这样的事，几个电话下来那程式化的笑已经快僵硬了，她打着打着突然觉得可笑，笑着笑着眼眶又有点发涩，她连忙抬头去看头顶上的那方天空，蒙蒙的灰，沉沉的白，仿佛太阳永远也钻不出来，而站在灰白天幕下的她更是那样卑微渺小——眼中有温热的液体想要钻出来，她维持着仰头的姿势生生忍住了。

正是情绪翻涌的时刻，穆铮的声音又好死不死地在她身后响起："喂肖静文，你站这儿练什么功呢！"

这几天她分身乏术，多亏他跑前跑后地帮忙，最开始她对于那天晚上两个人的亲密举动还有点尴尬，也不希望他掺和自己太多的事，委婉地表示让他快回去上班。

他却不委婉，一本正经地说道："这个时候我怎么能走呢？我这不正追你吗，你家里有事难道我不应该英雄救美挺身而出？"

他一副豪情万丈的样子，她忍不住白他一眼："别老是把追我追我挂在嘴上，换个理由，说老实话。"

于是他开始掰手指："你不在公司，张耀林那老头子总是针对我，我上班睡个觉他都要拿到部门会议上说半天，一点都不给我留面子，我留在公司里被他白眼还不如到医院来巴结你……"

她有点抓狂："那你就争点气啊，说得你上班睡觉好像还多有理似的，真不怪张经理说你，你看看你最近像什么样子！"

他两只眼睛笑弯弯地打马虎眼儿："好，我听你的话，等咱们从医院回去我就争气。"

她没心思教育他，便任由他继续在医院打转，今天早上她说想喝咖啡，他屁颠屁颠跑去买，其实她也是想支走他好到僻静处打这些电话，谁知他弯弯拐拐还是找了过来，她不想在他面前再露出那不堪一击的样子，只不动声色将眼角的湿润拭去，接过他手上的咖啡喝了一口，随即皱眉："咖啡怎么都凉了？"

他笑："我这不到处找你嘛，谁知道你跑到这么个鬼地方来练功。"

她心里记挂着医药费的事，于是借口让他先去病房陪陪静妍，自己去出院部查一下已经用了多少钱，看看除开今天借到的还差多少。

她在窗口报了病房床位等着工作人员查，一个清洁的阿姨在擦旁边的台子，捡起了上面一个小包问："这是什么呀，还有没有用了？"

里面的工作人员扫了一眼，笑道："这是买咖啡的时候送的糖包，应该是哪个病人家属结账的时候不小心掉的，大概也不会要了吧。"

肖静文眼睛瞟了一眼，还没看清楚，阿姨已经将那糖包扔进了垃圾桶，这时那工作人员也已经查出来了，盯着电脑说道："6 楼 19 床肖静妍，现在已经产生的费用是四万八千多一点。"

她在心里默默一算，即便现在马上出院都还要差一万多块钱，更别提李梅那边的费用，她心里沉沉地坠着，却突然听那工作人员又说："你们现在是预存了十一万，出院的时候多退少补就行了。"

她一惊，疑心他们弄错了："预存了十一万？你是不是弄错了，我只是入院的时候交了一万块钱啊。"

工作人员又扫一眼电脑屏幕："没错，你入院交了一万，刚刚又有人来交了十万，总共是十一万。"

她心中诧异，连忙问："刚刚才交的，那这边知不知道是谁交的钱？"

工作人员摇摇头。

肖静文恳求道："麻烦你帮我查一下，这对我真的很重要！"

工作人员架不住她那样子，扫了两眼屏幕低声道："结账的人刚刚才走，他刷的信用卡，只是他特别嘱咐不希望透露名字。"

肖静文言辞恳切："麻烦你了！"

她翻了翻信用卡的留底凭条，终于吐露一点信息："我只告诉你，他姓穆。"

她微微一愣，却又豁然明了了，她只认识两个姓穆的人，一个整天混吃混喝工资卡上的数字不超过四位，另外一个——仿佛有春风和煦拂过，她心里所有尖锐的东西都在这一刻柔和下来。

自然是他，也只有一个他，这么多年，无论她遇到什么样的困难他都会默默站在她身后给予她最大的支持，无论那是多么绝望的困境，一想到这一点，她也觉得安慰释然了。

她心里轻松一点，信步走回静妍的病房。

肖静妍这次虽然捡回了一条命，但是因为打击实在太大，她原本爱说爱笑，现在一整天几乎一言不发，脸上也没有任何表情，只一个人望着窗外的天空出神。

她这样子着实让肖静文害怕，怕她指不定什么时候又去寻短见，因此每天都要陪在她身边开导安慰她。可是她从来不是一个很好的谈心者，静妍以前老说她是老八股，说什么都带了几分严肃，不像是开导，倒像是训诫，话说了一大堆，可没一句能说到她心里去，全是废话。

这时她到了病房，推门没看到穆铮，就见肖静妍一个人坐在床上，还是那副木呆呆的样子，心里一紧，正要跟她好好说几句话，穆铮却风风火火地从门外冲进来，一见她那架势便嫌弃地挥挥手："你别说话你别说话，一开口就是班主任教训学生，你坐一旁呆着就成。"

他不拿自己当外人，但她也知道他比自己会活络气氛，说不定静妍真能把他的话听几句，因此便坐在一旁静观其变。他也不说话，只从手上抖开一张手帕纸，故作高深道："静妍，你看我给你表演个小魔术。"

他装模作样地左抖抖右抖抖，突然那手帕纸呼啦向前一抛，另一只手上已经多了一朵塑料花，敢情他刚刚出去就是准备这些道具去了，他把花往肖静妍面前一递，笑得很得意："怎么样？厉害吧？"

肖静妍却并不买他的账，只看了一眼便转开了头。肖静文感念他的用心，却对他这个"魔术"接受无能，她皱眉跟他嘀咕："你以前就是这么追女生的？那些人眼睛瞎了才看不到你把花藏在袖子里吧？"

"我以前追女生直接送包包送信用卡就好了，哪会这么复杂？"

　　如此有理，她竟无言以对，好在他脑子活络，见肖静妍并不感兴趣立刻又放大招："变个小花小草什么的确实也不算本事，这样吧，你姐曾经跟我说过，风雨之后总会见到彩虹，我现在变一条彩虹给你怎么样？"

　　这话听起来有点诱惑，肖静妍不由得往他身上多看了几眼，含着点疑惑，大约觉得他在吹牛，他倒胸有成竹："等等，让我先准备准备。"

　　他又一阵风似的卷出去，片刻后又卷进来，手上攥着个小东西，他神秘一笑："闭上眼睛，给我三十秒。"

　　肖静妍只看了他几眼，却并未照做，他也不强求，背身去遮住玻璃就开始捣鼓，肖静文从侧面看到他手上的法宝竟是瓶黑色墨水，大概是他从哪个医生那边顺过来的，她不禁也好奇他要怎么用一瓶墨水变出一道彩虹。

　　正疑惑间，他已经将刚刚那张手帕纸往墨水瓶里一蘸，随即摊开往窗户上一拍，拖着画一个弧面，那明亮的玻璃窗上立刻出现了一面黑乎乎的扇子，他又拿一张干净的纸刷刷擦了几下，玻璃上留下深浅不一的几道黑色印子，倒还真有点像素描的一道彩虹。

　　他动作奇快，唰唰几下便大功告成，随即一侧身亮出来，得意地对肖静妍道："快看，从你的角度看过去像不像天上出现了一道彩虹。"

　　墨水在玻璃上定不住，那彩虹抽象得很，肖静妍不过看了一眼也失去了兴趣，倒是此刻推门进来的护士反应更大，见到玻璃上那乌漆墨黑的一团厉声道："家属在这里搞什么，病房里面怎么能乱涂乱画，赶快打扫干净！"

　　穆铮纠正道："护士姐姐，这怎么叫乱涂乱画，这是艺术品，你好好看看这个结构，再看这个线条……"

　　护士的两只眼睛嗖嗖地放着冷箭："那请你赶紧去把这'艺术品'打扫干净，否则医院要按破坏公共物资要求你们照价赔偿。"

　　肖静文示意他赶紧把那"艺术品"擦了，他悄悄跟她比一个"OK"的手势，示意他会搞定，随即紧急启动装B模式，陡然站成一个器宇轩昂的姿势，伸手优雅地拨了拨头发，对那护士扬起一个"俊美无比"的迷人微笑，低沉的嗓音带着磁性："护士姐姐，你看这个事儿其实它……"

"姐什么姐，谁是你姐！"通常情况下穆铮这个样子总是老少通吃，可今天碰上了个三观端正的，劈头就给他一顿好说，"我不跟你们废话，赶紧擦了啊，要画上你自己家画去！"

他还从来没遇到过这样的暴脾气，自觉也许表情不到位，遂换个更加酷帅的姿势，垂着一双桃花眼瓣里啪啦放着高压电："你话不能这么说……"

他那长长的眼睫毛眨得扑哧扑哧的，护士眉毛一皱："你眼睛长针眼了吗，长针眼了去眼科，别在这儿捣乱！"

他终于装不下去，跳起脚来骂："谁长针眼了？你才长针眼，你全家都长针眼！你信不信我投诉你！"

护士还没说话，倒是旁边的肖静妍"扑哧"一声笑了出来。

肖静文惊喜地看着终于露出笑容的妹妹，连忙拉住她的手唤一声："静妍！"

肖静妍的目光落在姐姐身上，似乎第一次有了焦距，她明明还在笑着，却又陡然滚出泪珠来。

肖静文心中痛极，俯身揽住她擦她的眼睛："不哭，不哭……"

那眼泪却是越擦越多，大雨似的滂沱，她趴在姐姐的怀里号啕大哭，哽咽着说"对不起"，所有压抑的情绪终于在那样撕心裂肺的哭声中宣泄出来。

肖静文紧紧抱着怀中这把骨架似的羸弱身躯，这是她的手足，她至亲的同胞姐妹，她的泪跟着一颗一颗没入静妍的头发里，她一遍一遍地重复："没关系，只要你好起来……"

穆铮和那护士没想到吵几句嘴竟然吵出这么大成效，相互瞪两眼都不约而同地笑了。他向护士使个眼色，两人轻手轻脚走出去带上了房门，病房中只剩姐妹俩动情的拥抱与倾诉，房间里热气蒸腾，扑在窗户上结了一层雾蒙蒙的水汽，那一道墨色的彩虹在雾气中高高悬着，真像是破云而出的一个希望和奇迹。

心结是一个坎儿，过不去寸步难行，翻过去就是一马平川。

肖静妍在亲人的陪伴下终于慢慢度过了那段最难熬的日子，一天一天恢复过来，李梅的病情也有所好转，已经能帮着照顾静妍。

这段时间多亏了穆铮的帮忙，她们都看出点眉目，找了个机会问肖静文，她哑然失笑："你们两个别瞎想了，我们就是一般的同事和邻居，人家有女朋友的，好多时候他都住他女朋友那边，两个人正好着呢。"

肖静妍疑惑："可是我看他明明好像就很喜欢你的样子，而且如果他不喜欢你，怎么会为了咱们家的事班都不去上？"

"他在公司就是个闲人，上不上班没什么两样，以前我还没到公司的时候他也经常这样，只是说他看在同事的份上确实帮了我们的忙，这跟喜不喜欢没关系。"

李梅听肖静妍这么说真有点惋惜："我看这孩子还真挺不错的。"

肖静文不想和她争辩这个问题，只一个人腹诽："那是因为你还没见过他的真面目。"

她心里虽然这样嘀咕，但是穆铮这次确实帮了很大的忙，她也十分感激，知道他喜欢吃自己烤的蛋糕，她原本一个月才做那么一两次，现在为了他隔三岔五都要做一些，她挤奶油的手法也熟练了很多，做出来的花花草草小猪小马都有那么点意思了，她那小小的房子里经常香气萦绕甜美扑鼻，她就在那样的气息中有一搭没一搭地和那等吃的主儿聊着天，给小蛋糕做出精致的花色，倒也是惬意的一件乐事。

▶ 第十八章
双重身份
MINGMING HENAINI

　　因为静妍的事肖静文耽搁了一段时间的工作，再回公司的时候新品包装发布会的现场策划已经在企划部同仁的共同努力下完成了，不久后言声雨的画也创作完成，公司的几个高层看了图片都觉得很满意，如此看来万事俱备，只待那一天的精彩。

　　而那一天也终于在众人的期待中到来了，言声雨的画头一天就运到了酒店，锁了个严严实实的同时还有专门的人员负责安保，当天公司的相关人员过去得都早，忙着完善现场的一切细节。

　　爱丽丝的发布会场就在他们的楼上，都是同样的媒体邀请函，楼上长枪短炮架得密密麻麻，楼下却只有稀稀拉拉的几家小媒体，两边的气势完全不能比。毕竟，不知名的小画家和骆平的名气也是没法比的。

　　尹颖有点担心，和沈长生嘀咕："就这么两家媒体，这影响力哪够呀！"

　　沈长生也皱眉："这确实有点寒酸，要不咱们再给有些合作的媒体打打电话？"

　　肖静文看着早早到达的碧姐坐在旁边闭目养神，一副气定神闲的样子，不由得微笑："待会儿只要露一点风声，那些媒体都会蜂拥而来，现在的寒酸才能衬托等下的人潮汹涌，而爱丽丝则恰恰相反，所以我们一点都不用慌。"

爱丽丝和梦幻森林的发布会在同一家酒店不同的楼层举行，两边自然也时刻关注着对方的动静。

罗劲在爱丽丝春风得意，此番带着两个小喽啰专门下来"看望"旧同事，颇有点衣锦还乡的意思，他到处看了一圈儿，最后走到尹颖和肖静文面前，很有点惋惜的样子："静文，听说这次活动又是你负责呀，你们做现场不是挺不错的吗，怎么今天来捧场的媒体记者这么少？"

尹颖见不得她那小人得志的样子，正要和他争论，肖静文按住她的肩膀摇了摇头。

罗劲得意一笑，得寸进尺："放心，大家同事一场，能帮的我尽量会帮，等下我们上面的发布会结束了，我一定会拜托那边的媒体朋友都过来捧捧场的。"

肖静文眉眼不动，只扯扯嘴皮带点笑意："谢谢。"

罗劲见她这副样子有点无趣，冷笑一声又继续在会场里转悠，他抬眼看到刘玛丽。他诚心投靠过刘玛丽，可她除了对他吆来喝去什么忙也没帮上，而世事难料，他转投爱丽丝已经升了职，他曾经巴结的刘玛丽却还是企划部一个小职员，别说是公司的少奶奶，连一个小小的副经理都还没混上！他眼角的纹路这时都带起了笑，自然也要过去打个招呼。

他也没什么其他好说的，来来去去就是刚刚说给肖静文他们听的那几句话，他下来一趟专门就是摆这个谱的。刘玛丽却哪受得了他那个气，冷笑道："井底之蛙夜郎自大，好像你们请的骆平有多了不得似的。"

罗劲笑得意气风发："骆老师没什么了不得，只不过比你们请的那个啥，哎呀，不好意思，我连名字都不知道的那一位强太多，其实我不大懂这一行，但是媒体朋友们懂啊，你看看，"他双手四下一摊，嘴角讥讽的笑毫不掩饰，"看看这门可罗雀的样子，这就是差距啊！"

刘玛丽抱起手臂来笑，眼中尽是轻蔑："你不知道名字没关系，姐姐现在就告诉你，咱们公司合作的这一位画家叫言声雨。"

他仍旧高傲地哼哼："言声雨，从来都没听说过！"

"你大概是没听说过，可是你去跟骆平提提，他没准儿知道。"

罗劲转悠回去，上面的发布会已经开始了，主此人正在介绍爱丽丝一贯的包装特色，陈俞陪着骆平坐在贵宾位上。罗劲过去打个招呼，陈俞笑道："你去哪里了，还不快来陪着我们骆老师。"

罗劲笑："去看了看楼下的情况，他们那边没几个记者，冷清得很。"

陈俞趁机讨好骆平："那是，他们那边的人怎么能跟我们骆老师比！"

骆平酷爱唐装，今天一身暗红的锦缎唐装显得格外精神喜气，他笑得眉眼不见，还记得要谦虚一句："哪里哪里，陈经理你过奖了。"

罗劲连忙帮着吹嘘："骆老师你就别谦虚了，你看这些媒体都买你的面子，而且你的画已经确定要参加这一次的国际联展，这是国内第一流的水平，哪是他们请的那个什么言声雨能比的！"

他说出口的这句话仿佛是劈头一个巴掌，蓦地打掉骆平脸上堆起的笑，骆平陡然站起："谁？你说他们请的谁？"

罗劲有点被他的样子吓了一跳，结结巴巴道："他们说好像叫、叫言声雨啊。"

骆平脸色全白了："言声雨，不可能，他们怎么请得到言声雨！"

陈俞的脸色也变了，作为企划部经理，他自然比罗劲功课做得足，对言声雨这个名字也有印象，此刻忍不住再确定一下："言声雨，就是那个国际美术界公认的天才？每幅作品都能拍出天价的神秘画家？"

骆平没有回答，他只呆呆站着，片刻后又瘫软地滑回座位，一身肉堆在椅子上仿佛一摊烂泥，片刻前他还是天上的星星全场的焦点，可是这一刻仿佛周遭这热闹的一切都和他没关系了。

他呆呆坐了很久，突然的电话铃声才让他回一缕魂，他机械地拿起一看，却突然像被打了鸡血，忙不迭地振作了精神接起来，脸上也在瞬间堆满了笑："洪主席您好您好……是，我是骆平……好，您说您说……"说着说着他一脸的笑全都僵住了，"这么会这样……不是已经确定了送我的画去参展吗？洪主席你们再好好考虑一下，言声雨的画也不一定就是最好的……洪主席……洪主席——"

他不甘心地对着电话喊，可是那边毫无回应，显然已经挂机。

他拿着电话的手蓦地垂下来，那动作让人联想到电视中常有的某人断气的样子，可是他还没有断气，他的手将那电话握着，越握越紧越握越紧，手上青筋纵横狰狞，似乎随时都会爆裂，他突然转头问罗劲："你是说言声雨的画就摆在楼下？"

他的眼中透着一点血红，咬牙切齿仿佛随时要扑人的僵尸。罗劲打一个寒噤，不由自主地点头："应该是。"

"你带我去看看，我不信言声雨会为他们画画，他们在说谎，他们一定是找人冒充的！"

陈俞也被这句话点醒，他看看舞台上照常进行的发布会，抹了抹脖子上的冷汗："是，骆老师说得对，我们要赶紧确认他们要展示的到底是不是言声雨的画，否则我们等下就完全被动了。"

罗劲见这架势也估计到那言声雨应该是个了不得的大人物，他也着急了，连忙道："我来想办法让骆老师去看一眼，如果他们是假画我们等下当着媒体记者也可以当场拆穿他们。"

"好，你去安排。"骆平眼中那一点红色仿佛是暗夜中隐着的一点火头，忽明忽暗泛着幽光，"我先去上个洗手间，随后就到。"

罗劲匆匆下楼，梦幻森林的发布会也已经开始，李碧姚正在主持人的介绍下隆重登场，下面响起一片掌声，现场大多是他们公司自己请的嘉宾，媒体稀稀拉拉，但可以想见，等下如果他们丢出言声雨这枚重磅炸弹，那现在他们的冷清和爱丽丝的热闹就会完全对调了！

他掩住心惊找到刘玛丽，故意摆出了笑："玛丽姐，我刚刚跟骆老师说了，他说你们不可能请到言声雨啊，你这说谎不打草稿，吹牛都快吹上天了，还害我白担心一场！"

刘玛丽冷笑："你怎么知道是我吹牛？我又什么时候吹过牛？"

罗劲也笑："全公司哪个不知道你吹牛，你以前不是说有了穆铮的孩子吗，还说什么要嫁进穆家，结果呢，别说嫁进豪门，就连个小小的副经理位置都被后来的肖静文给抢了，你这不是吹牛是什么！"

这句话踩到她的痛处，刘玛丽肺都要气炸了："罗劲你算什么东西也配这样说我，我告诉你，你别以为你现在在爱丽丝就顺风顺水，你给爱丽丝建议骆平，结果你的老东家却请到了比骆平厉害得多的言声雨，你这是让爱丽丝自己打脸，我就不信今天过后他们还会重用你！"

"刘玛丽你少在那里虚张声势，你说请就请你以为言声雨是你家养的啊，他那种级别的画家根本就不可能给你们公司画画！有本事你让我们骆老师看看真假你再来我面前横！"

刘玛丽咬牙冷笑："行，看就看，你早点知道自己怎么死的也好！"

刘玛丽带着罗劲去了安放画作的保管室，骆平又隔了好一会儿才到，大概是心虚口渴，手里还拿着一瓶饮料。

刘玛丽斗着气，让保安开门让他们去看看画。两个保安有点犹豫，刘玛丽不耐烦："这画反正马上就要送到外面给大家看，早看一眼也没什么大不了吧，你们两个人牛高马大地在这儿站着，而且他们又是隔着警戒线看一眼，哪会有什么问题。"

保安考虑到画确实马上就要拿出来，想着卖个人情也没什么，两个人相互递个眼色便把门开了。一个保安注意到骆平手上的饮料，说道："先生，你的水不能带进去！"

骆平冷冷道："油画不溶于水，你就是拿一桶水往上泼也没事。"

保安丢了个脸，也就闭嘴不说了。几个人走进保管室，保安将他们拦在了安全警戒线外面。随即揭开盖画的天鹅绒，一幅一人多高的大型油画随即呈现在众人面前。

那是美丽震撼让人移不开眼睛的一幅作品——骆平眯着一双眼睛鹰一般上下打量着，那眼光似刀，剜着、搅着，要将这些他怎么也勾勒不出的灵动线条、怎么也调整不出的光影色彩、怎么也升华不到的灵魂共鸣给剪碎、撕裂，他眼中的那一点红仿佛要燃烧起来，透着一股让人心寒的恨厉妖异。

罗劲不自禁地心惊，而刘玛丽还没有察觉，尚在得意地夸夸其谈："怎么样，看了真品还会不会说我在吹牛，罗劲我跟你说……"

罗劲本能地觉得不妙，连忙去拉骆平："骆老师，这画也看了，上面的发布会还在进行，我们先上去。"

骆平没说话，只扭开饮料盖子作势要喝，却陡然一扬手，竟将那满满的一瓶水尽数泼到了对面的油画上，"啪"的一声脆响，那画面上陡然炸开一朵水纹的花！

这样的变故让所有人大惊失色，刘玛丽蓦地尖叫："你干什么？"

两个保安反应奇快，立刻一左一右将骆平牢牢扭住，他挣扎了几下动弹不得，只恶狠狠盯着那画咬牙切齿："言声雨的画就了不起吗？现在画弄成这个样子我看你们等下怎么拿出去作妖！"

那水泼到油画上只泪珠似的往下淌，并没将画浸透晕染，刘玛丽本来魂都已经飞出了天灵盖，见这情形陡然想到刚刚骆平说油画不溶于水的那句话，暗道一声幸好，斜眼见旁边的墙上挂着毛巾，连忙取来去擦那水渍。

她又气又急，边擦边转过头去骂骆平："你这个疯子，想死别拉我做垫背！亏你还是知名画家，技不如人就使这种下三滥的手段，我马上就报警我告诉你，你发布会做完就直接可以去警察局了！"

她义愤填膺，却看到后面那几个人的表情全部扭曲了，罗劲指着画结结巴巴叫道："玛丽姐……画……玛丽姐……"

刘玛丽疑惑转头，这一看却立刻飞了魂儿，只见那原本安然无恙的画被她手上的毛巾擦来抹去竟然完全变了样，那些已经在画布上凝固的色彩仿佛被什么东西唤醒了，重新活转过来，消融晕染夹杂成一团，突兀地横亘在画布中间，就如那美人面上生出的一块硕大黑斑，扎得人眼睛生疼。

刘玛丽手上的毛巾顿时落了下来，她目瞪口呆地站在原地，半晌才不可置信地自语："怎么可能，油画不是不溶于水吗，怎么可能……"

"油画是不溶于水，可是我什么时候说过我这瓶子里装的是水？现在毁了言声雨画的人是你不是我！"骆平终于开始大笑，那声音仿佛夜枭，更仿佛恶鬼，"你毁了他的画，你们拿不出东西在发布会上展示了，记者们报道的还是我骆平的画！他拿不出作品去参加今年的联展，中国区选送的还是我骆平的画！为了这些机会我努力了那么多年，好不容易有我的出头之日，他言声雨竟然连这么一个机会都要抢，这下我看他怎么抢，我看他还能怎么抢！"

他仿佛出了一口压抑多年的恶气，笑到最后已经状如疯癫，一个保安牢牢抱住他，另一个焦急问道："刘小姐，现在马上报警吗？"

刘玛丽看着那幅面目全非的画，脚下有些虚浮。她定一定神，拼着一丝理智摇头："先别报警，快，快通知外面暂停发布会，趁着记者还不知道我们要展出言声雨的画……"

罗劲已经被这番变故吓得目瞪口呆，他怕惹祸上身，连连道："这不关我的事，不关我的事！"

他惊慌之下夺门而出，恰巧听见外面梦幻森林的主持人正在介绍："刚刚说了这么多，我想现场的各位朋友一定已经对我们公司这次合作的这位艺术家非常好奇。没错，他就是蜚声国际的顶级艺术家言声雨先生，那么待会儿大家也将欣赏到言先生专门为我们梦幻森林倾情创作的大型油画……"

下面稀稀拉拉的几个记者原本发神的发神，看手机的看手机，可是"言声雨"这三个字振聋发聩，一说出来便让惯跑这些新闻的记者陡然都竖起了耳朵，仿佛一只只嗅到猎物气息的花豹，但所有人都不太敢相信，交头接耳地问："言声雨？刚刚主持人说的是那个言声雨吗？我没听错吧……"

　　"应该没错吧,我也听见了,可是向来听说那言声雨孤僻高傲脾气很怪,以前也有公司出高价请他,可是连 ARTIST 杂志的访问都不肯做的人哪会去做这些事,这一次怎么会为一家甜品公司破例?"

　　"管他为什么,既然他们敢说肯定就不会有假吧,快把上面去爱丽丝的同事叫下来,这边请的人是言声雨,他们还去拍什么骆平!"

　　早已经有人拿出电话在打了,罗劲往楼上走,有记者扛着摄影器材就往楼下冲,先前还只有两三个,可是立刻变成了一阵突然淹没楼梯的潮水,这些人很多都拿着笨重的器材,却连电梯都不愿等了,直接撒开脚步抢时间,唯恐落了人后。

　　罗劲被挤到墙角站着,脊背上满满都是汗。

　　一众记者蜂拥而入,顿时将这原本还有点空旷的大厅挤了个水泄不通,这一切尽在李碧姚预料之中,她挺直了脊背端起杯子喝茶,几不可察的一点笑意落在了水纹里。

　　梦幻森林众人看到这种情况也喜上眉梢,尹颖向肖静文笑道:"这下罗劲估计在楼上哭死了吧!"

　　肖静文微笑不语,穆铮坐在她旁边,见了这场面就跟她抱怨:"你看你们这都选的什么地方啊,多来几个记者都挤成这样,刚我来的时候一楼门边还在画墙面广告,进进出出还要小心别弄脏衣服,多不方便。我说你们怎么不选到会展中心那边,地方宽敞大气多好。"

　　他向来心思简单,哪里会想到选在这里的真正原因,肖静文只跟他笑笑:"就你懂,那下次的方案你来写。"

　　他最怕写什么方案,立刻撇撇嘴:"我也只是提点意见嘛。"

　　正说着,负责保护言声雨画作的一个保安匆匆从人群之中挤进来,一眼看见了肖静文,连忙过来跟她耳语几句,她的脸色陡然变了,立刻站起来就跟他走。穆铮没听见他们说什么,但看那样子估计也是有事,连忙追在肖静文后面问她怎么了,她只说了几个字："言声雨的画出问题了。"

几个人匆匆走到保管室就看见那幅油画静静立在墙壁，已经被擦得面目全非，刘玛丽知道这次闯了大祸，此刻人已经瘫坐在地上，看到肖静文竟像看到了一根救命稻草，连忙抓住她的手问："主持人说了吗，说了我们马上会展出言声雨的画吗？"

肖静文点点头，她的手陡然垂了下去："怎么办，画弄成了这个样子，现在怎么办？"

肖静文眉头紧皱："这到底是怎么回事？"

刘玛丽慌乱之下哪里还说得清楚，穆铮走近油画，手指蘸了蘸上面还未干涸的液体，立刻便明白了，他看向被保安控制住的骆平："这松节油是你泼的？"

肖静文眉心一动，仿佛记得"松节油"这名头在哪里听过，还有这淡淡的如同某种植物天然香气的味道也异常熟悉，可她也只是心念一动，这个危急时刻哪里还能再去回想这些细枝末节。

骆平被保安死死按在椅子上不能动，他却不像一只斗败的公鸡，反而像个被魔鬼附身的斗士，听到穆铮问这句话还能快意大笑："没错，是我泼的那又怎么样？松节油泼到画上别动它，等它自己干掉就好了，对这画完全没影响，是这蠢货拿毛巾去擦才把画擦成这样的，所以就算警察来了也怪不到我头上！要怪只能怪言声雨他运气不好，也怪你们公司的蠢货太多！"

刘玛丽再也没了那嚣张气焰，被人骂了蠢货也忘记了还嘴。

肖静文沉着脸对保安道："先把骆平带到旁边的休息室，等警察来了再说。"

她把刘玛丽拉起来："我先去跟碧姐通个气，看是不是立刻中止发布会。"

"中止发布会……可是那些记者该怎么应付……他们已经知道我们要展出的是言声雨的画……"

"只有先问问碧姐的意思。"

肖静文转身要往外走，却突然被穆铮叫住。

"等一等。"他的眼睛在那幅画上打量了很久，这时才望住了她，"这画受损的面积不大，应该可以现场补救。"

"现场补救，你是说找汤哥……"

他心中迅速下了决定，来不及跟她多说，立刻吩咐刘玛丽："你先去会场，让主持人想办法往后拖时间，拖得越久越好。"

他向来不靠谱，刘玛丽也不知道他打什么主意，一时站着没动，他喝一声："不想被公司追责的话就快去！"

此刻的穆铮跟平时吊儿郎当的样子完全不同，看起来不像是要胡闹，色厉内荏颇有威仪，让人不自禁地想要服从他的话。不知怎的，刘玛丽竟然觉得看到一点希望，把头点得如同捣蒜，忙不迭地跑出去了。

"静文，现在去拿专业的工具和颜料已经来不及了，酒店一楼上来的门边正在画墙面广告，画墙面一般都会用丙烯，勉强可以用在油画上，你现在马上去把他们用的东西都借上来。"

肖静文捏紧了泛白的手指："借上来然后呢，谁来画？"

"我来！"

他目光坚定，她却再也难掩满心的焦虑惶急："阿铮，这不是医院的玻璃，我觉得还是去告诉碧姐他们先中止发布会吧。"

他握住她的手，只说了三个字："你信我。"

他的掌心厚实宽大，莫名地给人一种想要依赖的安全感，而她也的确依赖过这只手，在她以为言声雨爽约的时候，在静妍还在手术室抢救的时候，这只手都陪伴在她身边给过她无尽的勇气和力量，她紧紧握住他的手，不知怎地头脑一热竟然真就信了，当下便有种豁出一切的感觉，她也不多说，只点点头就往电梯口冲。

　　等她提着一大包颜料工具回来的时候他正在用小刀对一些厚厚堆起的颜料做一个基本的处理，他把她找回来的一大一小两把刷子拿在手上，突然忍不住笑："用刷子画，这倒挺新鲜的。"

　　她也不知道画油画到底应该用什么来画，只好指着颜料问他："这些颜料是不是还要调色，应该倒在哪里调？"

　　"没有调色板直接就在画布上调吧，幸好丙烯可以用水来调，否则一时半刻还找不到调色油。"

　　他说着已经行动起来，将一瓶瓶的丙烯颜料打开，只看一眼便挑出了合适的颜色，手中刷子轻点舞动，那些不同的颜色就在他手下交汇融合，服帖温驯得仿佛丝毫没有脾气的猫。

　　他的动作奇快，几乎没有任何的停滞，似乎这画的颜色构图全都烂熟于心，那刷子在画布上灵动如蛇翩跹若蝶，肖静文真要怀疑那上面蘸的不是颜料，而是起死回生的仙药神水，眼见得一片混乱模糊，可是那刷子灵活游动，那些被抹去的图案竟然一点一点勾勒成型，重新活转过来。

　　他画得兴起，将外套一脱，挽起胳膊凑在画前，整个人似乎已经完全进入了一种空灵状态，周遭的一切都忘记了，眼睛里只有这些奇妙的颜色，只有这幅等着他妙手回春的画——于大处的衔接晕染，于细微处的塑形勾勒，一笔一刷，时而磅礴大气，时而细致入微，那动作行云流水娴熟至极，像是最厉害的设计师在剪裁布料，又像是最优秀的园丁在打理自己精心培育的绝世玫瑰。

　　肖静文站在一旁一眨不眨地看着他。他眉头微皱，有时凝视画作有时尽兴挥毫，全情投入格外认真，仿佛自启了一种关闭不了的装 B 模式，竟比往日那些故意耍帅的模样要动人心魄得多——但是她清楚地知道他这一次没有装，没有人可以装到这种地步，尽管她认为她早已经见过这幅画的真正作者——她的呼吸越来越急促，越来越急促，刚刚情急之下根本来不及想的很多东西突然无比清晰。

她想她确实听过"松节油"这个东西，确实常常闻到这种仿若某种天然木材香气的味道，就在他的身上——他常常彻夜不归，身上总有这种味道，他说这是松节油的味道，她以为他是交了新女朋友成天鬼混，却从来没有想到松节油是画油画的时候用来调色和洗笔的专业用具。

她不由自主地想到更多——

最初就是他带她去的老汤的画廊，而老汤正是言声雨的经纪人。

他们第一次见骆平，骆平为了显示身份满口术语，他一开口就堵得骆平说不出话来。

她想说服言声雨和公司合作，把他当作演练对象，他认真地说，抱歉肖静文，至少目前我真的画不出你想要的设计。

她以为言声雨爽约，他握着她的手说，我知道你没说那样的话，我也知道你有多努力，我想言声雨也能够感觉到！

她甚至还知道言声雨人品不好也不喜甜食，最初相识的时候，面前这个人就直接将她拿给他的慕斯蛋糕丢进了垃圾桶，真是人品不好也不喜甜食的最佳写照！

她站在原地不能动弹，有一句话憋在喉咙里翻来覆去，正要说出口的时候外面却猛地响起了拍门声。张耀林气急败坏的声音跟那拍门声一样响："肖静文你给我开门，你快开门。"

那声音打雷似的响，穆铮却全神贯注丝毫不为所动，肖静文知道时间紧迫不能让人打扰他，立刻走出去挡在门口，脸上尽量一副若无其事的样子："张经理，怎么了？"

"怎么了，刘玛丽全都跟我说了，出了这么大的事你还跟我装，快让我进去看看那画到底怎么样了！"

肖静文闪身挡住他："对不起张经理，碧姐说了这个发布会由我负责，我认为你现在不能进去。"

"肖静文你知不知道，刘玛丽她让主持人去拖时间，一拖再拖现在根本就拖不下去了，咱们都是一个部门的，我是你的直接上司，如果真有什么事我们可以一起承担，但是你不让我知道事态的发展我就没法做出下一步的应变，我只能去请示上一级领导。"

张耀林一副通情达理的样子，但那三角眼中却有隐秘的算计，肖静文这个后起之秀已经对他构成了太大的威胁，本来他才是企划部的最高领导，可是这样重大的活动公司竟然交给她一个副手来做，也是老天有眼，让他从刘玛丽处得知事情有变。

他不敢大意，要来确定画是真毁假毁，若是真的，他正好趁着这次事件把肖静文拉下马，就算折损一个刘玛丽也是值得的，而肖静文又是李碧姚的人，他还顺便可以去穆连成面前邀功。

肖静文根本不信他那一起承担的鬼话，如果真的出了事他张耀林绝对是落井下石推卸责任。

虽然她也知道发生这样的事应该先和上面通个气，这样对控制局面也有帮助，但考虑到里面的人从未对任何人公开过他的身份，她只得硬着头皮说道："张经理你误会了，言声雨的画并没有出任何问题，现在只是南风画廊的人在修复一些装裱方面的问题，还请你先到会场帮玛丽姐控制一下现场，画即刻就送过来。"

她怎么都不让张耀林进去。张耀林几乎百分百地肯定那画出事了，但看肖静文的样子也保不准南风画廊的人真能想到什么救场的方法，张耀林自然不能给她这个机会，忙不迭地往会场跑："好，既然你不让我进去那我就去请总经理和碧姐来，让他们来看看你到底在搞什么鬼！"

在那个被记者长枪短炮全面围堵的会场里，言声雨的画迟迟拿不出去，李碧姚和穆连成如果又在这时离开，肯定会有记者闻风而动，她轻轻推开门往里面望了望，那个人还在忘我地忙碌着，她的眉头皱成了一团，只有暗暗祈祷时间来得及。

张耀林一路小跑返回会场，主持人正在吩咐礼仪小姐请大家品尝公司研发的新品甜点，现场已经有不少记者在嘀咕："不是说要展出言声雨的画吗，怎么这又吃上了，这又不是新品推荐会！"

"是啊，他们这是怎么回事，到底是不是真的请到了言声雨来合作啊，不会是吹牛吸引我们下来的吧？"

"早知道是这样还不如在上面拍骆平！"

李碧姚和穆连成也开始疑惑，各自在问身边的工作人员，刘玛丽哪敢到他们面前去说实话，早在一旁吓成了缩头鸵鸟。

张耀林心中暗喜，几步跑到穆连成身边对他一番耳语，他立刻沉下了脸色。李碧姚挑着眉毛望向他，张耀林连忙又跟她咬耳朵。碧姐听了几个字，那脸上的神色也凝重了。

他们两个站起来往外走，围得水泄不通的记者们立刻骚动了，纷纷围过来问到底发生了什么事，今天还能不能展出言声雨的画。他们也不作答，很有默契地只低着头往保管室走，后面的记者争先恐后地跟，几个保安立刻冲过来手拉手地将人潮拦住。

肖静文站在门口紧张等待着，却见穆连成、李碧姚以及公司另外几个高管一起走向了保管室门口，每个人都沉着脸没有说话。她不由自主地后退一步，背紧紧靠在了保管室的门上。张耀林连忙呵斥她："还不快开门，这天大的娄子你还想瞒到什么时候！"

她的手拉上门把却没有再动，李碧姚眉毛一竖："开门。"

她声音不大，却有一股让人不得不服从的威严。肖静文闭上眼睛深吸一口气，知道再也撑不下去，正要拉开门，那门却突然从里面开了！

站在门口的穆铮看到这一群人出现在门口似乎有点吃惊，瞪着眼睛问："大家怎么都跑这儿来了，前面那发布会不开了吗？"

穆连成眉头微皱："阿铮，你怎么在里面？"

他早已经套上了外面的休闲西装，没人知道那西装里面的衣服早已经沾满了各色颜料，他笑得若无其事，是那一贯的不正经样子："不是说这画很牛逼吗，我自拍几张发朋友圈，这也值得各位如此兴师动众吗？”

几位高管相互间悄悄递个眼色，都暗暗摇头。

李碧姚沉声道：“胡闹！”

她推开穆铮率先走了进去，那画作覆盖着一层天鹅绒静静端立在那里，她凝视片刻，突然走上去一把揭开面上那一层绒布。

肖静文一颗心高高悬起，张耀林的笑几乎忍不住要从嘴巴边露出来，远远跟在后面的刘玛丽蓦地闭上了眼睛！

可是什么也没有发生，李碧姚上上下下打量那画，连眉毛都没有动一动。更多的人走到门口看，便见柔和的壁灯之下，那幅叫作《落花至》的大型油画端正地靠在活动展架上，巨大的画布，紫与蓝交融的底色，繁花临水，如瀑如云；落英缤纷，如梦如幻。

这类型的题材其实常常入画，但总会带着“流水落花春去也”的伤感愁绪，然而这幅《落花至》的颜色构图极具美感，细节的勾勒几乎更是到了出神入化的地步，每一片飘落的花瓣都是极尽优美与舒展的姿势，是在舞蹈，是在咏叹，仿佛即将面临的不是凋零与离别，而是去赴一场前世的约，追一个今生的梦。

那些奇妙的颜色凝固在画布上，那画面却在所有人的眼里心里活了过来，恍惚间似乎有微风拂面、有花香袭人，同是流水落花，却是“时有落花至，远随流水香”，一派怡然自得，恬淡平和。

所有人都怔怔看着，眼中都有毫不掩饰的陶醉和赞叹，站在这巨型的画作前，这才真切体会到艺术对心灵的震撼，不禁感慨果然是大师级名家的作品，一个个纷纷点头，哪里还记得过来的初衷。

张耀林从震惊中回过神来，看着穆连成淡淡瞥过他的眼神，头发尖都在冒着冷汗，不由自主缩着脖子往人后退了一步。

而远处的刘玛丽简直不敢相信自己的眼睛，她把眼睛揉了又揉搓了又搓，看了好几遍才如释重负地长出一口气：“幸好，幸好，真是老天保佑啊！”

这时记者们也终于突破保安的阻拦冲了过来，见到这情形二话不说先咔嚓咔嚓拍成了一片，还有记者马上退到一边打电话："是，真的是言声雨的作品，简直是太震撼了，赶紧发头条……"

爱丽丝的陈俞这时正和这边交涉要把骆平先带走，骆平被带出了休息室，看到这情形还以为众人正在抢拍那一团模糊的乌龙作品，却陡然听到那记者的话，猛地挣脱保安的钳制钻进人群，只看上一眼便呆住了，喃喃道："怎么可能，那画明明已经被毁了，这到底怎么回事？"

罗劲挤过来拉他，他一把扯住罗劲的衣服："刚刚你一起看到的，这画根本就没法展出了，现在这到底是怎么回事？"

罗劲还没从这接二连三的变化中回过神来，只愣愣摇头："我不知道，大概、大概是活见鬼了吧……"

骆平眼睛血红犹如困兽，这一刻理智尽失，竟想在众目睽睽之下冲到画前，然而他刚刚一动，身后的保安就一把攥住了他，提着小鸡一般将他拖出了人群。

"参加国际联展的人只能是我，不是他……"

他扯着喉咙声嘶力竭地喊，可那声音也只是大海中的一个水泡，刚刚咕嘟冒了一声，一片浪潮汹涌而来，什么杂声也都淹没了，只剩下记者们状若疯狂的拍照和提问，闪光灯将这小小的保管室照得一片雪亮。

穆铮拉着肖静文悄无声息地退到人潮之外，此刻那保管室才是焦点，外面的会场已经跑得一个人也不剩，只有一个空落落的舞台，一排排空荡荡的座位。

他们坐回原位，偌大的场子里也只坐了他们两个人，她的呼吸仍旧急促着，可是终于远离了那些纷争和喧嚣，终于安静了这一刻，她终于能微颤着声线将那句憋了很久的话问出口："你到底是谁？"

这会场装饰得大气豪华，无数的水晶灯管波浪一般在天花板上起伏成一片璀璨星海，他的眼眸是幽深宁静的湖水，盛着那漫天的星光，盛着她容颜如画。

他向她伸出手，终于正面回答："你好，我是言声雨。初次见面，以后请多关照。"

尽管这是她早已经猜到的事实，可是听他亲口说出来她仍旧惊住了，他的手伸在半空中，手上还有来不及洗去的油彩，他眼中含着笑，花瓣似的韵致，真是一眼误终身的样子。她只怔怔看着，迟迟不敢去握，直到他微微倾身，握住了她的手。

她不止一次被这只手握在掌心过，但是或许因为这一次他的手上满是已经干涸的色彩，那肌肤相触的感觉竟是那样的陌生，她似乎触碰到了一个全新的世界，一个会否定她所有认知的世界，她不自禁地想要逃避和退缩，可是和以往任何一次一样，他的手并未松开半分。

那漫天的璀璨光芒晃得她的眼睛有点发花，她忽然起了一种强烈的错觉，这一切一定不是真的，她只是做了一场梦，梦里清风来，梦里繁花落，梦里不知今夕何夕，不知身是客。

但她也清楚地知道——只要是梦，终将醒来。

【官方QQ群：555047509】

每周丰富多彩的群活动，好礼不停送！
作者编辑齐驾到，访谈八卦聊不停！

扫一扫看更多图书番外，作者专访